Über den Autor:
Dorian Steinhoff, geboren 1985 in Bonn, ist Autor und Literatur-vermittler. Er schreibt, liest vor, lehrt und moderiert. Für seine Arbeit wurde er mehrfach ausgezeichnet. Dorian Steinhoff lebt in Düssel-dorf.
Mehr Informationen unter: www.doriansteinhoff.de

Dorian Steinhoff

Das Licht der Flammen auf unseren Gesichtern

Erzählungen

Echt schön, diese Lilien basiert auf und zitiert aus dem
Artikel *Kein Bock* von Christian Schüle,
DIE ZEIT, 18.10.2010

Macheten-Bande basiert auf einen wahren Fall und zitiert aus dem
Artikel *Zwischen Knast und Kabine* von Boris Herrmann,
Süddeutsche Zeitung, 05.04.2012

Besuchen Sie uns im Internet:
www.droemer.de

FSC
www.fsc.org
MIX
Papier aus ver-
antwortungsvollen
Quellen
FSC® C083411

Vollständige, überarbeitete und erweiterte
Taschenbuchausgabe Juli 2015
Droemer Taschenbuch
© 2013 mairisch Verlag, Hamburg
© 2015 für die vollständige, überarbeitete und erweiterte
Taschenbuchausgabe bei Droemer Taschenbuch
Ein Imprint der Verlagsgruppe
Droemer Knaur GmbH & Co. KG, München
Alle Rechte vorbehalten. Das Werk darf – auch teilweise –
nur mit Genehmigung des Verlags wiedergegeben werden.
Covergestaltung: NETWORK!, München
Coverabbildung: Plainpicture / BY
Satz: Adobe InDesign im Verlag
Druck und Bindung: CPI books GmbH, Leck
ISBN 978-3-426-30432-7

2 4 5 3 1

Inhalt

Für Jo, Sarah, Nadja,
Lisa, Basti und Emily

Macheten-Bande

>»Fahr uns mal da hin.«
Bülent

I

Ist unvorstellbar, oder? Ich weiß auch nicht richtig, wie das passieren konnte. Es waren meine Freunde, ich glaube, das ist das Problem.

Normal lief es so: Die Jungs sind zu viert rein, maskiert und mit Macheten bewaffnet. Alle gleich angezogen, Strumpfmasken, schwarze Kapuzenpullis, schwarze Jeans, alle Brandings entfernt. Auch die Nahtmuster auf den Gesäßtaschen mussten vorher weg. Benny und Ceylan haben die Mitarbeiter fertiggemacht und Sammy und Bülent sind sofort zu den Automaten, mit Flex und Brecheisen. Mit *fertigmachen* meine ich in Schach halten, drohen, einschüchtern, das Übliche eben. Wenn jemand von den Bimbos Stress gemacht hat, gab's eine drauf, ist aber nur ein Mal passiert. Der Typ sah dann auch ganz schön übel aus, bestimmt Kieferbruch, mindestens.
»Ruft doch wenigstens einen Krankenwagen«, sagte ich, als wir wieder im Wagen saßen. Aber Benny schrie nur: »Fahr, du Arschloch, soll der bluten, ist selber schuld.«
Es musste immer schnell gehen, die Bullen brauchte

keiner rufen, die fuhren sowieso ständig vorbei, aber wenn nichts passiert ist, trauten die sich an manchen Ecken noch nicht mal auszusteigen. Die wussten, falls sie in der falschen Straße aussteigen, nur um einen Ausweis zu sehen, stehen da ganz schnell fünfzehn Leute und erklären denen, dass Kartoffelland hier zu Ende ist. Das Gewaltmonopol lag bei anderen, bei Leuten wie uns, jedenfalls dachten wir das.

Ich war der Fahrer. Ich war perfekt für den Job, ich sehe harmlos aus, unverdächtig, die Leute glauben heute noch nicht, dass ich zur Macheten-Bande gehörte. »Nee, mach kein Scheiß, verarsch mich nicht«, sagen Freunde von Juliane aus anderen Vierteln. Wenn ich die Leute raten lasse, was ich mache, sagen die meisten: Lehramtsstudent.

Hier in Moabit bin ich aufgewachsen. Ich war mein ganzes Leben nur von Kriminellen umgeben. Mein Bruder sitzt grade wieder im Knast. Er ist mit 16 von zu Hause weg, lebte auf der Straße und drehte jeden Tag ein kleines Ding, um durchzukommen. Ein bisschen Erpressung da, ein wenig Betrug hier, mal ein teures Fahrrad am U-Bahnhof klauen und ein paar Kids mit gestrecktem Stoff abziehen. Dabei konnte er noch besser kicken als ich, begnadet war der, der Trainer verglich ihn mit Cristiano Ronaldo, weil er schnell und beidfüßig und kopfballstark war, unglaublich enge Ballführung, schon mit 13. Er entschied sich gegen das Talent.

Auf dem Bolzplatz hinter unserem Wohnblock, da, wo wir gemeinsam unsere Kindheit verbrachten, beim Fußballspielen, da, wo wir von unseren Profikarrieren in

Madrid und Manchester träumten und den Jubel in der Fankurve nach gewonnenen Spielen probten, da schnitten Nachbarn manchmal größere Stücke aus dem Kunstrasen, wenn sie einen neuen Wohnzimmerteppich brauchten. Auf der Straße hört man fast nichts Gutes über das Viertel hier. Nur den Multikulti-Hippies, denen gefällt es, die erfinden Wörter für den Niedergang, die nicht nach Niedergang, sondern nach etwas Neuem klingen. *Moabitisch* nennen sie es, wenn es auf jeder größeren Straße fünf Automatencasinos, fünf türkische Bäcker, fünf Callshops und fünf Gemüsehändler gibt. Das Einzige, was sie sich wünschen, diese Multikulti-Hippies, das sind bessere Fahrradwege, und dass es so schön bunt bleibt. Hier ist es nicht bunt, verdammt, hier ist es traurig, den meisten Leuten geht es mies und das einzig Neue ist ein Fahrstuhl am U-Bahnhof. Mit dem kommen die Krüppel, die nach den Schlägereien nicht mehr laufen können, jetzt auch zu den Bahnen.

Auf der Hauptschule sagten die Lehrer *für eine Malerlehre braucht ihr mindestens mittlere Reife* und auf der Realschule sagten sie *wenn ihr Bankkaufmann lernen wollt, müsst ihr schon Abitur machen*. In der Raucherecke, während der großen Pausen, wünschten sie sich dann die Prügelstrafe zurück, nur mit Elektroschocks statt Schlägen. Das hat mir mal ein Referendar gesteckt, der cool war. Der lud auch Handwerkermeister und Sozialarbeiter in den Unterricht ein. Ein Schlosser sagte einmal: *Ihr seid nicht so dumm, wie ihr hier gemacht werdet.*

2

Mit Ceylan, Sammy, Bülent und Benny war ich schon zusammen auf der Schule, von Anfang an. Wir waren alle in der Marienkäferklasse. In der vierten Klasse machte Bülent Titten aus den Punkten von dem großen Marienkäfer, der an unserer Klassenzimmertür hing. Er zeichnete um jeden Punkt auf dem Rücken des Käfers einen Kreis, und weil ich sagte, man erkenne überhaupt nicht, was das sein soll, schrieb er in seiner Kinderschrift *Tittenkäfer* oben drüber, Titten schrieb er nur mit einem »t«. Ich schrieb ein zweites »t« dazu, seitdem waren wir Freunde. Später gingen unsere Wege auseinander. Ceylan blieb sitzen, in der sechsten Klasse. Schlechter als er war vor und nach ihm niemand mehr auf der ganzen Schule. Er verweigerte komplett, wie ein Pferd, das keinen Bock hat, über diese Hindernisse zu springen. Er machte sich noch nicht mal die Mühe zu bescheißen, so wie ich. Außer mir schaffte keiner von uns die mittlere Reife. Ich hätte es auch nicht schaffen dürfen, aber mich ließen sie durchkommen, irgendwie. Am Nachmittag, auf der Straße, spielte das alles keine Rolle, deshalb verloren wir uns nie ganz.

Klar, Fußballer wollte ich schon immer werden. Es war mein Traum, bevor ich wusste, dass es mein Traum ist, bevor ich wusste, dass es einen Beruf wie Profifußballer überhaupt gibt. Es war einfach: Ich wollte immer Fußball spielen, jede freie Minute und den Rest der Zeit auch. Das fing in der Grundschule an. Wir spielten in der Pause und nach dem Unterricht. Wir benutzten unsere Schulranzen als Tormarkierungen, das Spielfeld war der ganze Schulhof. Der Ball war aus Schaumstoff, ein Softball. Was anderes war auf dem Schulgelände nicht erlaubt. Ich kam oft erst sehr spät nach der Schule nach Hause. Einmal kam meine Mutter sogar zur Schule, sie war ganz blass, so hatte ich sie noch nie gesehen. Sie blieb am Rand des Schulhofs stehen und ich wusste Bescheid und packte mir schnell meinen Ranzen. Auf dem Heimweg sagte sie kein Wort. Zu Hause brannte das Mittagessen an. Vor lauter Sorge hatte sie vergessen, den Herd auszumachen, und es stank noch sehr lange, beißend und schwer. Danach kam ich nie wieder zu spät.

Meine ersten richtigen Fußballschuhe waren Heiligtümer. Um sie mir kaufen zu können, sparte ich ein halbes Jahr. Ich sagte morgens zu meinem Vater: »Ich will richtige Fußballschuhe, mit Schraubstollen und so einer Lasche zum Umklappen.«

Er zog seine Augenbrauen zusammen, sie wurden zu einem großen schwarzen Balken über seinen Augen. Am Abend kam er zu mir, beinahe feierlich, er stellte eine Spardose auf meinen Schreibtisch. »Hier werfen wir jetzt jeden Monat zwanzig Mark rein«, sagte er.

Ich putzte die Schuhe jede Woche, immer am Samstagvormittag vor den Spielen. Mein Vater putzte das Auto, ich meine Fußballschuhe, Schaum und Schuhcreme, die Dinge waren in Ordnung.

Ich verzichtete auf vieles, legte Extraschichten ein, blieb nach jedem Training länger als alle anderen. Torschuss, Schnelligkeit, Ausdauer, ich rannte sogar jeden Tag zehn Mal die Treppen in unserem Haus rauf und runter. Als das zu lasch wurde, schnallte ich mir Bleigurte um die Hand- und Fußgelenke. Um robuster zu werden, machte ich Krafttraining, alles, was zu Hause ging. Also alles, was man mit zwei Kurzarmhanteln und Eigengewicht machen kann. Als ich alt genug war und mein Vater merkte, dass ich es richtig ernst meinte, zahlte er mir den Monatsbeitrag in einem günstigen Fitnessstudio bei uns im Viertel. Das war auch der Ort, an dem mein Leben sich mit dem meiner alten Freunde überschnitt, als sie von der Schule geflogen waren oder ständig blaumachten. Wir gingen zusammen pumpen. Mein Zusatztraining war unsere gemeinsame Freizeit. So blieb ich Teil der Crew, wusste immer Bescheid: Wer wen geschlagen hatte, wer wozu verurteilt worden war oder wer grade mit wem ins Bett ging. Was anderes kannte ich nicht. Hätte es das Fitnessstudio nicht gegeben, ich glaube, einiges wäre gar nicht passiert.

Meine Trainer bemerkten meinen Ehrgeiz, sie förderten mich. Ich durfte immer bei den Älteren trainieren, und sobald ich allen gezeigt hatte, was ich draufhatte, kam ich in den Kader, wurde vom Ersatz- zum Ergänzungsspieler und vom Ergänzungs- zum Stammspieler. Einer meiner ersten Jugendtrainer hatte mir gesagt: »Wenn du Profi werden willst, dann musst du ein Spieler sein, der den Unterschied ausmacht. Wegen dir muss deine Mannschaft auch an einem schlechten Tag gewinnen.« Und genau so ein Spieler wurde ich. Ich wurde auf meiner Position, zentral hinter den Spitzen, ein *valuable player* – wie man im Basketball sagt. Und dann kam das Angebot aus Babelsberg, 3. Liga. Ich mochte es, ein Neuzugang zu sein, der Hoffnungsträger. So wurde ich vor der Saison präsentiert: Der talentierte Deutsch-Türke aus Berlin, unser neuer Hoffnungsträger für die Offensive. Ich war der, dem die ganz treuen Fans nach dem ersten Training auf die Schulter klopfen und sich das neue Trikot unterschreiben lassen. Meinen Platz in der Mannschaft fand ich schnell. Alle sahen, was ich draufhatte, und freuten sich, mit mir zusammen spielen zu können. Ich beanspruchte meinen Platz, machte aber keinen auf Superstar, ich forderte den Ball, ging aber auch entgegen. Ich war, was man eine Verstärkung auf und neben dem Platz nennt. Als der Trainer bemerkte, dass ich voll einschlug, nahm er mich nach einem der ersten Spiele zur Seite. »Mach halblang, Junge«, sagte er, »sonst müssen wir dich in einem Jahr schon wieder verkaufen.« Er schlug mir auf den Po. Nach meinem ersten spielentscheidenden Tor titelte die Lokalzeitung: *Bürkan ballert für Babelsberg!* Ich wusste, wenn ich mich zwei Jahre gut präsentiere, dann kommt irgendein Angebot, dann kommt die 1. oder 2. Bundesliga. Ich stellte mir vor, wie ich mit Uli Hoeneß in einem Münchner Nobelhotel sitze, wie er mir in die Backe kneift und einen Scheck rüberschiebt. Und wie ich dann mäklig gucke und sage: »Uli, die Frau, der Umzug, wir wollen Kinder, häng doch noch eine Null dran, Uli.«

Im Stadion, bei den Spielen, tat ich so, als wären die Jungs gewöhnliche Fans, die ich nicht kenne. Ich besorgte ihnen Freikarten und ignorierte sie. Zu dem Zeitpunkt hatte ich eigentlich schon alles versaut.

Ich kann nicht sagen, wann und wie ich die Kontrolle verlor, vermutlich hatte ich sie nie. Kontrolle haben bedeutet, *Nein* sagen zu können, das weiß ich jetzt. Die Sonderkommission wurde nach dem Überfall auf den *Vulkan Stern* eingerichtet, unserem dritten, glaube ich. Zu diesem Zeitpunkt erhöhte sich die Aufmerksamkeit in den Medien stark. Die Gewalt war schuld, da konnten die Lokalreporter endlich mal die großen Kaliber auspacken, *skrupellos, brutal,* und all die anderen Wörter, nach denen sich jeder Herausgeber sehnt. Das stand dann richtig groß auf den Titelseiten der Zeitungen, die alle lasen. So entstand auch der Name: *Macheten-Bande.* Die Jungs fanden das geil, jede Art von Aufmerksamkeit war *fame.* Es ist verdammt einfach, als Verbrecher berühmt zu werden, Masken und Macheten reichen schon. Die Jungs verstanden nicht, dass wir mit diesen Berichten rasant auf den ersten Platz der Fahndungslisten gerückt waren. *Uns kann niemand was, und wenn: We don't give a fuck!* Mit dieser Sicherheit zogen die vier nachts durch die Clubs und gaben das geklaute Geld für Drinks und Speed aus. Manchmal auch für die Tilgung alter Strafbefehle, aber nur, wenn es nicht mehr anders ging. Ich fragte nie nach meinem Anteil.

Tagsüber liefen sie im Viertel rum wie kleine Kalifen, glasige Augen und breitbeiniger Gang, sie hoben fremden Mädchen auf der Straße die Röcke hoch und lachten, wenn die Mädchen nach ihnen schlugen. Ich dachte auch nicht ans Gefasstwerden. Ich hing in Babelsberg und dachte ans Toreschießen und an die 2. Liga und an Juliane. Ich dachte, ich bin Fußballer, kein Krimineller, ich sorgte mich um meine Freunde, aber nicht um mich. Ich dachte, ich habe damit nichts zu tun. Wenn ich mich ablenken wollte, meldete ich mich freiwillig beim Platzwart und half beim Kreiden. Ich mochte es, über den Platz zu laufen und hinter mir eine gerade weiße Linie zu ziehen. Ich markierte das Spielfeld, ich setzte die Regeln um, aus Regeln wurden weiße Linien, etwas Sichtbares, an das sich gehalten wurde, das fühlte sich gut an. Selbst die Knastis halten sich an die Regeln, wenn sie Fußball spielen, Aus ist Aus. Im Verein ahnte niemand etwas, ich kam immer pünktlich zum Training.

4

Juliane sah ich das erste Mal in der U-Bahn, das war ein paar Monate, bevor ich in Babelsberg unterschrieb. Sie ging schnell an mir vorbei, ohne mich anzusehen, mit festem Schritt. Die Luft, die mit ihr vorbeiwehte, roch blumig, aber nicht nach Parfum. Heute weiß ich, ihre Haut riecht so, von dem Duschgel und der Creme, die sie benutzt. Ich fand sie vor allem schön, wusste aber nicht, warum. Nichts an ihr war scharf, sie bemühte sich nicht, aufzufallen, so wie es die Frauen tun, die ich kenne, mit Ausschnitt, Glitzer, Make-up, Haarteilen und so was. Keiner, den ich kenne, hätte sie angeguckt. Ich ging ihr einfach hinterher. Sie hatte einen Platz ganz hinten im Wagen gefunden, um sie herum war alles besetzt. Ich stand also wie falsch gelötet vor ihr und guckte sie an und fand sie sehr schön und fremd, ich versuchte zu grinsen. Sie schaute aus dem Fenster, sie sah mich überhaupt nicht, als wäre ich unsichtbar. Wenn ich jetzt Freunden davon erzähle und sie dabei ist, lehnt sie ihre Stirn von der Seite an meinen Kopf und berührt mich am Oberschenkel. Juliane studiert Jura, sie ist ein *classy girl*. Solche Begriffe benutzen ihre Freunde oft, sie sagen auch *awesome,* wenn ihnen etwas gut gefällt. Ich verstehe oft nicht, was sie meinen. Aber mittlerweile weiß ich, was ein *classy girl* ist: Ein Mädchen, das zur Maniküre geht, ohne sich von der Kosmetikerin lange lila Fingernägel aufkleben zu lassen. In Moabit haben fast alle Mädchen lila Plastiknägel. Wer sich das nicht leisten kann, lackiert sich die Nägel lila und klebt vielleicht noch irgendwas drauf, das glitzert. Ich finde, Juliane sieht wohlhabend und gesund aus. Ihre Schultern sind schmal. Ihr Schlüsselbein ist wahrscheinlich die schönste Stelle ihres Körpers. Von den Jungs hielt ich sie fern, so gut es ging, wie vom Rest meines Lebens, das bisher so anders verlaufen war als ihres. »Meine Haustiere hatten es besser als du«, sagte sie einmal zu mir. Ohne Juliane hätte ich das alles nicht durchgestanden.

5

Das *Vulkan-Stern*-Ding lief komplett schief, dabei waren wir gut vorbereitet, wie sonst auch. Bülent legte den Überfall wie immer auf den Tag am Monatsende, bevor die Automaten geleert wurden, ist klar, dann ist am meisten Kohle drin. Wir waren gut drauf, wir hatten Bock, auf dem Weg hörten wir *Hundert Metaz* von Tony D. An der Stelle mit der Machete jubelten wir und schrien »Yeah!«, Sammy trommelte neben mir auf dem Armaturenbrett rum.

Ich glaube, sie zogen sich vor den Aktionen immer was rein. Ernst und konzentriert war auf diesen Fahrten nur Bülent. Er saß hinten in der Mitte und guckte grimmig und schwieg. Spielführer, Steuermann, Pascha, nennt es, wie ihr wollt, Bülent konnte Leute beeinflussen, ich weiß zwar nicht, wie das funktioniert, was er da mit uns anstellte, ich kapierte nicht, warum ich in diesem Auto saß, ich weiß nur: Ich saß drin. Bülent war es auch, der irgendwann zu mir gesagt hatte: »Fahr uns mal da hin.«

Ich hatte geantwortet: »Ich weiß nicht.«

Und Bülent hatte gesagt: »Komm schon, wir gehen.«

Und wir gingen los und ich fuhr. Mir wurde damals klar, dass ich noch nie *Nein* zu Bülent gesagt hatte. Seit wir uns kennen, habe ich nicht ein Mal *Nein* zu ihm gesagt. Keine Kontrolle, sagte ich ja schon. Ab dem Moment, in dem wir die Masken aufzogen und die Jungs die Macheten und das Werkzeug in den Händen hielten, sprach keiner mehr. Die Jungs, die wir waren, waren verschwunden, unter Wolle und Größenwahn.

Man kann es sich denken, und es war wirklich so: Die Minuten, die ich wartend vor dem Laden im Auto saß, waren unendlich lang und ich rechnete jeden Moment damit, von schwer bewaffneten Einsatzkommandos umzingelt und direkt erschossen zu werden. Immer wenn ich an das Scheitern einer Aktion dachte, dachte ich daran, erschossen zu werden, nie an Festnahme. Ich glaube, es erschien mir attraktiver, erschossen zu werden, dann wäre es einfach vorbei, zack, tot. Eine Festnahme, das ahnte ich, wäre nur der erste Höhepunkt einer noch viel größeren Katastrophe.

Die Nummer dauerte mir zu lange, ich hatte ein mieses Gefühl, Paranoia, ich dachte, jeder Typ, der telefonierend an unserem Wagen vorbeilief, gibt grade den Bullen dein Nummernschild durch. Also zog ich mir eine Maske über und bin rein, nachgucken, was so lange dauert.

Der Mitarbeiter kniete in einer Pfütze vor der Theke auf dem Boden. Ceylan drehte ihm von hinten den Arm auf den Rücken und hielt ihm die Machete an den Hals. Benny schmiss Flaschen direkt vor ihm auf den Boden, dem Verkäufer spritzten Bier und Splitter ins Gesicht, er heulte leise. Sammy und Bülent waren irgendwo.

»Wo ist die Kohle, wo ist die Scheißkohle?«, schrie Benny.

»Ich schneid dir die Kehle durch«, sagte Ceylan. »Das ist hier nicht Tigerentenclub.«

»Wo ist Bülent?«, fragte ich.

»Hinten«, sagte Ceylan.

Die Regale waren leer gefegt, Aktenordner lagen auf dem Boden, das ganze Büro war verwüstet, sogar den Schreibtisch hatten sie umgeworfen, und Sammy sah mich an, als wäre nichts passiert, er grinste mitten in diesem Chaos und sagte: »Atombombe, Alter!«

Bülent zog grade ein Sideboard zur Seite, dahinter war

ein kleiner Tresor in die Wand eingelassen. »Bülent, wir müssen abhauen, das dauert zu lange«, sagte ich.

»Bring den Bimbo her«, sagte er. Ich ging zurück nach vorne, ich tat, was er sagte, ich war voll drin, Scheiße, dachte ich, du bist kein Fußballer, du bist ein fußballspielender Gangster – und es gefällt dir. Und dieser Gedanke war neu.

»Bringt ihn nach hinten«, sagte ich zu Benny und Ceylan. Der Typ blutete übel im Gesicht, die beiden hatten ihm mit der Machete die Stirn geritzt. Er jammerte: »Ich arbeite erst seit einer Woche hier, ich weiß nichts.«

»Fresse«, sagte Benny, schlug ihm auf den Hinterkopf und schleifte ihn ins Büro. Bülent trat ihm von hinten in die Kniekehlen, der Typ knallte auf den Boden und fiel zur Seite. Bülent richtete ihn wieder auf, dann hockte er sich vor ihn. Er hob ihm das Kinn an und schaute ihm direkt in die mit Blut vollgelaufenen Augen. Der Typ kann gar nichts sehen, dachte ich, fuhr mir mit der Hand über den Mund und spuckte auf den Boden.

»Wie ist der Code?«, fragte Bülent.

Sammy legte ihm von hinten die Machete auf die Schulter.

»Ich weiß es nicht, ich weiß es nicht, ich weiß es wirklich nicht«, sagte der Typ. Bülent stand auf und trat ihm ins Gesicht. Sein Kopf knallte weg, ungebremst auf den Boden, und er blieb gurgelnd und röchelnd liegen, sein Gesicht sah schief aus, als hinge der ganze Unterkiefer an einer dünnen Angelschnur im Wind.

»Gehen wir«, sagte Bülent. Benny stopfte sich noch die Taschen mit Zigaretten voll.

6

Die Bude in Babelsberg war meine erste eigene Wohnung, erster Stock, Zweitbezug im Mehrfamilienhaus, Putzplan und Müllabfuhrkalender im Hausflur. Super war das, nicht nur, weil ich endlich Fußballer war, ein richtiger Spieler, mit Vertrag und mit einem Verein, der einem die Trikots wäscht. Denn vor allem war ich raus aus Moabit, auch wenn es nur eine halbe Stunde weit weg war, ich war raus.

Und auf einmal war ich von dieser Stadt umgeben, die so aussieht, als ob alte Leute mit Gelenkschmerzen und dicken Beinen gerne herkommen, um sich zu erholen, ich hatte das Universum gewechselt. Juliane konnte endlich auch zu mir kommen, wir mussten nicht mehr in ihrer WG rumhängen, wo die Mitbewohner ihre Zimmertüren abschlossen, wenn ich da war und sie gingen. Sie wurde ein richtiger Teil meines Lebens, meine feste Freundin, nicht nur meine reiche deutsche Bumse.

Es gab zwei Zimmer in meiner Wohnung, einen großen Raum, offen zur Küche hin, für Wohnen und Essen, und mein Schlafzimmer, Raufasertapete und weiße Fliesen im Bad. Von meinem Handgeld bezahlte ich die Einrichtung, nichts Teures, fast alles von Ikea, viel Weiß, einen Ficus, Juliane beriet mich. Das war ein schöner Nachmittag mit ihr bei Ikea. Auf ein paar Sachen wäre ich ohne sie gar nicht gekommen, Badematten zum Beispiel. Wer braucht Badematten, wenn er immer warme Füße hat, so wie ich? Ich kaufte sie trotzdem, ihr zuliebe. Nur meinen Fernseher und mein Bett, die kaufte ich nicht bei Ikea, mein Bett bestellte ich bei Yusuf. Yusuf ist Schreiner und ein Freund meines Vaters. Ich bestellte mir ein Bett aus Kirschholz, ich wollte schlafen wie ein König. So bestellte ich auch, »Yusuf, bau mir ein Bett für einen König«, sagte ich. Und als ich bezahlen wollte, schüttelte Yusuf den Kopf. »Zahl nur das Holz«, sagte er. Ich war 21, Fußballprofi, meine Freundin ein *classy girl,* ich war unschlagbar! Bis die Jungs in Babelsberg auftauchten.

Sie kamen, ohne vorher anzurufen oder anders Bescheid zu sagen. Eigentlich war es ein Überfall, sie machten es genauso wie mit den Typen, die sie in Hofeingänge zerrten, nur dass sie mich nicht schlugen, sondern belagerten. Und es galt wie immer: Wer sich wehrt, kriegt es härter. Das wusste ich von ihnen, wie sie von mir wussten, dass man mich nur genug drängen muss, damit ich zu allem *Ja* sage. Wie früher im Fitnessstudio, wenn ich sagte, ich könne nicht mehr, und Bülent mir beim nächsten Satz trotzdem immer noch fünf Kilo mehr drauflegte. Ich weiß noch, wie mir deshalb beim Bankdrücken einmal die Stange so auf die Brust fiel, dass ich mehrere Minuten lang nicht richtig atmen konnte. Hilfestellung hatte mir niemand gegeben.

Ich öffnete die Tür, und sie gingen einfach an mir vorbei, Bülent tätschelte mich an der Seite wie einen Haushund, als besuchten sie die Wohnung und nicht mich. Ceylan legte sich direkt aufs Sofa. Er schaute sich um und lobte die Wohnung.

Juliane war da und flüchtete ins Bad, um sich was Richtiges anzuziehen. Danach verabschiedete sie sich schnell und unauffällig. Ich zeigte Benny grade den Kühlschrank und sah nur im Augenwinkel, dass sie ging.

»Wo ist Juliane denn hingegangen, hat sie was gesagt?«, fragte ich nach einer Weile. Die vier lagen mittlerweile alle auf meiner Couch. Ich saß davor, auf dem Boden. Sammy legte sich eine erste Line.

»Nee, keine Ahnung, ist einfach gegangen«, sagte Bülent. »Ist aber nicht schlimm, wir müssen hier gleich kurz ein Geschäft machen, will sie bestimmt nicht mitbekommen.«

»Habt ihr mal drüber nachgedacht, ob ich das mitbekommen will?«, fragte ich.

»Was los, Alter, nur weil du jetzt hier in Zuckerwatteland auf Fußballer machst, sind wir nicht mehr deine Freunde, oder was?«, sagte Bülent.

»Hast du Traubenzucker?«, fragte Sammy.

»Was, nein, habe ich nicht«, sagte ich.

»Dann besorg du uns mal Traubenzucker«, sagte Bülent.

Er hatte die Arme ausgestreckt und auf der Lehne des Sofas abgelegt, breit sah er aus, breit war auch sein Gesicht, mit harten Bartstoppeln bis runter zum Hals, die Wangen grau und die Augenränder tief und blau. Er grinste mich an, ich sagte nichts. Ich zog mir Schuhe und Jacke an. Als ich dann nur mit dem Traubenzucker an der Kasse stand, ging ich nochmal zurück und kaufte Bier und Chips und M&Ms. Die Kassiererin guckte mich nicht an.

Als ich wiederkam, hingen sie in meiner Wohnung wie ein Rudel Hyänen, es roch herb, nach Talg in Jeansstoff und billigem Männerdeo.

»Nice«, sagte Sammy, »gib mal noch ne Schüssel.«

Benny öffnete ein Bier an der Kante meines Couchtisches, ungeschickt, mit viel Kraft, ein Stück Tisch bröckelte ab, der Lack war hin.

»Scheiße, Benny, Scheiße«, sagte ich. Aus einer Plastiktüte schüttelte Sammy Speed in die Schüssel, es staubte und ich dachte an Puddingpulver, das auch immer staubte, wenn man es in die Schüssel kippte. Aber das hier roch wie Scheuermilch, ätzend, nur ohne Zitrusaroma. Sammy schüttete Traubenzucker zu dem Speed in die Schüssel. »Mach noch bisschen mehr«, sagte Bülent.

Alle tranken Bier. Ceylan bewarf mich mit M&Ms: »Mach den Mund auf, du musst den Mund aufmachen«, sagte er. Ich zählte mit, wie viele M&Ms er warf, damit ich später, beim Aufräumen, weitersuchen konnte, bis ich alle gefunden hatte, auch wenn sie unterm Sofa lagen. Der schlimmste Dreck ist da, wo man nicht hinsieht. »Es ist wirklich gut, bei dir zu sein«, sagte Bülent. »Wir vermissen dich zu Hause, weißt du«, sagte er.

Dann klingelte es an der Tür. Ein Typ mit zotteligen Haaren und Lederjacke kam die Treppe hoch, superenge Jeans und sehr dünne Beine, der Schritt hing zu tief, er hatte Löcher in den dreckigen Schuhen. So ein Abgefuckter, einer von den Druffis, dachte ich.

»Schuhe ausziehen?«, fragte er.

Bülent kam uns entgegen und begrüßte den Typen mit Küsschen links und Küsschen rechts, wie einen Freund, souverän machte er das, erwiderte die Höflichkeiten, *alles klar, wie geht's, gut, schön, freut mich, was zu trinken?* Und dann: »Wie viel willst du?«

Mittlerweile stand eine kleine Waage auf dem Couchtisch. Ich zog die Vorhänge zu, alle lachten.

»Unser Freund, der Hosenscheißer von Babelsberg«, sagte Sammy. Ich war wütend.

»Mach mir fertig, was ihr dahabt, aber packt es in fünf Tütchen bitte«, sagte der Druffi. Sammy begann das Wiegen und das Abpacken, er hatte ruhige Hände und war geübt. Ich schaute ihm gerne zu und beruhigte mich dabei wieder. Neben ihm und der Waage und dem Speed stand der Traubenzucker: Das Streckmittel stand noch auf dem Tisch.

»Probier mal«, sagte Bülent. Er schob dem Druffi eine Line auf einer CD-Hülle rüber.

»Ist so sauber wie die Bürgersteige in Babelsberg«, sagte er. Mit einem Kopfnicken und großen Augen machte ich Ceylan auf den Traubenzucker aufmerksam. Er fluchte stumm und stieß Bülent an, und Sammy wog und verpackte, wog und verpackte, mit Händen, die wie Roboterpinzetten arbeiteten. Der Druffi zog das Speed von der CD-Hülle.

»Wie läuft denn der Dreh?«, fragte Bülent. Seine Augen sahen hart aus, wie dunkle, viel zu große Sandkörner. Es funktionierte, der Druffi erzählte vom Dreh, angeregt durch das Speed redete er von Scheinwerferhitze, der scharfen Maskenbildnerin.

»Ein Arsch wie ein Pfirsich, zum Reinbeißen«, sagte er. Die Wiederholungen, absurdes Wiederkäuen von Satzfetzen, Papprequisiten, die aussähen wie Ming-Vasen: »Überhaupt, das Set«, sagte er, »das ist ne bizarre Traumwelt, zusammengehalten wird das nur von Megafondurchsagen und Kabeln, Hunderten Kabeln, kilometerlang. Kabel sind das Paketband des Filmsets. Und irgendwann kommt immer der Produzent vorbei, meistens, wenn es am Tag vorher scheiße lief. Überfreundlicher Typ, geweißte Zähne, hat für jeden eine Umarmung. Das Ganze ist so falsch, dass es schon stinkt. Und zwischendurch, in der Mittagspause, dann, wenn die anderen dran sind, zieh ich mir schön ne Nase vom Zauberpuder«, sagte er. Er sagte wirklich *Zauberpuder*, und Bülent lachte und berührte ihn am Oberarm. Ich saß immer noch auf dem Boden.

So ging das dann jede Woche, immer an einem anderen Tag, immer ohne Ankündigung, die Jungs tauchten auf, der Traubenzucker wurde leerer, der Tisch bröckelte weiter, ich ging pünktlich zum Training. In der Wohnung ging jedes Mal was kaputt oder fiel um. Aus diesen Besuchen wurden Partys, ich kaufte das Bier und den Wodka, von dem Geld, das sie für das Speed bekamen. Die Jungs legten die Füße hoch und tranken und schliefen vollkommen besoffen auf dem Sofa und in der Badewanne. Bülent ging immer irgendwann und kam morgens mit Saft und Brötchen wieder. Jedes Mal kotzte einer, immer ein anderer. Der Geruch der Jungs wurde zum Geruch der Wohnung. Ich besuchte Juliane wieder öfter in Berlin. Wir schliefen seltener miteinander.

Irgendwann fragte ich Bülent: »Wie lange soll das eigentlich noch so gehen?«

»Du hast recht«, sagte er, »wir sollten ein paar Ladys dazu einladen.«

Jörg, so hieß der Druffi, kam, erzählte aus seinem Schauspielerleben, von seinen Reisen nach Indien und Iran und in die USA. »Die Augen der Kinder sehen überall gleich aus«, sagte er, »sie sehnen sich nur nach unterschiedlichen Dingen, aber die Sehnsucht ist dieselbe«, sagte er, der Schauspieler, er schaute Sammy auf seine genauen Hände, dann nahm er das Speed mit, das gestreckte Speed, für das er zu viel bezahlte. Und an einem dieser Abende sagte Bülent das erste Mal diesen Satz: »Fahr uns mal da hin.«

7

Beim sechsten Mal sagte ich nicht, *ich kann heute nicht.* Ich sagte nicht, *ich bin raus, lasst mich in Ruhe.* Ich stellte mich schlafend, ich ging einfach nicht ans Handy. Ich wusste, dass sie vorbeikommen würden, ich wusste, dass sie zum Training kommen würden, wenn ich die Tür nicht aufmachte. Ich wusste, dass sie zum nächsten Spiel kommen würden, wenn ich nicht zum Training gehen würde. Ich wusste, sie würden bei Juliane auf mich warten. Ich wusste, es gab kein Entkommen, alles war vorbereitet, der nächste Überfall, aber ich ging nicht ans Handy, ich verkroch mich, und an diesem Tag wurden wir festgenommen. Die Jungs auf frischer Tat, mich holten sie aus dem Bett, SEK, großer Aufwand, die Nachbarn schauten aus den Fenstern. Nur in Jogginghose und Unterhemd wurde ich abgeführt, vorbei am Putzplan und am Müllabfuhrkalender, die Hände auf dem Rücken. Wir wurden einzeln verhört. Ich antwortete wahrheitsgemäß, ohne die anderen zu belasten, ich sagte nicht, wer dem Typen den Kiefer gebrochen hatte. Ich sagte: »Ich war der Fahrer«, sonst nichts. Es hätte glimpflich laufen können, ich hätte der Mitläufer sein können für die Bullen, der Typ, der eben auch dabei war, der ein Abenteuer nötig hatte oder so, dummer Idiot, was soll's, Bewährung, ein bisschen was für die Zeitungen und zurück auf den Fußballplatz. Aber meine Freunde sagten einstimmig aus, ich sei der Kopf der Bande gewesen, die Masken, die Macheten, alles meine Idee. »Er hat die Beute versteckt«, sagten sie.

Alles haltlos natürlich, aber erst mal durfte ich nicht wieder raus, Untersuchungshaft, anderthalb Jahre war ich drin, Einzelzelle, bis zum Urteilsspruch. Liegestütze und Fernsehen, mehr konnte ich nicht machen. Die Jungs waren einen Tag nach der Festnahme wieder draußen, irgendjemand musste direkt Kaution für sie hinterlegt haben. Die anderen? Juliane, Mama und Papa, der Verein? Fassungslos, viele Tränen, dann Wut, dann Abgeklärtheit, Durchhalteparolen, Ungewissheit, Funktionieren, alles ganz schnell hintereinander, wie Gestörte.

»Geld hättest du auch von uns haben können«, sagte Papa.

»Wie soll es denn jetzt weitergehen?«, fragte Mama.

»Wie soll ich dir je wieder vertrauen?«, sagte Juliane.

»Scheiße, du Idiot, du wurdest definitiv von Bundesligisten beobachtet«, sagte der Trainer.

Alle hielten zu mir. Sie sagten nicht, *wir hauen dich hier raus und dann geht's weiter, als wäre nichts gewesen.* Aber sie sagten, *wir stehen das durch und gucken dann, ob es gemeinsam weitergeht.* Auch Juliane reagierte so. Sie schleppte sogar ihren Strafrechtsprofessor an, zur Rechtsberatung, das muss man sich mal überlegen, sie sagte zu ihm wahrscheinlich so was wie: »Herr Professor, mein Freund ist ein Verbrecher, ich brauche Ihre Hilfe.«

Das tat sie für mich.

Das klappte alles nur, weil ich Fußballer bin, klingt doof, ist aber so. Jeder von ihnen wusste, wenn wir ihn schnell wieder rauskriegen, kann er spielen, und wenn er spielt, ist alles gut. Talent, das lernte ich jetzt erst richtig, bedeutet, Chancen zu haben, mehr als eine.

Das Urteil war hart, drei Jahre und neun Monate ohne Bewährung, wegen schweren bandenmäßigen Raubes. Wir konnten nicht beweisen, dass ich nur gefahren bin. Wir haben Berufung eingelegt, ich bin auf Kaution draußen, mein Vater hinterlegte 10 000 Euro für mich. Über die weitere Verbüßung der Strafe wird grade neu verhandelt. Ich will Fußball spielen, mehr weiß ich nicht, und dass ich Juliane liebe und allen unendlich dankbar bin. Außer den Jungs natürlich. Die sind auch draußen, auf Bewährung, die belastenden Aussagen gegen mich, die Milde des Jugendstrafrechts, so einfach geht das.

»Soll ich bei denen mal ein paar Leute vorbeischicken?«, fragte mein Vater.

»Nein«, sagte ich.

Sobald klar ist, wie es weitergeht, darf ich wahrscheinlich auch wieder am Mannschaftstraining teilnehmen, mein

Trainer kümmert sich darum. Er werde ein gutes Wort bei der Geschäftsführung für mich einlegen, sagte er. Offener Vollzug, Freigang, verkürzte Haftdauer, darauf hoffe ich. Im Moment halte ich mich mit Laufen fit und mit Ball- und Kraftübungen, alles alleine, ich wiege vier Kilo zu viel, den Muskelkater bekämpfe ich mit Pferdesalbe. Bülent habe ich gestern zufällig auf der Straße getroffen. Wir gingen in einen Park und blickten auf die Bäume. Es war ziemlich schön, und wir wussten, wir würden uns nie wiedersehen. In meiner Wohnung liegen noch elf M&Ms, ich weiß nur nicht, wo und in welchen Farben. Aber sie sind da.

Wasser

»Hallo Meer, wir kommen, wir kommen.«
Lotte

I

»*Mushroom Point*«, sagte der andere Deutsche an der Bar in der diesigen Hauptstadt mit dem Fluss, der seine Fließrichtung einmal im Jahr ändert. »Da ist alles rund. Die Bungalows: rund. Die Betten: rund. Total abgefahren«, sagte er. »*Otres Beach*, wenig Müll, sauberes Wasser, entspannte Leute, da kann man auch mal laut sein. Muss man aber nicht. Fahr da hin«, sagte er. »Ist cool da. Die coolen Leute fahren da hin.«

»Schreib's mir auf«, sagte ich, »schreib's auf, das kann ich mir nicht merken.«

Zwei Wörter auf einem Zettel, das war mein Ziel.

Es war eine klassische Backpacker-Route, von Phnom Penh runter nach Sihanoukville, von der Hauptstadt an die Strände. Ich wollte ein paar Tage alleine sein, runterkommen, endlich mal lesen, vielleicht surfen, wenn die Wellen es zuließen. Vielleicht mit einem fremden Mädchen schlafen.

Danach wollte ich weiter nach Siem Reap, Tempel angucken, durch den Dschungel rennen. In einer Woche war ich dort mit Tim und Basti verabredet, meiner Crew aus Schulzeiten.

Es war relativ einfach, sich in Kambodscha zurechtzufinden, fast alle Schilder hatten englische Untertitel, und die Städtenamen auf den Tafeln am Busbahnhof waren zusätzlich in lateinischen Schriftzeichen geschrieben. Die Gerüche hatten mich an der Leine. Die meiste Zeit wollte ich meinen Kopf ständig in eine andere Richtung drehen und einem Geruch hinterherlaufen, der mir neu in die Nase geweht war.

Es roch nach Sojasauce und gebratenem Hähnchen, nach geröstetem Knoblauch und Diesel, nach frisch aufgeschnittenen Mangos und bestimmt auch nach gegrillten Heuschrecken, kaum zu unterscheiden vom Rest. Die meisten Reisenden transportierten ihr Gepäck in dünnen Plastiktüten ohne Aufdruck und in Sporttaschen. Viele Frauen trugen gemusterte Hosenanzüge, Bärchen, Karos, Blumen in Orange, Grün oder Rot, alles war dabei, eigentlich waren es Pyjamas. Straßen-Pyjamas. Ständig wollte jemand was von mir, immer Geld, manchmal für eine Gegenleistung, für ein Armband oder eine Tuk-Tuk-Fahrt oder ein trauriges Augenpaar. Ich hatte mir ein deutliches Kopfschütteln und einen abweisenden Blick zugelegt, mit heruntergezogenen Mundwinkeln, das funktionierte gut. Überall wuselten Kinder herum, sie spielten Fangen und versteckten sich hinter Erwachsenenbeinen, ihre Rufe vermischten sich mit dem Lärm der Stadt, mit dem Knattern der Mopeds und den Anpreisungen der Straßenhändler, es war laut und staubig, und auf dem Bussteig lag eine Menge Dreck. Ich stand da, mittendrin, schwer bepackt, schwitzend, nasse Strähnen an den Schläfen. Wie sollst du zu Hause jemandem erklären, wie schön das ist, wie soll das gehen, dachte ich.

Die Busfahrt kostete fünf Dollar, inklusive Maut. Ein alter Hyundai, durchgesessene Sitze, abgewetzte Bezüge, Achtzigerjahre-Lackmuster, braun-weiß, in Deutschland hätte man sich auf der Straße danach umgedreht. Man konnte nur vorne ein- und aussteigen, die hintere Tür war kaputt, es gab keine Toilette. Im Internet stand, die Fahrt dauere mindestens fünf Stunden. Die meisten Busse machen auf halber Strecke fünfzehn bis dreißig Minuten Pause an einem Restaurant, manchmal aber auch nicht. Ab und zu wird angehalten, damit Reisende ein- und aussteigen können, manchmal nicht. Manchmal wird auch einfach irgendwo angehalten, ohne Grund. *Welcome to Cambodia* stand im Internet. Knapp 250 Kilometer bis Sihanoukville, wird schon gehen, dachte ich. Danach müsse man mit dem Tuk-Tuk weiter, hatte der Deutsche gesagt.

Kurz vor der Abfahrt stiegen noch zwei junge Touristen ein, Europäer, ziemlich sicher, Amerikaner tragen die Labels an ihrer Kleidung sichtbarer. Mann und Frau, sie kannten sich vermutlich noch nicht lange, hatten sich unterwegs kennengelernt, wie fast alle Backpacker hier, es waren flüchtige Gemeinschaften mit viel Vertrauensvorschuss. Bei den beiden erkannte ich es an der Art, wie sie sich gegenseitig halfen, dem Fahrer ihr Gepäck anzureichen. Unsicherheit in den Gesten, fehlende Routine, die Rollenverteilung war nicht geklärt. Sie ließ sich nicht helfen, obwohl er wollte. Einige Passagiere an den Fenstern schüttelten mit den Köpfen, Frauen kicherten, ein bisschen peinlich war es schon. Der Mann hatte unglaublich viel Gepäck, zwei große Reisetaschen, einen Schallplattenkoffer, Laptoptasche um die Schulter, es sah aus, als würde er eine ganze DJ-Ausrüstung mit sich rumschleppen. Er trug eine weißrahmige Sonnenbrille, und um seinen Hals hingen große weiße Kopfhörer. Ein extrovertierter Typ, gar kein Zweifel. Die Frau stieg zuerst ein. »Hinten ist noch was frei«, sagte er nachkommend.

»Das sehe ich«, sagte die Frau. Es waren Deutsche.

Der Bus nahm den National Highway 4, den direkten Weg, zwei Städte, eine Straße. Die Strecke war flach, trotzdem fuhr der Bus oft nur langsam, nicht mehr als 60 Stundenkilometer. Schuld waren die Schlaglöcher. Wir passierten viele trockene Reisfelder mit den üblichen Bewässerungsgräben. Regelmäßig rauschten Häuser an uns vorbei, manche einfach und auf Stelzen, umgeben von großer Unordnung. Manche aus Ziegelsteinen mit Plakaten der Cambodian People's Party vor dem Grundstück. Wir passierten kleinere Ortschaften, immer mit einem Funkmast für das Handynetz an zentraler Stelle, mal einen Tempel. Oft überquerten dürre Rinder die Fahrbahn, Kinder winkten dem Bus hinterher. Wo es ging, gab der Fahrer mächtig Gas, und die doppelt durchgezogene Fahrbahnlinie hielt ihn nicht davon ab, zu überholen. Mopeds und Motorräder drängte er von der Straße ab, als wären sie keine gleichberechtigten Verkehrsteilnehmer.

»Schon Kamikaze-Style, wie die hier fahren«, sagte der Deutsche hinter mir.

»Hoffentlich kommen wir hier lebend raus«, sagte seine Begleitung, nicht ganz ernst gemeint, aber trotzdem besorgt. Ein halber Scherz.

Ich hatte keine Angst. Ich vertrieb mir die Zeit damit, die Leute zu beobachten, ich spielte mit mir selbst ein Spiel. Es ging darum, an jedem Reisenden ein Merkmal auszumachen, das denjenigen beschrieb. Es konnte ein Kleidungsstück oder ein großer Leberfleck in der Kniekehle sein, ein Klettverschluss oder die Zahl der geöffneten Knöpfe am Hemdkragen. Ich entdeckte Affenfuß-Frau und Raucherfinger-Mann, Popel-Kind und viele mehr. Bei dem Deutschen entschied ich mich nach kurzem Überlegen für DJ-Boy. Die Frau hatte Sommersprossen und trug einen Nasenring. Ich entschied mich für die Sommersprossen, die waren schöner, also war sie Sommersprossen-Girl. DJ-Boy und Sommersprossen-Girl, das gefiel mir, der ganze Bus bestand aus meinen eigenen Comicfiguren.

Bis zu unserer Pause fiel ich den beiden nicht auf, obwohl ich außer ihnen der einzige Europäer war. Sie unterhielten sich ununterbrochen, ich war dankbar dafür und hörte zu. Ab und an drehte ich mich um dabei und musste schmunzeln, als ich feststellte, dass DJ-Boy genauso aufgeregt gestikulierte, wie er sich anhörte. Ich spürte bei jeder Bewegung, wie verschwitzt ich war. Nasser Stoff auf der Haut. Ich schloss die Augen, bis mir schlecht wurde, und öffnete sie wieder. Die beiden sprachen über ihren bisherigen Reiseverlauf, natürlich, er war aus Bangkok gekommen, sie aus dem Norden,

von den großen Tempelanlagen. »Für mich beeindru-
ckender als die Chinesische Mauer«, sagte sie. Sie diskutierten über den Müll auf den Straßen, »also, sauber ist
halt schon was anderes«, sagte er, darüber, ob die Ein-
trittspreise zu den *Killing Fields* angemessen sind. »Ein
nationales Trauma sollte man nicht vermarkten, find
ich«, sagte sie, sie sprachen über die verfallenden Kolo-
nialbauten in der Hauptstadt.

»Alte Sachen scheinen hier überhaupt keinen Wert zu
haben«, sagte sie.

»Das ist eben ein anderer Umgang mit kulturellem
Erbe hier als bei uns«, sagte er. »Guck mal, schon wieder so eine dünne Kuh.«

Der Bus überholte wieder halsbrecherisch, ich konnte
sehen, dass der Fahrer das Lenkrad nur mit einer Hand
hielt. Der Wald, der jetzt vorbeizog, war düster. Palmen
und Mangobäume, aber eigentlich gar keine Landschaft,
nur zerfließendes Grün. Eine undurchdringliche Fläche,
darüber der Himmel. Dann der staubige Straßenrand,
die doppelt durchgezogene Linie, mal neben, mal unter
dem Bus. Ich roch vorsichtig an den Sitzpolstern, dann
an mir. Ich stank nicht. Die Köpfe vor mir bewegten
sich im Takt der Schlaglöcher, die ganze Fahrt. Der Bus
hielt nach knapp drei Stunden für eine Pause.

Ich stieg aus, die Luft war feucht, mein Shirt nass, auf dem
Parkplatz jagten ein paar Kinder einem zerfledderten
Fußball hinterher. Die Reisegruppe verteilte sich zäh, in
den Bäumen am Waldrand waren kleine Affen zu sehen,
die uns neugierig beobachteten.

»Vor den Affen muss man aufpassen«, sagte Sommer-sprossen-Girl. »Das sind die Elstern Südostasiens.«

»Das ist doch ne *urban legend*«, sagte DJ-Boy, »oder hier vielleicht eher ne Dschungel-Legende.« Er lachte laut und heiser, wieder etwas peinlich, Sommersprossen-Girl sah sich unsicher um. Ich lehnte am Bus, wedelte mir mit meinem Shirt ein wenig Luft zu, beobachtete die beiden vergnügt, drehte eine Zigarette, den Filter im Mundwin-kel, die Pose war erprobt. DJ-Boy kam auf mich zu. »Can I have a cigarette?«, fragte er.

»Wenn du drehen kannst.«

»Hey, du bist Deutscher«, sagte er. »Hey Lotte, der ist Deutscher, abgefahren, wir haben dich gar nicht bemerkt, hättest ja mal was sagen können.«

»Willst du jetzt ne Zigarette?«, sagte ich.

»Jaja, klar, ich bin übrigens Michi, also Michael, aber alle nennen mich Michi, Mann, cool dich kennenzulernen, man trifft so viele coole Leute hier. Das ist Lotte, Lotte, das ist …«

»Chris«, sagte ich. »Ich heiße Chris.«

»Angenehm, Chris, ist warm im Bus, was?«, sagte Lotte.

»Und wo willst du hin?«, fragte Michi.

Ich griff in meine Hosentasche, vom Zettel las ich ab: »Otres Beach, Mushroom Point, dieses Runde«, sagte ich, als müsste man das kennen.

»Geil«, sagte Michi, »da wollen wir auch hin, also an den Strand, soll supercool sein, Hostel wissen wir noch nicht. Wollen erst mal gucken, ich will auf jeden Fall nah an den Strand und Lotte will ein bisschen sparen.«

»Na ja, nah am Strand will ich auch«, sagte Lotte. Sie

blinzelte, das linke Auge zusammengekniffen, mehr als das rechte, ein Nasenflügel blähte sich auf dabei und ich konnte ihre Zähne sehen. Eine Lücke zwischen den kurzen Schneidezähnen, ich mochte das, ein nettes Blinzeln, irgendwie mädchenhaft. Ihre Haare waren ein bisschen verfilzt, hinten ein weiter Zopf, eine gewollte Unordnung. Bestimmt machte sie sich extra die Haare nass, bevor sie ins Bett ging.

»Feuer?«, fragte ich. Michi hatte sich eine fürchterliche Zigarette gedreht, eigentlich nicht rauchbar, krumm und ungleichmäßig. Er nickte und ich hielt ihm das Feuerzeug hin.

»Hättest auch was sagen können, dann hätte ich dir eine gedreht.«

»Ich geh mir mal ne Cola holen, will jemand ne Cola?«, fragte Lotte.

»Lieber Ginger Ale, bring mir Ginger Ale mit, wenn sie das haben«, sagte Michi. »Sonst Litschi-Saft, die Cola schmeckt hier irgendwie komisch.«

Der Rauch strich über seinen Kopf, es ging kein Wind, die Wolke stieg langsam auf, hing träge vor dem Himmel voller Dunstschleier.

»Cola finde ich gut«, sagte ich. »Warte kurz, mein Geld ist im Bus.«

»Ach, gib mir heute Abend ein Bier aus.«

Sie drehte sich um und ging zu den Hütten rüber. Ihr Rock schwang um ihre Beine, von links nach rechts, schön im Takt der Schritte, die ein bisschen Staub aufwirbelten. Sie machte kurze energische Schritte, ihr Po bewegte sich etwas mehr als nötig.

»Da läuft doch was«, sagte Michi. Seine Zigarette brannte kaum und schief ab, er schaute beim Ziehen skeptisch auf die Glut.

»Am Otres Beach soll es eine coole Bar geben, *Pirate Bar* oder so, da will ich hin, auflegen«, sagte er. »Hab mein ganzes Zeug dabei.«

Die Einheimischen hatten begonnen, die Affen mit Mango-Schnitzchen zu füttern.

Die Werbetafeln wurden mehr, der Verkehr dichter, die Stadt war nicht mehr weit. Es herrschte jetzt größere Aufregung im Bus, alle redeten, Michi zeigte ständig auf irgendetwas, er teilte sein Reiseführerwissen gerne. Lotte drehte sich eine Strähne um den Finger, blieb freundlich, manchmal stellte sie eine Frage.

Sobald man uns am Busbahnhof von Sihanoukville ausgemacht hatte, noch bevor ich überhaupt meinen Rucksack schultern konnte, wurden wir umschwärmt. Taxiund Tuk-Tuk-Fahrer, *my friend, where you go, hello mister, motorcycle,* jeder wusste ein besseres, ein günstigeres Hotel, eines, das näher am Strand lag, gebrochenes Englisch aus Mündern mit braunen Zahnreihen, ein Gefuchtel vor unseren Nasen. »Ganz ruhig«, sagte ich auf Deutsch und zog meine Mundwinkel nach unten.

Die Luft war immer noch feucht, aber nicht mehr so schwer, man konnte das Meer riechen, weit konnte es nicht sein.

»Riechst du das?«, fragte Lotte neben mir, ihre Sommersprossen hatten die gleiche Farbe wie der dämmrige Himmel. Gleich müssten die Leuchtreklamen angehen.

»Ja«, sagte ich. »Findest du das schön?«

»Wahrscheinlich, aber man sieht ja noch nichts«, sagte sie. »Gehen wir heute noch schwimmen?«

»Natürlich.«

Wir hielten uns jetzt etwas abseits und passten auf das Gepäck auf, Michi verhandelte mit den Fahrern. Einer nach dem anderen wendete sich von ihm ab, sie schüttelten mit dem Kopf und zogen die Augenbrauen hoch. Michi sah ungeschickt aus. »Irgendwas läuft da schief«, sagte ich. Es wurde schnell dunkel, Hunde streiften in kleinen Rudeln über den Bussteig. Gebell.

»Hey, was ist denn los?«, sagte ich.

»Keine Ahnung, wenn ich sage, wo wir hinwollen, meinen die nur *too dark, too dangerous*«, sagte Michi. »Aber der Kollege hier ruft grade seinen Bruder an, der hat wohl ein Motorrad, mit dem es geht.«

Es dauerte noch etwas, Preisverhandlungen um Minibeträge, bis ich keine Lust mehr hatte, mit dem Kopf zu schütteln: »Scheiß doch drauf, Michi, der eine Dollar, ich will heute lieber noch schwimmen«, sagte ich.

Es begann ein aufwendiges Beladen und Verzurren des Anhängers.

»Fragile, attention«, sagte Michi, »DJ-Equipment, fragile.«

»Jetzt mach hier die Leute nicht so verrückt««, sagte Lotte. »Oder sprich wenigstens ganze Sätze mit ihnen.«

Was zu essen und eine Dusche hätten uns allen gutgetan. Ich reichte Michi stumm meine Wasserflasche. Er war ein hektischer, kleiner Typ mit dunklen Haaren, sehr liebenswert und anstrengend, er wog bestimmt nicht mehr als 65 Kilo. Er schüttete sich etwas Wasser in den Nacken, auf den Kopf, er schnaubte. »Na dann«, sagte er.

Die Straße aus der Stadt an den Strand war eine Aneinanderreihung von Löchern im lehmigen Boden, staubig oder matschig, je nachdem. Dazwischen Abschnitte aus gestampftem Kies. Wir waren froh um das Motocross-Bike, das uns zog, obwohl es stank und schrecklich knatterte. Wir schwiegen, bis das erste Mal das Meer zu sehen war, rechts tauchte es auf, als helles Band im Sichtfeld. Lotte hielt den Kopf in den Fahrtwind, streckte den Arm aus: »Hallo Meer, wir kommen, wir kommen.« Ein Träger rutschte ihr von der Schulter.

Michi strahlte mich an: »Fett!«, sagte er.

Ein leichter Wind kräuselte das Wasser. Die kabbeligen Wellen waren noch kurz zu sehen, dann wurde es zu dunkel.

Es war staubig, es rüttelte, das Fahrwerk wurde gefordert, Michi drehte sich oft zum Gepäck um und bat mich, ihm zu helfen, seine Taschen festzuhalten. So ging die Fahrt. Die ganze Strecke wirkte wie eine Baustelle. Am Straßenrand notdürftige Hütten, immer wieder Hunde, ein paar dunkle Gestalten, Umrisse, viel war nicht zu sehen, vor allem aber Baufälliges, Windschiefes auf Stelzen, die Armut war sichtbar, alles untermalt von dem Knattern des Motors, dem Quietschen der Bremsen. An einer Brücke mussten wir aussteigen und das Gepäck hinübertragen, es wurde gebaut und die Fahrspur war sehr schmal, zu schmal eigentlich für ein Motorrad mit Anhänger, und

Lotte konnte nicht hinsehen. Sie berührte mich das erste Mal, ihr Kopf an meiner Schulter, während wir warteten und dem Fahrer zuschauten.

»Krasse Balance«, sagte Michi. »Hätte das einer von euch gekonnt?«

»Ist er drüben?«, fragte Lotte, hob vorsichtig den Kopf. Insgesamt dauerte es eine halbe Stunde, eine zermürbende halbe Stunde, bis wir hintereinander über diese halb fertige Brücke gehen konnten.

Irgendwann hielten wir am Straßenrand, der Fahrer stellte den Motor ab, er sagte: »Mushroom Point.« Es war niemand zu sehen, wir standen in der Dunkelheit, rechts leises Meeresrauschen, jetzt, ohne Motor, gut hörbar, ich hatte mich noch nicht daran gewöhnt. Links konnte ich Hütten erahnen, kleine und größere sowie ein mehrstöckiges Gebäude mit dunklem Eingang, alles schemenhaft, wahrscheinlich Schilfdächer. Niemand kam uns von einer Veranda entgegen, niemand sagte *welcome*.

»Das sieht verdammt zu aus«, sagte ich.

Michi bezahlte den Fahrer: »Ach was, super sieht das aus, das Meer ist super nah, dahinten, kannst du die Sessel sehen, da liegen Kissen drauf, hier ist auf jeden Fall jemand, es ist perfekt.« Keine Spur Erschöpfung mehr in seiner Stimme. Wir luden unser Gepäck ab. Der Fahrer sagte: »Nice Holiday«, dann trat er auf den Kickstarter und wendete. Michi ging Richtung Meer, ruderte mit den Armen dabei, tänzelte, er ist ein aufgeregtes Huhn, dachte ich.

»Wartet hier und passt auf die Sachen auf«, sagte Michi.

»Wo willst du hin?«, rief Lotte. »Wehe, du gehst ohne uns schwimmen.«

»Ich glaube, dahinten ist jemand, hör mal.« Mit der nächsten leichten Windböe wehten Musik und Stimmen zu uns, ich konnte eine Gitarre hören. »Die sind alle am Strand«, sagte ich.

Michi kam kurz darauf wieder, mit einem stolzen Grinsen im Gesicht, hinter ihm ein Mann in grünem Polohemd, auf der Brust stand: *Staff*.

2

»Welcome to Mushroom Point, did you have a nice journey, was everything alright with the driver, come in, come in«, sagte der Mann.

Ein kleines Stück Wiese, dann ein großer Pilz, wirklich ein Pilz, rund, Schilfwände, Schilfdach, das Dach wie ein Schirm, vorstehend, alles offen, es gab keine Türen. Der Boden braun gefliest. Alles einfach so an einen Küstenstreifen gebaut. So was hast du noch nie gesehen, dachte ich, vollkommen unberührt, ein Gedanke wie ein Schulterzucken. Ich war zu müde, um wirklich zu staunen, ich registrierte nur, versuchte der kurzen Einweisung des Staff-Mitglieds zu folgen. Er breitete einen Lageplan aus und tippte zügig darauf rum. Toilettenhäuschen, Einzelzimmer, Bungalow mit eigenem Bad, Mehrbettzimmer, Essen von dann bis dann, alles kein Problem hier, *really no problem*, Handtuchwechsel, wenn gewünscht. Strandbars hier, ein Pizzarestaurant da, *really great*, Wifi-Passwort.

Er redete schnell und fragte sich immer wieder selbst, ob er noch irgendwas vergessen hatte zu erwähnen, dabei ein bisschen zu begeistert von allem, in seinem Atem roch ich einen süßen Cocktail. Dann die Preise.

»Ist das okay für dich, Lotte?«, fragte Michi.

Sie wiegte den Kopf: »Erst mal zwei Nächte, Einzelzimmer.«

Ich hörte bald nicht mehr zu. Als Michi anfing, Fragen zu stellen, setzte ich mich auf einen der Bambushocker. Ich dachte an den Geruch der Sitzpolster im Bus, an die dreckigen Fenster, den Staub, die Äffchen. Ich hatte das Rütteln und Knattern noch in den Gliedern. Ich wollte jetzt nicht wissen, ob es eine Gepäckaufbewahrung gibt. Um mich herum viel Bambus, viel helles Holz, ein paar Hängematten, alles wie zufällig hingewürfelt. In einer Ecke gab es ein Regal mit Spielen, Monopoly, Schach, Backgammon. Hinter der Bar hingen Tafeln mit Cocktailnamen und Dollarpreisen. Ein Münztelefon. Auf der Bar stand eine Schale mit Früchten, dahinter hohe Kühlschränke mit Glastüren. Ich sagte: »Bungalow, single«, das war's. *Mushroom 3*. Wir bekamen unsere Schlüssel.

»Kurz frisch machen, dann an die Strandbar, ein Bierchen zischen, dann schwimmen, bist du dabei?«, fragte Michi.

»Ich bin echt platt«, sagte ich.

»Hey, du musst mir noch ein Bier ausgeben«, sagte Lotte, »du kannst jetzt nicht kneifen.« Sie warf ihren Zopf hinter die Schultern. Ihre Gesten wurden mir zu aufdringlich, obwohl sie unbedacht waren.

»Ein Bier, okay«, sagte ich.

Ein Pfad aus einzeln in die Wiese eingelassenen Steinen schlängelte sich durch das Gelände, darauf wie hingeworfen und liegen gelassen die Bungalows. Dazwischen Bambuspflanzen und Palmen, alles recht hübsch. Gepflegt. Ich zählte sieben kleine und drei größere Hütten und ein Waschhaus. Dann noch das mehrstöckige Gebäude, den *water tower* mit den Einzelzimmern. Lotte verabschiedete sich dahin.

Vor meinem Bungalow standen zwei Liegestühle aus Bambus. Das Schilf vom Dach hing über den Eingang, eine zweiflüglige Tür, ich musste mich ducken. Drinnen, in der Mitte des Raums, ein rundes Bett, weiß bezogen, zwei gefaltete Handtücher und eine Lotusblume darauf. Ein löchriges Moskitonetz, an der Decke befestigt, und an der Seite eine kleine Ablage, mehr nicht. Die Wände waren bis auf Hüfthöhe aus weiß gestrichenem Lehm, dann Bambus, morgens würde Licht in feinen Strahlen durch die Ritzen fallen. Aus dem Bad roch es nach Desinfektionsmittel. Michi hatte den Bungalow direkt neben mir, ich konnte ihn singen hören: »An allem, was man sagt, an allem, was man sagt, ist auch was dran.«

Wer weiße Kopfhörer trägt, hört auch Clueso, dachte ich. Er sang wild mit und ich stellte mir vor, wie er mit den weißen Kopfhörern auf den Ohren seine Socken auspackt, ich musste grinsen. Ich trat nach draußen, setzte mich in einen der Liegestühle. Ich war endlich alleine, endlich angekommen. Ich rauchte. Ich fühlte so etwas wie Wohlbefinden. Und Michi sang: »Ich glaube nichts, ich glaub an dich, glaubst du an mich, ich glaub, ich auch.« Liedzeilen, die er nicht kannte, ersetzte er durch Laute, hart am Rand einer Melodie. Gegenüber sah ich Lotte im Bikini in den Waschraum huschen.

Im Gras, direkt neben mir, ein Rascheln, dann war das Tier verschwunden. Schlange oder Echse oder was anderes. Ich weiß es nicht. Das Hostel schien kaum ausgelastet zu sein, es hingen keine Handtücher vor den Bungalows. Ich drückte meine Zigarette aus. Wieder drinnen, legte ich mich aufs Bett, ich hätte sofort einschlafen können, hätte Michi nicht so schön und so schrecklich gesungen. Also schnürte ich meinen Rucksack auf, warf alles aufs Bett, karierte Shorts, gestreifte T-Shirts, Wanderschuhe in einer Plastiktüte. Kulturbeutel. Drei Handtücher. Bücher.

»Bier, Bier, Bier«, rief Michi von draußen.

Ich trat in den Türrahmen: »Meinst du wirklich, wir gehen noch schwimmen, wenn wir jetzt Bier trinken?«, fragte ich, die Arme vor der Brust verschränkend.

»Of course we do«, sagte Michi. »Was denkst du denn.«

»Ich denke, wir sollten auf jeden Fall was essen«, sagte ich.

Wir gingen einträchtig nebeneinanderher. Michi in der Mitte, die Kopfhörer um den Hals. Lotte rechts, ich links. Wir waren barfuß und trugen Handtücher auf den Schultern. Michi und ich in Shorts und T-Shirt. Lotte im Tank-Top, darunter ein Neckholder-Bikini, um die Hüften ein nachtblaues Strandtuch. Es flatterte leicht, an Lotte flatterte immer irgendwas. Wir ergaben doch noch ein Bild an diesem Tag, das Bild eines Strandurlaubs. Michi legte uns seine Arme um die Schultern. »Ihr wisst gar nicht, wie glücklich ich bin, euch getroffen zu haben«, sagte er.

»Und was, wenn doch«, sagte ich.

»Leute«, sagte Lotte, »jetzt schaut doch mal, jetzt schaut doch mal hin. Da!« Sie zeigte mit dem Finger drauf. Der Golf von Thailand, ruhig wie das Schnurren einer siamesischen Katze. Der Mond warf sein Licht aufs Wasser, es war eigentlich kaum auszuhalten, so schön war das. Wir waren unvermittelt stehen geblieben.

»Na kommt schon«, sagte Michi, »mir platzt der Kopf, wenn ich nicht gleich ein Bier bekomme.«

»Hoffentlich können die hier auch alle Englisch«, sagte Lotte. »Chris, du machst das alles, ja. Du bestellst.« Sie sprach sanft und weich. 150 Meter bis zur Strandbar. Das Flackern der in den Sand gesteckten Fackeln war schon zu erkennen.

Ich machte das alles, möglichst spielerisch, suchte den Tisch aus, rückte Lotte den Stuhl zurück, nahm ihr das Handtuch ab. Schön ironisch. Ich setzte mich als Letzter, begrüßte den Kellner, bestellte für alle. Bier und Zucker-rohrsaft, Frühlingsrollen und Hähnchen-Amok.

»Was ist das?«, fragte Lotte.

Ich zählte auf: »Kaffirlimonenblätter, Turmericwur-zeln, Galgant, Koriander, Minze, süßes Thai-Basilikum und Zitronengras. Hähnchen. Gemüse, das da ist. Je nach-dem obendrauf Zucker.«

»Aber nicht so scharf«, sagte Lotte.

»Nein«, sagte ich, etwas zu sanft.

Bis die Getränke kamen, schmollte Michi ein bisschen. Wenn Michi schmollte, sah er auf seine Knie, die Hände unter dem Tisch. Er ließ niemandem gerne den Vortritt. Wir saßen auf weißen Plastikstühlen auf einer kleinen Terrasse direkt am Strand. Unweit von uns eine Gruppe Touristen im Sand, Lagerfeuer, leise Gitarrenmusik, das Übliche. Aus den Boxen links und rechts neben der Bar ganz guter Sound. Nachdem Michi ein paar Schluck Bier getrunken hatte, bewegte er Kopf und Schultern im Takt. Erstaunlich sicher, erstaunlich gut. Er sah tatsächlich cool aus dabei. »Yeah«, sagte ich. Wir stießen an. »Auf uns, auf unsere Zeit!«

Das Hähnchen-Amok wurde in einer Kokosschale serviert, dazu ein großer Reisberg auf einer silbernen Platte. Dampfend. Die Frühlingsrollen auf Bananenblättern.

Michi erzählte von seiner Zeit als Hamburger DJ. Jedes Jahr organisierte er mit Freunden ein kleines Festival auf einer Elbhalbinsel. Drei Tage, Party, Kunst und Kultur, ein regionaler Bandcontest. Alles in familiärer Atmosphäre, nach jedem Veranstaltungstag wechselten sie die Müllbeutel selbst aus. Sie sammelten Becher auf. Bei Regen trugen sie Gummistiefel und Regencapes. Manchmal tanzten nur fünf glückliche Menschen vor der Bühne, nur fünf, aber glücklich. Und wenn's mal länger ging, kam irgendwann immer das Ordnungsamt. Einmal kappten sie sogar skrupellos den Strom. Dann die Traumvorstellung, es war nicht das Ende, es gab auch keinen Krawall, die Leute tanzten einfach weiter. Nur vereinzeltes Jauchzen. Blöd geguckt haben sie da, die Ordnungsmänner. Am Wochenende war er meistens gebucht, Köln, München, Berlin, Stuttgart, Resident in Hamburg, es hätte ewig so weitergehen können.

»Aber dann starb meine Mutter«, sagte Michi. »Es kommt mir vor, als sei das ewig lange her, aber ich weiß noch, wie das war: Ganz früh morgens klingelte mich das Telefon aus dem Bett, ein total emotionsloser Arzt war dran. *Herr Hütt, Ihre Mutter ist heute Nacht verstorben,* hat er gesagt. Ich hab gar nichts begriffen zuerst, habe nur bestätigt, was er gesagt hatte. Nach der Beerdigung hab ich dann ziemlich bald meine Sachen gepackt.«

»Hast du gar kein Rückflugticket?«, fragte ich.

»Nein. Meine Mutter war die Letzte, es ist sonst niemand mehr da.«

»Kann man doch machen so, ich finde das okay«, sagte Lotte.

»Ist eben auch eine Art, was spricht dagegen?«

»Aber wir müssen reinrennen, Hand in Hand, auf mein Kommando«, sagte Lotte. Einen kurzen Moment hatten wir uns angeguckt, nach dem Ausziehen, etwas verlegen, so fast nackt. Blicke von der Seite. Jeder hatte versucht, es so beiläufig wie möglich geschehen zu lassen, es funktionierte natürlich überhaupt nicht. Die Scham war da. Wie beim Schulschwimmen. Michi war dünn und sehnig, keine Körperhaare. Eine lange Narbe über dem Brustbein. Wie nach einer Operation am Herzen. Lotte war fest und kompakt. Ich stand in der Mitte, streckte ihnen meine Hände hin, wartete auf Lottes Signal.

»Okay, auf drei«, sagte sie. »Eins. Zwei. Drei.«

Schlachtrufe. Der Strand fiel nur langsam ab, es blieb lange flach. Sobald ich im Wasser war, schmiss ich die Fersen hoch wie beim Hürdenlauf. Die Hände von Michi und Lotte hatte ich nach zwei Schritten verloren. Sprinten, so weit es geht. Ein letzter großer Atemzug. Dann nach vorne hechten. Das Meer war wannenwarm. Ich tauchte unter, streckte mich ganz aus, eine Dehnung, von den Fingerspitzen bis zu den Zehen. Den Schwung ausgleiten lassen, dabei ausatmen. Auf einmal war alles anders, ein Schweben, ganz kurz war sie da, Erhabenheit, einen Moment lang. Dann zog ich durch und schwamm. Ich tauchte lange, als ich wieder hochkam, war der Strand weit weg. Das Lagerfeuer und die Fackeln vor der Bar waren nur noch Lichtpunkte. Die Touristengruppe, die Terrasse mit den Stühlen, die Hütte, links und rechts der Strand, dahinter die Nacht. Darüber der wolkenlose Himmel, ich hörte nichts. Das Meer schluckt alles. Lotte und Michi standen wie Staffagen vor dieser Kulisse, brusthoch im Wasser, spritzten sich nass.

Wundervoll, dachte ich und schwamm zurück.

Wir trugen viel Sand zurück auf die Terrasse. Er schmirgelte uns die Hornhaut, wenn wir die Füße unter dem Tisch bewegten. Ich mochte das, mir gefiel das Raue daran. Die Touristen am Strand hatten nett gegrüßt, als wir tropfend vorbeikamen. »Come over, guys«, hatte jemand gerufen.

»In a second«, hatte Michi geantwortet.

Ich reichte allen die Handtücher.

»Also, eine Erfrischung ist das Wasser ja nicht, wenn es richtig heiß wird morgen, so warm, wie das ist«, sagte Lotte.

»Das sind halt die Tropen hier«, sagte Michi, »was hast du erwartet.«

»Ein paar Grad kühler könnte es schon sein, dann hätte man nicht ständig das Gefühl, dass neben einem jemand ins Wasser gepinkelt hat«, sagte ich.

Lotte kicherte. Ich klopfte mir Wasser aus dem linken Ohr. Wir bestellten mehr Bier, wir konnten es alle nicht nur bei einem belassen. Das lernten wir jetzt schon voneinander, mit nassen Haaren. Den Rest des Abends sprachen wir über dieses und jenes, nichts von Belang. Und immer noch ein Bier. Und noch eins. Keiner von uns erinnerte sich am nächsten Morgen an einen besonderen Satz oder eine besondere Geschichte. Es war schade und vollkommen egal. Michi stand irgendwann auf seinem Stuhl und fiel auf den Tisch. Er fiel nur auf die Nase und die Knie, an allen Flaschen vorbei, ein bloßer Zufall und ein großes Glück. Ich half ihm hoch.

»Tut nicht weh«, sagte er und rüttelte an seinem Nasenbein. »Wenn es gebrochen wär, würde das wehtun, oder?«

»Zeig mal her«, sagte Lotte und beugte sich vor. »Na ja, es wird schon dick.«

Auf dem Nasenrücken hatte sich eine Wunde geöffnet. Kein Blut. Ich musste lachen. Es war zu absurd. Es blieb der Abend, an dem Michi auf den Tisch gefallen war, das blieb übrig.

»Ich muss schlafen«, sagte ich, nachdem wir zum dritten Mal das letzte Bier ausgetrunken hatten.

»Einen Absacker noch, wir trinken noch einen Schnaps, komm schon. Einen noch«, sagte Michi.

Lotte verzog ein wenig das Gesicht und wandte sich von mir ab. Ein lässiger Gleichmut, der ihr nicht stand.

»Ich muss echt pennen jetzt«, sagte ich und stand auf.

»Okay, okay, hau rein, wir sehen uns morgen«, sagte Michi. Seine Nase war ein bisschen blau geworden. »Lass uns noch zu den Strand-Dudes gehen«, sagte er. »Lotte, bist du dabei?«

Lotte sah mich an, wartete kurz, darauf, dass ich noch etwas sagte.

»Gute Nacht«, sagte ich. »Viel Spaß noch.« Ich zahlte für alle und konnte es mir überhaupt nicht leisten.

3

Am nächsten Tag kam der Monsun. Zusammen mit dem Kater. Es pfiff durch die Ritzen in der Schilfwand, aufs Dach prasselte der Regen. Sehr ungemütlich, aber trotzdem warm. Ich blieb lange liegen, wälzte mich von einer Seite auf die andere. Zog die Beine ganz nah an den Körper. Noch tropfte es nicht von der Decke. Wenn ich aufstand, würden die Kopfschmerzen schlimmer werden, das wusste ich. Irgendwann zwang mich meine Blase aus dem Bett. Ich rauchte eine Zigarette, mit eingezogenem Kopf unter dem schmalen Vordach. Mir wurde schlecht davon. Ich schmeckte Magensäure im Mund. Ich kehrte ins Bett zurück, hörte Musik, versuchte zu lesen, mit belegter Zunge. Bis der Hunger zu groß wurde, dann ging ich zur Strandbar. Lotte und Michi waren schon da, lange anscheinend, sie hatten neue Bekanntschaften gemacht. Wahrscheinlich die Strand-Dudes von gestern Nacht. Eine einträgliche Stimmung, angeregte Diskussionen, ernste Themen. Über die Wissenschaft, über Nahost. An einem Tisch wurde Backgammon gespielt. Ich war ganz überfordert. Eine Israelin verteidigte den Zionismus und die Mauer, die ihre Regierung baute. Einem Menschen gegenüber, dessen Land Jahrzehnte von einer Mauer in zwei Welten geteilt wurde.

Michi sagte: »Überlegt mal, die Wissenschaft hat den Oralverkehr von Fruchtfledermäusen erforscht. Wir wissen sogar, dass Schimpansen einander auch an Fotos ihrer Hinterteile erkennen können. Aber es gibt kein Medikament gegen den Kater. Also, überlegt doch mal! Das ist doch vollkommen fehlgeleitet, total bekloppt, also, ich wundere mich über gar nichts mehr.«

»Aber vielleicht ist es gut, dass die Wissenschaft auch nutzlos ist, also, bestimmt hat das einen Nutzen, verstehst du?«, sagte Lotte.

Ich bestellte mir etwas zu essen, reichte vielen meine Hand, sagte oft meinen Namen. *Chris, nice to meet you.* Michi hatte sich wieder seine Kopfhörer aufgesetzt. Er grölte raus, was er hörte. Unnachahmlich. Man drehte sich zu ihm um, man konnte gar nicht anders. Draußen rüttelte der Wind an den Palmen. Das Meer schäumte. Weiße Kronen auf grauem Wasser, bis an den Horizont. Über dem Hochsitz der Rettungsschwimmer wehte die rote Fahne. Die Wellen brachen weit draußen, stattliche Wellen waren das. Sie rollten lange heran, immer wieder, zogen mit sich, was sich nicht wehren konnte. Es gab nicht eine Pause. Das Meer macht keine Pausen. Der Reis und die Cola ließen mich langsam daran denken, etwas zu tun. Die Wellen sahen gut aus, gerade richtig, ich wollte surfen.

»Hey Michi, ich will surfen, kommst du mit?«, fragte ich. Er nahm die Kopfhörer ab.

»Was?«

»Lieber Himmel, Michi, lass die Dinger doch mal von den Ohren, das ist ja unerträglich«, sagte Lotte.

»Michi. Surfen«, sagte ich.

»Geil. Klar. Bin dabei.«

Der ganze Strand war verlassen. Die Masseusen, die Verkäufer aus Indien und Bangladesch, sie hatten sich verkrochen. Sie saßen in ihren Hütten, irgendwo auf dem Weg zum Strand und kochten das Regenwasser in großen Blechkesseln ab. So stellte ich mir das vor. Der Wind schmeckte salzig. Es waren keine Boote auf dem Wasser. Keine Fischer, keine Fähren, noch nicht mal ein Frachter am Horizont. Von vorne schlug uns der Regen in die Gesichter. Michi fing an, in den Wind zu singen, mit voller Kraft, während wir uns beim Gehen leicht nach vorne lehnten. An seinem Hals schwollen die Adern an. Seine Töne wurden sofort zerfetzt und weggetragen, landeinwärts. Irgendwo im Dschungel konnte man sie hören.

Surfbretter waren nicht zu kriegen heute, auch nichts anderes, die Buden am Strand waren mit Brettern verrammelt.

»Lass uns trotzdem rein«, sagte ich. »Ich hab Bock auf die Wellen.«

Michi zögerte kurz: »Meinst du wirklich, sind schon krass, die Wellen, so gut kann ich nicht schwimmen.«

»Geh halt nicht so weit rein«, sagte ich.

Wir sprinteten wieder. Das Meer bot viel mehr Widerstand als gestern Nacht, es war viel rauer. Ein Schweben unter Wasser war unmöglich, die Wellen drückten mich direkt zurück.

Ich kraulte mit, ich warf mich hinein, stemmte mich dagegen, ließ die Wellen auf meine Brust krachen. Tauchte unter ihnen hindurch. Wurde umgeworfen, weggespült, herumgeschleudert. Kräftemessen, Kraulsurfen, ein Heidenspaß. Hart an der Grenze zum Kontrollverlust. Nach jeder erwischten Welle waren meine Shorts voller Sand. Und wieder raus und wieder rein. Ich war ganz bei mir, eigentlich gar nicht ansprechbar. An meiner Seite, nicht weit entfernt, sah ich Michi.

Dann hörte ich ihn: »Hilf mir mal«, rief er, sehr ruhig noch. Was ist das Problem, was soll ich helfen, dachte ich, die nächste Welle fest im Blick. Ich reagierte nicht. Dann rief Michi noch mal, diesmal energischer: »Hey, hilf mir mal!«

Ich schaute zu ihm rüber, er war kaum zu sehen zwischen den Wellen. Ein kleiner Kopf im ständigen Auf und Ab. Etwa auf meiner Höhe. Ich war zehn Meter entfernt und verstand immer noch nicht, was los war. Vielleicht zieht es ihn raus, vielleicht hat er einen Krampf, dachte ich. Kein Ding, dann helfe ich eben kurz. Kann ich. Ich war mir sehr sicher. Ein paar Beinschläge, ein paar Züge, dann war ich bei ihm. 50 Meter vom Strand entfernt. Kein Boden unter den Füßen. Ich ziehe ein bisschen von hinten unter den Armen, er paddelt unterstützend mit den Füßen. Das war mein Plan. Ruhe reinbringen.

Ein Ertrinkender hat keinen Plan mehr, die Panik greift nach dem, was da ist, über Wasser. Ich war über Wasser.

Und Michi war bereits panisch, als ich ihn erreichte. Michi war ein Ertrinkender. Er packte mich, drückte mich unter Wasser. Zog an mir, vollkommen unkoordiniert. Kraftraubend. Ich befreite mich immer wieder, tauchte unter ihm hindurch. Anders kam ich nicht weg. Immer wieder. Michi stand senkrecht im Wasser wie eine Boje. Er rührte hektisch mit den Armen. Er machte keine Schwimmbewegungen. Jede Welle drückte ihn unter Wasser. Schnappatmung. Er schrie, er war ansprechbar, aber er half nicht mit. Wir kamen keinen Meter voran. Ich atmete mit offenem Mund, spürte mein Herz schlagen. Ich tauchte und tauchte. Ich befreite mich und tauchte wieder. Ich zog und wurde heruntergedrückt. Die Erschöpfung kam bereits. »Beruhig dich! Paddel! Du musst paddeln! Mach mit! Du musst mitmachen!« Ich schrie, schrie wie verrückt. Auch Schreien strengt an. Michi schwamm nicht. Es war längst ein Überlebenskampf. Irgendwann hatte ich ihn, fasste ihn unter den Armen. »Paddel! Paddel! Mit den Füßen!« Ich schlug ihm auf den Kopf. Dieser leichte Kerl, im Salzwasser, er war auf einmal so schwer. Schlaffe Masse. 65 Kilo Bleigewichte rückwärts an den Strand ziehen. Und wie erbarmungslos das Meer war. Das Meer macht keine Pausen. Eine Welle nach der anderen rollte über uns hinweg. Knallte mir voll ins Gesicht, jedes Mal. Vier oder fünf Wellen weniger, für eine halbe Minute, und wir hätten Sand unter den Füßen gehabt. Wir kamen nicht voran. Ich musste Michi immer wieder loslassen. Luft holen, regelmäßig atmen, für vier oder fünf Wellen. Ich zählte nur noch in Wellen. Michi schaute schon abwesend. Am Strand war niemand, niemand sah uns in den Wellen, niemand hörte uns. Dann, in einem Wellental, hatte ich die Zehen im Sand. Noch ein paar Meter, dann konnte ich stehen. Ziehen ging nicht mehr, ich versuchte nur noch, Michi in jede Welle zu schieben, die ich kriegen konnte. Ein Mitschubsen. Die Wellen auf einmal als Helfer, als Kraftersatz. Es funktionierte irgendwie, aber ich konnte ihn nicht mehr die ganze Zeit über Wasser halten, nicht mitpaddeln. Mir fehlte die Kraft. Michi entglitt mir immer wieder. Halt noch kurz durch, dachte ich, bitte halt noch kurz durch.

Am Strand lag Michi auf dem Rücken, Schaum vor seinem Mund. Ich schaffte es kaum noch, ihn auf die Seite zu drehen. Mir tropfte das Wasser aus den Haaren in die Augen. Ich saß auf den Knien, war zu Boden gegangen, vollkommen hilflos. Die Ausläufer der größeren Wellen umspielten immer wieder meine Füße. Ich raffte mich noch einmal auf. Ich warf mich gegen ihn, legte Michi wieder auf den Rücken, sprang ihm mit dem Knie auf die Brust, schlug ihm ins Gesicht. Er reagierte nicht. Nur fahle Blässe, blaue Lippen, Schaum. Ich ging, ich torkelte in Richtung Strandbar. Zwei Khmer-Frauen kamen mir entgegen, winkten, lachten. Sie warben einen Massage-Kunden. Ich durchtrennte mir mit der Handkante den Hals, zeigte in Michis Richtung. Wie sagt man international *Hilfe, sterben, tot*? Bis zur Strandbar waren es noch 150 Meter. Keine große Entfernung, nur weit weg, wenn jede Sekunde zählt. Ich konnte nicht mehr rennen, mein Körper ließ es nicht mehr zu. Die Frauen hatten verstanden, liefen los, jemanden holen, irgendjemanden. Ich drehte wieder um. Noch bevor ich Michi wieder erreichte, wurde ich überholt.

Sie hielten ihn an den Beinen kopfüber in der Luft. Das Wasser sollte aus der Lunge fließen. Das war die Methode. Niemand da mit Erste-Hilfe-Wissen. Niemand prüfte die Atmung. Niemand beatmete, Mund zu Mund oder Mund zu Nase. Niemand massierte das Herz. Michi wurde einfach aufgehängt. Es traute sich keiner mehr richtig an ihn ran. Er sah bereits sehr tot aus. Lotte kam mit einigen anderen dazu. Sie lief verzweifelt auf und ab: »Wer weiß, was zu tun ist?«, fragte sie. »Was macht man denn jetzt?«

Ja, Lotte, was macht man, wenn einer stirbt. Acht Menschen und einer, der stirbt, und keiner kann was machen. Jemand drückte mir Michis Arm in die Hand. Ich sollte den Puls messen. Ich fühlte nichts.

Irgendjemand übernahm jetzt. Ich weiß nur noch, was Lotte mir später erzählte: Sie luden Michi auf ein Tuk-Tuk. Gleichzeitig alarmierten sie das Krankenhaus in Sihanoukville. Nach einigen Diskussionen schickten sie von dort einen Krankenwagen los. Eine halbe Stunde Fahrt um Leben und Tod, noch glaubte jemand an eine Rettung. Auf halber Strecke trafen Tuk-Tuk und Krankenwagen aufeinander. Der Notarzt stieg aus, fühlte Michis Puls. *Den nehme ich nicht mit,* soll er gesagt haben, *der ist tot.* Er stieg zurück in den Krankenwagen, fuhr davon. Sie brachten Michi dann mit dem Tuk-Tuk ins Krankenhaus.

Ich lag währenddessen am Strand, ich röchelte, bekam meine Atmung nicht unter Kontrolle. Meine Wahrnehmung wurde schmaler. Links und rechts und oben und unten, ich bekam kaum etwas mit. Zur Erschöpfung kam der Schock. Salz auf tauber Zunge, die Lippen aufgeweicht und brüchig. Schrumpelige Fingerkuppen. Das Meer hatte mich zusammengefaltet. »Alles okay?«, wurde ich gefragt, um Einfühlsamkeit bemüht. Ständig beugte sich jemand zu mir herunter, ständig hatte ich fremde Hände auf meinen Schultern. Der Regen strömte mir übers Gesicht. »Du hast nichts falsch gemacht«, wurde mir gesagt.

»Ja«, sagte ich, »ja, okay.«

Weiche Knie, als ich aufstehen wollte. Ich übergab mich in den Sand. Um mich herum betroffene Gesichter. Als ich stehen konnte, verließ ich den Strand, ging zurück zum Hostel. Duschen, das Meer abwaschen.

Vor meinem Bungalow saß Lotte mit einer anderen deutschen Touristin, sie hatten gewartet. »Alles okay?«, fragte Lotte, »hier ist Wasser, sollen wir dir irgendwas holen?«

Ich weiß nicht, wie lange ich auf meinem Bett gelegen habe, starrend. Keine Erinnerung. Ein Vierter kam dazu, einer von denen, die Michi ins Krankenhaus gebracht hatten: *Er hat es nicht geschafft«*, sagte er.

Lotte fing direkt an zu weinen, die andere nahm sie in den Arm. Mir war alles zu viel. Ich ertrug das Vertrauliche dieser fremden Menschen nicht. Ich ertrug die Endgültigkeit dieses Satzes nicht. *Er hat es nicht geschafft.* Ich lief weg, ohne zu wissen, wohin. Der Typ kam mir hinterher.

»Hey«, sagte er, »wir müssen noch mal in die Stadt, zur Polizei, Aussagen machen. Die Botschaft muss verständigt werden. Ins Krankenhaus müssen wir auch noch mal, irgendwas unterschreiben. Ich hab denen gesagt, ich bring dich hin.«

Auf den Tod folgt als Erstes die Bürokratie. Ein Mitarbeiter des Hostels leierte alles an, übersetzte am Telefon, hilfsbereit und erschrocken. In der Zwischenzeit ging ich zurück zur Strandbar, Michis Sachen holen. Die weißen Kopfhörer. Den iPod, sein Handtuch. *Er hat es nicht geschafft,* ich drehte und wendete den Satz so oft in meinem Kopf, bis er schäumte. Ich setzte die Füße mechanisch voreinander, bewegte die Arme nicht mit, sie hingen schlaff an mir herunter, als hätte mir jemand Knochen und Muskeln in ihnen entfernt.

»Was ist mit ihm passiert«, fragte der Wirt, »ist er tot, ist er gestorben?«

»Ja, er hat es nicht geschafft«, sagte ich.

»Er hat noch nicht bezahlt«, sagte er. »Wer zahlt denn jetzt für ihn?«

Michis Handtuch roch nach Sonnencreme und Sand und ein bisschen nach Schweiß.

Alle versammelten sich im Haupthaus, in dem großen Pilz ohne Türen. Alle, mit denen Michi gestern Nacht noch gefeiert hatte, alle Urlauber, die mitbekommen hatten, was passiert war, sie waren da. Zehn, fünfzehn Leute in Bikinis, Shorts und gestreiften T-Shirts. Die meisten barfuß. Die Mitarbeiter. Lotte und ich. In einer Ecke stapelten sich abgelegte Strandtaschen zu einem bunten Haufen. Es hatte aufgehört zu regnen. Die Einheimischen, die geholfen hatten, spielten schon wieder Volleyball am Strand. Ein Mitarbeiter stellte geschnittenes Obst, Wasser und Saft auf die Bar, daneben Gläser auf einem Tablett. »For free«, sagte er.

Niemand trank oder aß etwas. Ich wartete darauf, dass

die Dinge passieren würden, die jetzt zu erledigen waren. Alle warteten. Fast jeder kam einmal zu mir, ich wurde oft in den Arm genommen. *Du hast nichts falsch gemacht,* sagten sie, *es war ein Unfall.* Es hörte gar nicht mehr auf. Ein paar Leute weinten. Jeder suchte einen fremden Arm, die Schulter des anderen. Wie eine Trauerfeier, Michi irgendwo, in einem Krankenhaus, aufgebahrt wahrscheinlich. Ein toter Urlauber, jedem fremd. Wer ehrlich war, wusste, dass wir nicht ihn beweinten, wir beweinten das Unglück. Ständig sagte jemand *ich check das nicht. Das ist total surreal.* Sätze wie Stützwerke. Mit Worten die Wirklichkeit zurück in die Fugen drücken. Dahin, wo sie hingehört. Ich fühlte mich wie im Weltall, kein Halt, nirgends. Lotte kam zu mir: »Du bist echt der mutigste Typ, den ich kenne. Gut, dass du lebst«, sagte sie.

»Er ist tot, Lotte. Ich habe es nicht geschafft«, sagte ich.

Wir fuhren zu dritt. Der Weg in die Stadt war vom Regen aufgelöst. Aus Schlaglöchern waren Schlammlöcher geworden. Wir blieben mehrfach stecken, mussten anschieben. Die Räder drehten durch. Ich hatte Dreckspritzer auf der Hose, im Gesicht, überall. Wir fluchten. Auf Deutsch, auf Englisch. Der Fahrer auf Khmer. Wirklich anschieben konnte ich nicht. Es war nur ein Gegenlehnen mit ausgestreckten Armen, mehr Abstandhalten als Schieben, ein Mitlaufen. Lotte war immer neben mir, sie ließ mich nicht aus den Augen. Bereit für ein nettes Wort, für Zuversicht, eine Umarmung, jederzeit. Eine Anwesenheit wie Händchenhalten beim Zahnarzt. Sie trug Mitleid und Traurigkeit in den Augen, Sorge um den Mund. Die Umgebung, das Schemenhafte der Anreise, war jetzt zu sehen. Zwar nicht mehr fremd, dafür nahm ich es als noch ärmlicher wahr. Teilweise Wellblechhütten, nur mit Mülltüten überdacht. Davor rissige Netze, Männer mit zerknitterten Gesichtern, winkende Kinder, sie steckten knöcheltief im Schlamm. Bellende Hunde. Beim Blick nach links auf das Meer spürte ich ein Ziehen im Bauch. Ich nahm Lottes Hand. Ich war unendlich müde und wach wie noch nie. Am Busbahnhof stiegen die Urlauber aus den Bussen, mit durchgeschwitzten Shirts, Rucksäcken auf den Schultern, Reisemüdigkeit in den Gesichtern. Der Lärm, die Gerüche, die Farben ließen mir beinahe den Kopf zerspringen. Dafür war kein Platz. Es war kein Platz dafür, dass alles weiterging. Ich schloss die Augen, versuchte mit dem Rütteln des Fahrwerks und den Schlägen der Straße mitzuschwingen, bis wir ankamen.

Im Krankenhaus fragte man mich, wo Michi gestorben sei. Im Wasser, am Strand oder im Tuk-Tuk. Es war unmöglich: »Ich weiß es nicht«, sagte ich. »I have no fucking idea.«

Vorhin, im Hostel, hatten die anderen schon spekuliert. Die Narbe überm Brustbein, ein Herzfehler, vielleicht ein Herzinfarkt. Deshalb die Abwesenheit im Wasser.

»Er ist tot, verdammt«, sagte ich. »Was spielt das für eine Rolle? Er ist tot.«

Der Arzt errötete. Weiße Lichtstäbe fielen durch die Jalousien in das schmucklose Sprechzimmer. Es gab keine Klimaanlage. Irgendwo in diesem Gebäude lag Michi. Hatten sie ihn ausgezogen, gewaschen, ein Laken übers

Gesicht gelegt? Lag er auf einem Bett, auf einem Obduktionstisch, in einer Kühlbox? Ich unterschrieb ein Formular, das ich nicht lesen konnte.

»Ihre Aussage«, hatte der Arzt gesagt und das Blatt über den Tisch geschoben. Es hätte auch ein Mordgeständnis sein können.

»Können wir ihn sehen?«, fragte ich. »Ich würde ihn gerne noch mal sehen.«

Der Arzt schüttelte nur den Kopf. Das Stethoskop um seinen Hals bewegte sich mit, reflektierte einen tanzenden Lichtpunkt an die Decke. »Only family«, sagte er.

Bei der Polizei noch mal das Gleiche, nur in einem Büro mit Klimaanlage. Aktenordner stapelten sich in deckenhohen Regalen, ein riesiger Locher stand auf dem Tisch, daneben ein Drehscheibentelefon. Die Beamten gähnten, nahmen meine Aussage zur Kenntnis. Ihre Dienstmützen fest auf dem Kopf, wie angewachsen. Die Schulterklappen waren dunkelblau, mit eingewebten Goldfäden, ein oder zwei Sterne. Zigaretten in der Brusttasche. Das Formular aus dem Krankenhaus verschwand ungelesen in einem Aktenordner. »Die verstehen weniger als die Hälfte«, sagte Lotte. »Es interessiert sie überhaupt nicht. Das ist denen scheißegal«, sagte sie. »Wie kann denen das so egal sein?«

Ich bekam Gänsehaut auf den Unterarmen. Ich telefonierte mit der deutschen Botschaft in Phnom Penh, musste alles noch mal erzählen. Sehr gefasst jetzt, offiziell, auf Deutsch, ich funktionierte, traf einen seriösen Ton. »Er hatte wahrscheinlich einen Herzfehler«, sagte ich. »Danke, mir geht es gut.« Der französische Konsul werde vor

Ort alles übernehmen, sagte man mir, man habe selber kein Büro in Sihanoukville. Es gäbe auch kein Kühlhaus hier. »Der Leichnam wird von uns nach Phnom Penh überführt«, sagte die Botschafterin am Telefon. Ihre Stimme klang sehr streng. *Der Leichnam*, sagte sie, nicht *Michi*. Das war das Letzte, was mir mitgeteilt wurde. Ich sah Michi nicht mehr. Ich sah ihn nicht tot auf einer Krankenhausbahre liegen, vielleicht friedlich, irgendwie zur Ruhe gekommen. Das letzte Bild von Michi bleibt sein weißes Gesicht, zur Hälfte sandbehaftet, mit dem verzerrten Mund, den blauen Lippen, dem weißen Schaum. Leblos am Strand, unweit der Brandung unter Palmen. Im Regen.

Während wir weg waren, hatte jemand ein Loch im Sand ausgehoben. Am Strand, genau dort, wo ich Michi an Land gezerrt hatte. Lang und breit wie ein Mensch. Armtief. Geschmückt mit Muscheln, Blumen und Palmwedeln. Mit viel Mühe den Kitsch angerührt. Mir gefiel es. Eine Andacht braucht Ornament. Hier war Michi gestorben, darauf einigten wir uns damit. In dem Sandloch brannte ein kleines Feuer, dort, wo sein Kopf gelegen hätte. Es rauchte stark, das Holz war noch nass vom Regen. Wir im Halbkreis davor. Auf unseren Gesichtern züngelte das Licht der Flammen. Aus Fremden wurde in diesem Moment eine Gemeinschaft, anders als noch am Nachmittag, formaler. Es passierte ganz von allein, niemand tat etwas dafür, das Ritual einte uns. Ein paar Mädchen hielten große Blumen in den Händen. In den Blütenkelchen Teelichter. Wer etwas Schwarzes dabeihatte, trug Schwarz.

Niemand wusste etwas über Michi, deshalb sprach keiner. Es wurde unerträglich, je länger es dauerte, eine gewisse Unruhe entstand, alle erwarteten etwas von mir. Schauten mich an, flüsterten. Ich trat einen Schritt vor, ganz in das Licht des Feuers.

»Ich kannte Michi auch nicht gut«, sagte ich. »Er war ein netter Typ. Ein bisschen übermütig vielleicht, und das wurde ihm zum Verhängnis. Ich konnte nicht mehr, ich habe alles versucht, ich konnte nicht mehr für ihn tun«, sagte ich. Ich wischte mir den Mund ab, hatte einen Kloß im Hals. Das Weinen ringsum war jetzt kein Schluchzen mehr, leise Tränen auf Gesichtern im Feuerschein. Hinter uns hörte man die Wellen rauschen, regelmäßig, ohne Pause. Das Meer hatte sich beruhigt. Jemand wollte auf Michi trinken, ein Joint ging rum. Bierflaschen zischten. Wer Blumen gehalten hatte, warf sie ins Feuer.

»Michi hätte das so gewollt, eine richtige Party, er hätte gewollt, dass wir feiern«, sagte jemand. »Am besten mit Singen und Tanzen, er hätte nicht gewollt, dass wir traurig sind und hier rumweinen.« Ich verließ den Strand.

Es klopfte ganz sanft an die Tür meines Bungalows.

»Hier ist Lotte.«

»Komm rein«, sagte ich, setzte mich im Bett auf.

»Ich dachte, du magst jetzt vielleicht nicht alleine sein«, sagte sie. Ich streckte ihr meine Hand entgegen, legte allen Ausdruck, den ich hatte, in diese Geste. Sie ergriff meine Hand, führte sie an ihr Gesicht. Ich zog sie zu mir hin. Was dann kam, war wütend und hart. Mit Packen, Kratzen, Beißen.

»Das tut weh«, sagte Lotte irgendwann. Ich warf mich neben ihr auf den Rücken. Mein Bauch krampfte, ich schluchzte, rollte mich weg. Zog die Beine ganz nah an den Körper, die Knie direkt unters Kinn.

»Ich hab ihm gesagt, geh halt nicht so weit rein«, wimmerte ich, »das hab ich gesagt, ich hab ihn überredet. Geh halt nicht so weit rein. So was Beklopptes.« Das Weinen schüttelte mich. Lotte strich mir von hinten über die Schulter.

»Dort, wo er jetzt ist, läuft bestimmt Musik«, sagte sie. Sie deckte mich zu und musste gegangen sein, als ich eingeschlafen war. Ich wachte nackt und allein auf.

4

Es ging alles weiter, natürlich. Das Strandleben, der Hostelbetrieb, überall lief wieder Musik. Wer sich gestern stützte, cremte sich heute gegenseitig den Rücken ein. Das Sandloch, die Stelle, an der wir Andacht gehalten hatten, war zugeschüttet. Ich aß nicht. Vielleicht, um irgendwas anzuhalten, irgendwas anders zu machen. Man hatte mir alles hingestellt, ich brauchte nicht zu bestellen. »Alles für dich«, sagte der Mitarbeiter, als ich morgens in das Haupthaus kam. Er grinste freundlich und unsicher. Saft, Früchte, Kaffee und Tee, Würstchen, eine Nudelsuppe mit Rindfleisch, alles, was man braucht. Ich konnte nichts anrühren, ich konnte nur hektisch rauchen. Heißer Filter, lange helle Glut. Ich rauchte sehr viel, eine nach der anderen, verbrannte mir Finger und Unterlippe. Stand vor dem Haus, am Eingang, blickte auf den Weg in Richtung Stadt. Lotte blieb immer in der Nähe. In Rufweite. Ihre Schritte nah genug, um sie zu hören. Sie hatte mich noch mal kurz am Arm berührt heute Morgen, hatte gefragt: »Alles okay?« Ich hatte genickt, wir hatten uns in die Augen geschaut, es war in Ordnung. Wir wussten, was letzte Nacht passiert war. Am späten Vormittag kam dann endlich der französische Konsul. Sichtlich genervt von der Anfahrt. Er klopfte sich den Staub von den Hosenbeinen, strich sich über die Oberarme. »Sie sind derjenige«, sagte er zu mir.

Kein Händereichen.

»Ja, der bin ich wohl jetzt«, sagte ich.

»Wo haben Sie sich denn hier eingenistet?«, fragte er. »Ist ja kaum zu erreichen, in der Stadt wäre das nicht passiert, in der Stadt wäre Hilfe da gewesen, da hätte jemand was gesehen, da hätte man noch was machen können«, sagte er. Ein Gesicht wie eine Eule. Wir setzten uns. Noch mehr Formulare. Ich versuchte gar nicht mehr, zu lesen, was darauf stand. Ich suchte das Papier ab, scannte nur noch nach dem freien Feld für meine Unterschrift. »Hier und hier und hier«, sagte der Konsul. Auf den Seiten, auf denen ich unterschreiben sollte, klebten kleine Post-its. Ich unterschrieb nur mit den ersten beiden Buchstaben meines Nachnamens.

»Gibt es keine Familie, niemanden, den wir anrufen können?«, fragte der Konsul. Freunde zählten nicht dazu, nur Verwandtschaft; und Verwandtschaft hatte Michi nicht gehabt.

»Nein, ich glaube nicht, leider«, sagte ich.

»Tja, wer alleine ist, stirbt allein«, sagte er. »Das hier ist noch wichtig, Sie müssen alle Sachen des Verstorbenen einpacken und auf dieser Liste vermerken. Ich schicke morgen jemanden, der alles abholt. Seien Sie bitte gründlich, es darf nichts fehlen«, sagte er.

Ich sollte Michis Leben katalogisieren, vom Laptop bis zur letzten Socke. »Können Sie mir bitte sagen, was mit ihm passiert?«, sagte ich. »Vielleicht könnten Sie mir schreiben, wo er hinkommt, das würde ich gerne wissen. Wird es ein Grab geben?«

Der Konsul ließ sich meine E-Mail-Adresse geben. Ich diktierte jeden Buchstaben einzeln. »Ich werde sehen, was ich für Sie tun kann«, sagte er.

Lotte und ich beschlossen, Freunde von Michi ausfindig zu machen, über Facebook, und ihnen zu schreiben. Jemand sollte sich kümmern können, zu Hause. Jemand sollte Bescheid wissen.

Auf seinem Profil gab es unzählige Fotoalben und über zweitausend Freunde. Wir suchten nach solchen, denen er vor kurzem noch persönliche Nachrichten geschrieben hatte. Wir suchten nach Keywords, überflogen Anreden, Schlussformeln, achteten auf Emoticons, darauf, auf wie vielen Fotos er mit wem gemeinsam verlinkt war. Ich bediente die Maus. Lotte war ungeduldig, »Klick mal da, rechts«, sagte sie, eine Hand immer in ihren Haaren. »Nee, da, guck doch mal hin.« Eine Rasterfahndung nach Nähe. Michi hatte viele Leute gekannt, war aber anscheinend nur mit wenigen eng befreundet gewesen. Banale Komplimente, immer die gleichen Formulierungen für

Geburtstagsgrüße, wenig Wärme, viel *Hey* und viel *Ciao.* Wir suchten zwei Frauen aus, schrieben ihnen, was passiert war. Wir benutzten meinen Account, wir unterschrieben mit: *Lotte und Chris.* Das ist überhaupt nicht vorgesehen, Facebook für so was zu benutzen, dachte ich, wenn das vorgesehen wäre, gäbe es irgendeine Funktion, mit der man Todesnachrichten schwarz umrahmen könnte. Wie bei Briefumschlägen.

Die Antworten kamen schnell. Bestürzung. Überforderung. Auch Dank. Beide schrieben: *Was soll ich denn jetzt machen?* Und: *Vielen Dank für die Nachricht.* Eine der Freundinnen postete die Todesnachricht öffentlich auf Michis Pinnwand. Ihr folgten Hunderte Beileidsbekundungen, Aufschreie, Gute-Reise-Wünsche, Trinksprüche. Bedauern. *Gott hat einen neuen DJ,* schrieb jemand. *Küss die Engel von mir,* jemand anderes. In den Kommentaren wilde Spekulationen über Michis Tod. Gerüchte. Michi sei in Vietnam erschossen worden. Michi werde vermisst, sei aber schon für tot erklärt worden. Die Behauptungen schlugen Flickflack. Man verabredete sich zu einer Andacht an der Elbe. Besprach, wer Kerzen kaufen geht, wer die Blumen. Jemand anderes lud zu einer großen R.I.P.-Party ein.

»Ich glaube, ich hätte das nicht so veröffentlicht«, sagte Lotte. »Guck doch mal, die spinnen doch! Das macht man doch nicht. Das muss man doch vorher wissen, was passiert, wenn man so was macht.«

»Warum?«, sagte ich, »du kannst doch von den Leuten nicht mehr erwarten als sonst, nur weil jemand gestorben ist.«

»Aber das ertrage ich nicht«, sagte sie. »Das halt ich nicht aus.«

»Ich auch nicht, Lotte, ich auch nicht.«

»Komm, lass uns mal die Sachen zusammensuchen«, sagte ich.

»Du meinst katalogisieren«, sagte sie, und wir kicherten ein bisschen, begannen zu lachen, konnten gar nicht mehr aufhören. Viel zu laut und schrill und bellend, beim Luftholen klangen wir wie Sirenen. »Und dieser Konsul«, prustete Lotte, »was für ein blöder Lackaffe.«

Ich hielt mir schon den Bauch: »Hör auf, Lotte, bitte, hör auf, ich kann nicht mehr. Hör auf.« Wir schlugen uns auf die Knie, hielten uns die Hände vors Gesicht. Warfen uns nach hinten und nach vorne, Lotte imitierte den Gang des Konsuls, die steifen Polizisten, den verdrucksten Arzt. »Please, sign here«, sagte Lotte, klang wie ein Inder, und ich kugelte mich.

»Das kann eigentlich alles gar nicht sein, oder?«, sagte ich, wieder beruhigt, noch mit erhöhtem Puls. »Was ist eigentlich los, was machen wir hier eigentlich?«

»Urlaub«, sagte Lotte. »Wir machen hier Urlaub.«

Michi war mit schrecklich viel Gepäck gereist. Viel Kram. Wir waren Archäologen, legten frei, was noch da war von ihm. Tasche für Tasche. Am Ende würde alles verschwunden sein, abgeholt und mitgenommen. Nur der Tod würde bleiben. Das war eigentlich nicht schlecht, aber es kam zu früh. Ich nahm alles in die Hand, fasste alles an, legte es auf verschiedene Haufen in seinem Bungalow. Ich sortierte, Lotte schrieb. Kabel, T-Shirts, Hosen, kurz und lang, Schuhe. Kosmetik, Unterwäsche, dreckig oder noch frisch. Kondome. Ein Fön. Bücher. Jonglierbälle, ein Bumerang. Verschiedene Farben, Materialien, Muster. Dazwischen eine angebrochene Chipstüte. Schon weich, die Chips. Das Sortieren funktionierte überhaupt nicht. Nach kurzer Zeit waren wir umzingelt von Michis Sachen. In den Ecken lag noch mehr Plunder. Eine Thermoskanne, ein Dolch. Lotte saß auf dem Bett.

»Hast du bis jetzt alles?«, fragte ich, ein T-Shirt zum Falten zwischen Kinn und Brust geklemmt.

»Ich habe schon nach drei Minuten aufgehört«, sagte sie. »Das bringt doch nichts.«

Ich setzte mich zwischen die einfarbigen Pullover und den Kabelhaufen. Es hingen keine Erinnerungen an diesen Sachen. Wäre er unser Freund, Ehemann, Vater gewesen, jedes Brandloch, jeder neu angenähte Knopf hätte uns eine Geschichte zu erzählen gehabt. Es gab kein Hadern, keine Rückblicke. Keine Flecken, die ich kannte. Nichts davon. Nur Material. Es musste weg, alles, zusammen, schnell weg. Wir besorgten uns schwarze Müllsäcke, vorne an der Rezeption. Und Klebeband. Wir schmissen alles hinein, ungefaltet, unsortiert. Stopfen, zudrehen, festkleben, weg damit. Alles. Wir zogen das Bett ab. Am Ende waren es vier Säcke, ein Laken, zwei Kissenbezüge, zwei Decken. Und eine Extratüte. Laptop, iPod, Kamera, externe Festplatte darin. Und die weißen Kopfhörer. Die teuren Sachen. Die schrieben wir auf. Schön ordentlich, auf die Liste, die uns der Konsul gegeben hatte. Als Letztes kopierte ich einen Dateiordner mit dem Titel *my_music* von Michis

Laptop auf meinen USB-Stick. Bei all der Erschöpfung zum Schluss, das war keine schlechte Arbeit.

Den Rest des Tages saß ich vor Michis Bungalow, rauchte, hörte seine Musik, seine Produktionen, seine Sets, mit seinen weißen Kopfhörern. Hektische Musik, irgendwie angespannt, auch nicht richtig gut. Mich beruhigte sie, ich rauchte in langen Zügen, inhalierte tief, atmete langsam aus. Ich hielt Wache. Wie ein Gardesoldat vor dem Mausoleum seines toten Generals saß ich vor Michis Bungalow. Am Abend aß ich eine Nudelsuppe. Lotte, gegenüber am Tisch, verfolgte jeden Löffel, den ich langsam zum Mund führte. Als würde sie mitessen.

»Was passiert denn jetzt mit den Sachen?«, fragte ich den Boten, der am nächsten Vormittag alles abholen kam.

»Was man zu Geld machen kann, wird versteigert, der Rest kommt in den Müll«, sagte er. Ich war froh, Michis Musik auf meinem USB-Stick gespeichert zu haben. Ich ließ ihn noch nicht gehen. Ich wollte, dass etwas übrig bleibt. Ich war noch nicht fertig hier.

Alle reisten ab. Nach zwei Tagen war niemand mehr da, der wusste, was passiert war, außer den Hostelmitarbeitern und dem Strandbarbetreiber. Und die klopften mir mittlerweile auf die Schulter. *Und, wieder alles klar bei dir, neue Lebensgeister gefunden?* Lotte verabschiedete sich nicht, sie fuhr. Sie hinterließ einen Zettel vor meinem Bungalow. *Ich hätte nicht gewusst, wie*, stand darauf. Darunter ihre Handynummer und E-Mail-Adresse. *Melde dich, Lotte.* Sonst nichts. Gut gemacht. Gut gemacht, Lotte, dachte ich.

Ich blieb noch. Schönstes Wetter, Michis Musik auf den Ohren. Bikini-Mädchen, die mich angrinsten. Mal eine Partie Beachvolleyball mit ein paar Jungs aus Spanien. Hähnchen-Amok am Strand. Lesen. Es wurde ein bisschen so wie geplant. Nur ins Wasser ging ich nicht. Die Abende verbrachte ich allein im Bungalow. Liegen und klarkommen, irgendwie. Ich schlief keine Nacht durch. Ich hatte den ganzen Kampf im Wasser als Video im Kopf. Jeder versuchte Griff, die Wellen, das Auf- und Abtauchen, immer wieder. Ich prüfte alles, ich überprüfte mich. Ich legte Rechenschaft ab, war mein eigener Kläger und Verteidiger. Leichtfertigkeit und Selbstüberschätzung waren meine Schuldsprüche. Am dritten Tag nach Lottes Abreise griff ich zu Stift und Papier. Als Erstes nur zwei Wörter. RETTUNG: AUFTRIEB. In Großbuchstaben über das ganze Blatt. Dann die Idee. Eine Badehose mit integrierter Rettungsboje. Ein aufblasbarer Gurtretter. Mit Haltelasche für den Ertrinkenden. Die Boje in einem Gürtel, auf Hüfthöhe mit Klettverschluss befestigt. Schmal zusammengefaltet. Das Ventil versenkbar. Beim Liegen nicht zu spüren, das war mir wichtig. An der Badehose eine verstärkte Stelle zur Befestigung der Rettungsleine. Alles in Signalorange. Ich zeichnete den ganzen Tag, die halbe Nacht. Entwarf Front- und Rück-, Seiten- und Detailansichten, tüftelte lange an einer Lösung für Bikinis. Zwischendurch recherchierte ich im Internet: Seerettungsrichtlinie für Schwimmwesten, dreizehn Liter, hundertfünfzig Newton Auftrieb. Dreizehn Liter Luft hätten Michi gerettet. Hätten über vierhundert Ertrunkene allein im letzten Jahr in Deutschland retten können. Wenn ich zurück in Deutschland bin, melde ich ein Patent an, dann lasse ich einen Prototyp anfertigen, dachte ich. Mein Zustand war beinahe manisch. Bei Sonnenaufgang zwang ich mich, ins Bett zu gehen.

Erst am späten Mittag wachte ich wieder auf. Ruhig, mit einem schmalen Streifen Sonne im Gesicht. Ich hatte durchgeschlafen. Ich ging an den Computer im Haupthaus und schrieb meinen Eltern eine sehr lange E-Mail. Danach verpackte ich den USB-Stick mit Michis Musik luftdicht in einer Plastiktüte, mit viel Klebeband, mehrere Schichten. Ich vergrub ihn am Strand. Ohne Kennzeichnung. Ich würde die Stelle nicht wiederfinden.

Eine Vorsichtsmaßnahme

>»Du weißt, was dann passiert.«
Die Ärztin

I

»Wie sieht das hier eigentlich schon wieder aus«, sagt die Ärztin, wenn sie zur Visite kommt. Sie sagt das immer, egal, wie es aussieht. Da müssen nur ein paar Krümel auf dem Tisch liegen und sie klagt uns an. So fühlt sich das für mich jedenfalls an. Immer wenn mir gesagt wird, dass irgendwas nicht in Ordnung ist, fühle ich mich direkt angeklagt und denke, ich müsste mich verteidigen.

Ich finde, die Ärztin sollte netter zu uns sein. Wir haben gekocht und nicht abgewaschen, das schmutzige Geschirr steht noch in der Spüle. Alles andere ist vielleicht nicht klinisch sauber, aber wen juckt das schon. Die Ärztin sollte es jedenfalls nicht interessieren, sie muss ja auch nicht hier wohnen, sie sollte für uns da sein und nicht für die Wohnung. Und zu dem Geschirr könnte sie doch einfach sagen: *Oh schön, ihr habt gekocht, war es lecker? Ich finde gut, wenn ihr euch selbst versorgt, ihr macht Fortschritte, aber meint ihr nicht, dass Abwaschen mit zum Kochen gehört? Alles, was ihr nicht mehr braucht, könnt ihr doch schnell vor dem Essen abwaschen. Und außerdem muss man es dann nicht mit vollem Bauch machen, ein voller*

Bauch macht träge, geht mir auch immer so. Also los, wer schrubbt, wer trocknet ab? So würde es gehen, aber das kriegt sie nicht hin. Ich glaube, sie ist zu sehr Ärztin.

Lukas muckt, die Ärztin regt ihn auf. Er schreit sie an und ist nicht sehr höflich. »Hau doch ab, du dumme Hure, wenn es dir nicht passt«, schreit er. Lukas ist immer so aggressiv. Deshalb ist er auch in dieser Wohnung gelandet. Bevor er herkam, hat er einfach immer direkt um sich geschlagen. Jemand musste in der Fußgängerzone doof gucken und er hat sofort draufgehauen. Er musste noch nicht mal selbst betroffen sein. Also auch, wenn ich mit ihm unterwegs gewesen wäre und mich ein Typ doof angeguckt hätte, Lukas hätte ihm eine draufgegeben. Da ist Lukas sehr kollegial.

Bis er am Boden liegt, so nennt er das. Es ist wie ein Spiel für ihn. Er hat immer recht und macht so lange weiter, bis er gewinnt oder eben selber am Boden liegt.

Das sind Lukas' Regeln, Furcht einflößende und gefährliche Regeln sind das. Aber Lukas wohnt nun mal auch hier in dieser Wohnung, also muss ich mit seinen Regeln klarkommen. Sonst haut er mir nämlich auch eine drauf und das will ich wirklich vermeiden. Die Ärztin sieht das anders. Sie akzeptiert Lukas' Regeln nicht. Sie sagt: »Lukas, geh in dein Zimmer und schließ dich ein, sonst hole ich die Leute von der Pforte, und du weißt, was dann passiert. Das willst du doch nicht, oder, Lukas?«

Sie versteht nicht, dass man Lukas so nicht helfen kann. Sie kann nicht einfach ihre Regeln durchsetzen, ihm drohen und dann erwarten, dass Lukas seine Regeln ändert.

Aber darum soll es in dieser Wohnung gehen, wir sind hier, um unsere Regeln zu ändern. So haben sie mir das erklärt, als ich hergekommen bin. »Jan«, haben sie gesagt, »du musst deine Regeln ändern, sonst dürfen wir dich nicht mehr rauslassen, sonst gibt es einen Beschluss und du musst sehr lange hierbleiben oder kommst noch woandershin, vielleicht für immer.«

Damit sind die knallhart hier. Am Anfang haben sie mich wirklich gar nicht rausgelassen. Ich habe an der Pforte ganz höflich gefragt, ob ich mal ums Eck gehen darf, und sie sagten: »Nein, Jan, das geht leider nicht.«

So ging das, bis die Ärztin denen an der Pforte gesagt hat, ich hätte schon erste Fortschritte gemacht.

Außer Lukas und mir wohnen hier noch Merle und Stefan. Die beiden sind aber von den Medikamenten, die die Ärztin mitbringt, immer so fertig, dass sie nichts mehr hinkriegen. Merle sagt immer: »Super, neue Geschenke«, wenn die Ärztin mit den Medikamenten kommt. Das sagt sie ganz emotionslos, obwohl sie wirklich denkt, dass die Medikamente Geschenke sind. Die Ärztin baut ihr einen mächtigen Weichspüler in den Kopf, da bin ich sicher, denn Merle war nicht immer so. Sie war mal ein fröhliches Mädchen, das kann man noch sehen, die kleinen Lachfalten um ihren Mund verraten es. Stefan steht oft im Flur vor der Wand und starrt, dabei tropft ihm Sabber von der Unterlippe auf den Boden. Ich frage ihn dann: »Stefan, was machst du da?«

Und er antwortet: »Ich vermisse die Bilder, Jan. Früher, da war ich oft im Museum, hab mir alles angeguckt, jede Ausstellung, das war toll. Manchmal bin ich auch nur so hingegangen, um in einem Katalog zu lesen, die waren immer so teuer, konnte ich mir nie leisten. Ich war Stephus Panoptikus, gibt sogar eine Gruppe bei *Wer-kennt-wen*, hab ich gegründet, Stephus Panoptikus.«

Da ist Hopfen und Malz verloren beim Stefan. Ich werde immer traurig, wenn ich ihn so erleben muss, denn Stefan ist eigentlich ein guter Kerl. Also gebe ich ihm ein Taschentuch, damit er sich den Sabber wegwischen kann, und versuche, ihn wegzukriegen aus dem Flur und von der Wand, und sage: »Hey Stefan, morgen fragen wir die Ärztin, ob sie hier nicht mal was aufhängen kann. Haste Bock auf ne Runde Uno in der Küche?« Aber Stefan will nie Uno mit mir spielen. Manchmal wird er dann sogar richtig böse und schubst mich und sagt, die Bilder hier im Flur seien wunderschön, ich solle ihm keinen Scheiß erzählen, und dass er mir jetzt nie wieder vertrauen könne. Aber einen Tag später kommt er immer zu mir ins Zimmer und schnorrt sich Kippen.

Der Streit zwischen Lukas und der Ärztin eskaliert, Lukas tobt, er will sich nicht selbst einschließen, er will gar nicht eingeschlossen sein. Das sagt er auch, besser gesagt er schreit: »Bevor ich mich einschließe, nehm ich die ganze Wohnung auseinander!« Er hält dabei schon einen dreckigen Teller aus der Spüle in der Hand. Also, ein wenig absurd ist die ganze Situation schon. Jetzt droht Lukas der Ärztin mit dem Geschirr, das sie uns zur Verfügung gestellt hat, und ich kann ihn verstehen, das Einsperren ist wirklich keine Lösung, wenn überhaupt eine Vorsichtsmaßnahme. Als ich hierherkam, gab es noch kein Geschirr, das hat uns die Ärztin gebracht, als Belohnung für unsere ersten Fortschritte, hat sie damals gesagt. »Wir wollen euch nämlich wieder so hinkriegen, dass ihr draußen auch alleine klarkommt«, hat sie gesagt, »und Geschirr gehört da dazu«, hat sie gesagt.

Jetzt kann sie mal sehen, was sie davon hat, von ihrer ständigen Klugscheißerei. Lukas schmeißt ihr das dreckige Geschirr vor die Füße. Er packt sie und schleift sie in sein Zimmer. »Jetzt kannst du mal sehen, wie die Sache läuft«, brüllt er und ich bekomme Angst. Lukas und ich, wir haben wirklich grade das Gleiche gedacht, nur er hat es ausgesprochen. Er ist total außer Kontrolle. Er ist ziemlich stark, muss man dazu sagen, und die Ärztin ist erschrocken, wie gelähmt ist die. Sie kreischt einmal und lässt sich dann wehrlos durch den Flur zerren. Wenn wirklich Bilder im Flur hängen würden, sie wären durch die ganze Aktion von Lukas noch nicht mal runtergefallen. Eigentlich sollen die Medikamente bewirken, dass Lukas zu so was gar nicht in der Lage ist. Da kann sich die Ärztin jetzt aber wirklich mal schön an die eigene Nase packen. Wäre sie nicht so unfreundlich gewesen, wäre sie jetzt auch nicht eingesperrt.

2

»Lukas, jetzt haben wir ein riesiges Problem, was soll der Unsinn«, sage ich, »wenn die Ärztin in einer Viertelstunde nicht wieder draußen ist, kommen die von der Pforte hoch und dann passiert sicher was Schlimmes.« Lukas schnaubt, er ist noch ganz aufgebracht und zittert am ganzen Körper. Stefan und Merle sitzen am Tisch und starren, wie immer. Wir wissen nicht, was jetzt mit der Ärztin passieren soll. Kurz überlege ich, sie einfach rauszulassen, und hoffe, dass sie dann nicht böse ist. Ich linse zur Tür. Lukas merkt das und packt mich am Arm. Er drückt tierisch fest zu, so sehr, dass ich kurz aufschreie. Dann lässt er mich wieder los und guckt mich aus seinen glanzlosen Augen ganz killerhaft an. Lukas hat diesen Killerblick, schon fast mordlüstern sieht er aus. Er hält den Blickkontakt, schließt dann die Augen und stößt mit seinem runden, großen Kopf nach vorne, so als wolle er mir zeigen, was passiert, wenn ich nur daran denke, die Ärztin rauszulassen. Er hat schon recht, ist eine dumme Idee, Geiseln lässt man nicht einfach so frei, in den Filmen macht das auch keiner.

»Wir setzen uns jetzt hin und überlegen, was zu tun ist«, sagt er. Ich bin eigentlich gar nicht bereit, seinen Ausbruch mit zu verantworten, aber wir sitzen ja alle im gleichen Boot, wie man so schön sagt. Einmal hat mir Lukas davon erzählt, wie er in der Schule einen Mitschüler auseinandergenommen hat, weil der ihm während der Pause Müll auf den Tisch gelegt hatte. Er hatte ihn getreten und verdroschen und später – da saßen sie beim Direktor im Büro – sollte er sich entschuldigen. Lukas hat die Nummer einfach ausgesessen. »Weißt du, Jan«, hat er gesagt, »der hatte es doch verdient, wieso soll ich mich bei einem entschuldigen, der es voll verdient hat?«

Sie saßen drei Stunden im Büro von dem Direktor, bis sie aufgegeben haben. Lukas hat die ganze Zeit nur die

Wand angeguckt, nur die Wand, und nichts gesagt, drei Stunden lang. Ich habe Lukas damals noch nicht gesagt, dass niemand es verdient hat, verprügelt zu werden, jedenfalls nicht für ein bisschen Müll auf dem Tisch. Heute werde ich nicht drum herumkommen, ihm zu sagen, was ich denke. Ich wünschte, es wäre nicht so verflixt schwer, Leuten wie Lukas die Wahrheit zu verklickern.

Eins ist sicher: Die Ärztin wird uns das nicht so einfach durchgehen lassen. Ich kann mir das schon vorstellen. Wir lassen sie raus und sie wird nicht nur Lukas bestrafen, sondern uns alle. Das wäre so ein typischer Schachzug von ihr. *Ihr habt auch nicht versucht, Lukas aufzuhalten, so macht ihr euch mitschuldig.* So was würde sie bestimmt sagen, in ihrer schnippischen Art, die jede Maus hinter den Schrank treibt, und uns das Geschirr wieder wegnehmen.

Wir sitzen am Tisch. Die Stimmung ist jetzt sehr gedrückt. Es ist fast so, als hätte irgendjemand das Geschirr auf den Boden geworfen, der gar nicht im Raum ist, und wir sind nun die, die mit den Scherben allein gelassen werden. »Jan, ich weiß nicht weiter, hilf mir«, sagt Lukas. Und: »Ich hab Angst.«

Ich versuche, beinhart zu gucken. »Es gibt keine Lösung, Lukas«, sage ich. »Wir stecken bis zu den Ohren in der Scheiße und in ein paar Minuten drücken uns die Typen von der Pforte ganz rein.«

Es kommt nicht richtig an, ich kann nicht wirklich beinhart gucken.

»Nein, das geht nicht. Das passiert nicht«, sagt Lukas.

Seine Augen sehen aus wie leere Schächte.

»Wenn du mich lässt, könnte ich mal versuchen, mit der Ärztin zu reden«, sage ich.

»Willst du Friedenspfeife mit der Hure rauchen, oder was?«, sagt er.

»Nein, ich werde sagen, dass du sie nur wieder rauslässt, wenn sie verspricht, dich nicht abholen zu lassen, und uns auch nichts passiert«, sage ich. »Als Gegenleistung werde ich anbieten, immer alles sauber zu machen, bevor sie kommt. Ich werde sagen: *Dann regen Sie sich nicht mehr auf und wir sind auch nicht mehr sauer auf Sie. Ist doch ein fairer Deal*«, sage ich.

»Wir sollten ihr alle ihre scheiß Tabletten reinstopfen und warten, bis sie Schaum vorm Mund hat«, sagt Lukas.

Eine Entschuldigung von Lukas wäre bestimmt auch gut, so richtig mit Hände reichen und so, auf so was steht die Ärztin bestimmt, frei nach ihrem Motto: *Die Geste bereitet den Weg*. Aber entschuldigen wird sich Lukas nicht, da bin ich sicher. Wie bringt man jemandem bei, sich zu entschuldigen?

»Dann mach halt«, sagt Lukas.

Ich gehe zu der Ärztin.

3

Sie war die Ruhe selbst, als ich zu ihr kam, saß ganz entspannt an Lukas' Schreibtisch, war gar nicht überrascht, mich zu sehen, schien jedenfalls so. Sie schlug nur ein Bein über das andere, spitzte etwas die Lippen, als wäre sie vergnügt und wisse schon längst, weshalb ich da bin. Darauf war ich nicht vorbereitet. Ich habe mich ertappt gefühlt in diesem Moment.

Ich machte ihr unser Angebot. Ihr Blick blieb ruhig und aufmerksam, ständig auf mich fixiert, die Hände hatte sie offen im Schoß liegen wie zwei kalte Schaufeln.

»Gut, das können wir so machen. Und jetzt mach die Tür auf, Jan«, sagte sie. Ich befolgte den Befehl, und ein Befehl war es, daran gab es keinen Zweifel. Dass sie sich an die Abmachung halten würde, war für mich irgendwie klar. Mit erhobenem Kopf schritt sie durch den Flur und verließ die Wohnung ohne ein weiteres Wort.

Die nächsten Tage passierte gar nichts, es kam niemand zur Visite, die Medikamente brachte ein Zivi. Lukas und ich beurteilten das als Erfolg. Wir dachten, wir bekämen eine neue Ärztin, weil die alte es voll abbekommen hatte von uns. High five haben wir gemacht und ein bisschen gejubelt. Stefan lief vor Freude noch mehr Sabber aus dem Mund. Überhaupt, wir verstanden uns gut, wir waren jetzt Verbündete. Zwar bedankte sich Lukas nie für die Nummer mit der Ärztin, aber man konnte seine Dankbarkeit spüren. Er verhielt sich höflich und zuvorkommend, er wusch und trocknete ab. Wenn ich kochte, fragte er nach den Zutaten. Beim Essen machte er Witze, wirklich gute. Er sprach zum Beispiel mit einer übertrieben sanften Stimme und sagte: »Wie kann man Tourismus machen, ohne zu zerstören«, als wir über Urlaub redeten. Wir lachten alle, sogar Merle. Ich sagte: »Mensch, Lukas, du kannst ja Ironie.« Und Lukas sah richtig glücklich aus.

Ich vermute, er fühlte sich akzeptiert – sofort war seine ganze Aggressivität verflogen. Manchmal dachte ich dabei an den Moment, als mir die Ärztin befohlen hatte, die Tür aufzumachen, und war froh, dass sie sich an die Abmachung hielt. Orangennachmittage waren das; so nannten wir die Stunden nach dem Essen, weil die Sonne so in die Küche schien, dass alles ganz warm aussah.

Und dann, an genau einem solchen Nachmittag, holten sie ihn ab. Zu viert, starke Männer waren das, in Weiß gekleidet, kräftige Unterarme. Lukas schlug und trat und war bereits geschlagen. Er schrie aus voller Kehle, dass er mir nie wieder vertrauen werde und dass er mich verfolgen und töten werde. Ich senkte den Kopf und blickte auf meine Hände, zwei kalte Schaufeln.

Ansgar Boos

>»Tja, und jetzt hat er gar nichts.«
Malte Gardschmitt

I

Für Ansgar gibt es nichts Verführerischeres als eine Herausforderung, denn die Herausforderung ist das Herz des Spiels, und Ansgar ist wahrscheinlich ein Spieler; ich wollte nicht, dass er bei uns einzieht.

Wir hatten nur wenige Bewerbungen, es war Winter, Ende Januar, um genau zu sein, also die Zeit, in der die Dunkelheit und die Kälte langsam unerträglich werden und die nackten und nassen Äste der Bäume die Laune der Menschen drücken. Der Wohnungsmarkt war ein brachliegendes Feld. Niemand möchte beim Schleppen auch noch frieren. Simon musste ausziehen, sehr kurzfristig, weil ihn das Referendariat zum Halbjahreswechsel in eine andere Stadt rief, er hatte nur zehn Tage von der Benachrichtigung bis zum Stellenantritt.

Es war wie immer, meistens entschied ich mich bereits gegen einen Kandidaten, wenn er die Treppe raufkam, spätestens beim Händedruck, es blieb niemand übrig. Und dann kam Ansgar. Ansgar klingelte nicht, er rief an. »Ich steh vor der Tür«, sagte er und legte auf. Ansgar ließ nicht zu, ihn schon an der Treppe abzulehnen, er war ein

Trugbild. Nicht Ansgar kam die Treppe herauf, den man langweilig, schluffig oder trottelig finden konnte, herauf kam eine Möglichkeit von Ansgar. Ich rutschte an ihm ab, an seinem Grinsen, an seinem Gang, an seinem Blick aus glatten, blassblauen Augen, der nichts verriet. Er hätte auch eine Sonnenbrille tragen können. Ich war fasziniert und misstrauisch, von Anfang an. Er sprang die Treppe rauf, immer zwei Stufen auf einmal. Es sah aus, als ob in jeder Stufe eine Sprungfeder steckte, die ihn nach oben fliegen ließ, ganz ohne sein Zutun, und bevor er mich begrüßte, strich er über den Türrahmen und sagte: »Ganz frühes 20. Jahrhundert, toll! Interessierst du dich für Architektur?«

Ich sagte: »Hallo, ich bin Nico, komm doch rein.« Mit ausgestrecktem Arm und der Hand am Türrahmen ließ er sich in die Wohnung schwingen wie eine zufallende Tür. Ich musste zur Seite springen, sonst hätte er mich umgestoßen.

»Hallo Wohnung, Ansgar ist da«, rief er im Flur und zündete sich eine Zigarette an. »Ihr raucht in der Wohnung, oder?«, sagte er.

Er trug eine Schirmkappe, die ihn jungenhaft wirken ließ, darunter quollen hirschbraune Locken hervor, manche Strähnen mit einem rostigen Rotstich. Sein Gesicht war ein wenig formlos, boshaft gesagt: aufgequollen, mit einem listigen Zug um den Mund, als sei er bereit, sofort zurückzunehmen, was immer er gerade gesagt hatte. Sein Alter war schwer schätzbar, irgendwas zwischen 23 und 35, ich weiß es heute noch nicht. Ansonsten trug er ein T-Shirt, tief und rund ausgeschnitten, darüber eine Weste, unzählige Buttons, ein Reclamheft in der Brusttasche, abgetretene Jeans und schwarze Chelsea Boots. Er war groß, bestimmt über eins neunzig. Im Gegensatz zu ihm wirkte ich klein. Er hatte volle Lippen, auf denen ein raues Rot lag. Ich wunderte mich nicht darüber, dass er nur T-Shirt und Weste trug, obwohl es draußen arschkalt war.

Ich führte ihn durch die Wohnung, und er sagte in jedem Raum nicht mehr als drei Worte. Im Bad sogar nur: »Oho, Badewanne.« Er aschte ins Waschbecken. In seinem zukünftigen Zimmer sagte er: »Nice! Dielen!« In der Küche bot ich ihm Leitungswasser an und zählte die üblichen Dinge auf, Hausmeister, Fahrradkeller, Etagenheizung, ich hatte ihn eigentlich schon abgeschrieben, wir setzten uns nicht einmal. Aber ich hatte nicht mit Laura gerechnet.

»Wir haben auch Wein«, sagte sie. »Magst du Rotwein?«

»Fließt statt Blut durch meine Adern«, sagte Ansgar. Er warf sich auf das Küchensofa. Laura wohnte damals selbst erst seit einem halben Jahr in der Wohnung. Sie promoviert in Politikwissenschaften, isst sehr viel Rote Beete und kein Fleisch. Das Thema ihrer Doktorarbeit hat sie mir mal erklärt, aber ich habe es vergessen, irgendwas mit Armut in Afrika. Jedenfalls ist sie ein schlaues Mädchen, und bisher war ich der Meinung, schlaue Mädchen seien gegen Typen wie Ansgar immun. Sie schenkte Wein ein und beugte sich dabei näher zu Ansgar herunter als nötig. Er sah ihren Hals an, als wolle er zart hineinbeißen.

»Und was machst du so?«, fragte sie.

»Die meiste Zeit bin ich Mensch«, sagte Ansgar. »Und

in der nächsten Spielzeit habe ich ein Engagement am Theater, als Schauspieler.«

»Und was machst du dann jetzt schon in der Stadt?«, fragte ich.

»Bin von der Schauspielschule geflogen, musste da weg, Schnick-Schnack, jetzt erst mal jobben, wenn das nicht hinhaut, mach ich Import/Export«, sagte er und lachte. Es war mehr ein Gewitter als ein Lachen – wenn Ansgar lachte, versammelte sich ein ganzes Himmelsorchester im Raum, er lachte mehrstimmig, mit Fanfaren und Basstrommeln, rhythmisch, wie einzeln abgefeuerte Schüsse eines großkalibrigen Jagdgewehrs. Ansgar lachte nicht über etwas, er lachte etwas weg, trieb es vor sich her, mit weit aufgerissenem Mund, als wolle er die ganze Welt anschreien, und wenn er dann anfing zu husten, war es, als ob er sich an ihr verschluckt hätte. Laura und er redeten, über Stücke, die ich nicht kannte, und die Subventionierung von Theatern, über unseren Putzplan redeten sie nicht. Ansgar schaffte es, Laura mit kleinen Vorlagen ihren persönlichen Standpunkt zu einem Thema zu entlocken, um ihr dann beizupflichten. Er trieb dieses Spiel so geschickt, dass Laura es nicht bemerkte oder nicht bemerken wollte. Ich ging aufs Klo, spülte die Asche aus dem Waschbecken und hoffte, sie würden sich schon verabschieden, wenn ich wiederkäme. Aber sie saßen unverändert da, Ansgar fläzend, breitbeinig, einen Arm auf der Sofalehne, Laura über den Tisch gelehnt, das Gesicht interessiert nach vorn gereckt, aufmerksam und zustimmend nickend, den Kopf leicht schräg haltend, auf eine Hand gestützt. Ansgar schenkte sich Wein nach. Erst jetzt fielen mir seine Hände auf: weiße Aristokratenhände mit gleichmäßig runden Nagelbetten, dünn und blass, viel zu verletzlich für den lauten Ansgar.

Ich funktionierte zu dieser Zeit. Ich stellte mich sorglos in den kalten Nordwestwind, mit eingecremtem Gesicht und einer markigen Haferflocken-Gesundheit. Ich ging schnell und trat fest mit der Ferse auf, der Wind war Wind und gegen die laufende Nase hatte ich immer Taschentücher in der Manteltasche. Ich kannte meine Wege und kam pünktlich zur Arbeit. Ich pflegte mein Bonusheft beim Zahnarzt. Drei Mal die Woche trieb ich Sport, Handball, immer Dienstag und Donnerstag Training, sonntags dann die Ligaspiele. Meine Mannschaftskollegen schätzten meine Zuverlässigkeit im Abwehrverhalten. Ich aß helles Fleisch, viel rohes Gemüse und trank morgens Direktsaft. Samstags schaute ich mit Freunden die Sportschau, montags die Serien, die am Sonntagabend im US-Fernsehen gelaufen waren, und hatte beim Streamen Angst vor einer Abmahnung, jede Woche, das war das einzige Abenteuer, in das ich mich begab. Ich rief meine Eltern regelmäßig an. Ich hatte eine gut geführte Buchhaltung und sehnte mich sehr nach einer Freundin. Als Ansgar einzog, hatte ich 4.853 Payback-Punkte. Der neue Akkuschrauber war nah.

Laura war natürlich dafür. Sie hatte sich mit Ansgar bereits beim Besichtigungstermin zum gemeinsamen Stadterkunden verabredet, unabhängig von einer Zu- oder Absage für das Zimmer. Ansgar hatte gesagt, er wolle an den höchsten Punkt der Stadt wandern und dort auf einen Baum klettern. Ich tat Simon einen Gefallen, denn außer für Ansgar wollte sich Laura für niemanden als neues WG-Mitglied aussprechen. Hätte ich nicht zugestimmt, hätte Simon für ein leer stehendes Zimmer zahlen müssen. Das wollte ich noch weniger als den Einzug von Ansgar. Laura verlangte, dass ich ihn anrief. »Er denkt sowieso schon, dass du ihn nicht leiden kannst«, sagte sie.

»Zu Recht«, sagte ich. Aber ich rief ihn an. Er freute sich sehr, er lachte, aber nur ganz kurz, dann hörte ich ihn klatschen und jubeln, wie weit entfernt, dann wieder etwas näher. Ich freute mich auf einmal mit ihm, so ansteckend konnte sich Ansgar freuen, sogar am Telefon. Ich fragte mich, wie jetzt wohl seine Augen aussahen.

»Ich komme morgen«, sagte er und legte auf.

Er kam mit dem Taxi. Gemeinsam mit dem Fahrer trug er eine Truhe und zwei Kartons in sein Zimmer, mehr besaß er nicht, jedenfalls brachte er nicht mehr mit. In der Truhe waren seine Klamotten, und in den Kartons waren Bücher.

»Wo willst du denn schlafen?«, fragte ich.

»Ihr habt doch eine Gästematratze, die nehme ich«, sagte er.

»Und Bettzeug?«

»Hab einen Schlafsack in der Truhe«, sagte er. »Mach dich mal locker, Nico, den Rest treibe ich die Tage auf. Besitz ist die Zwangsjacke der Bourgeoisie, Verfügbarkeit zählt, Nico, Verfügbarkeit ist Freiheit«, sagte er. Ich zog beide Augenbrauen hoch.

In den nächsten beiden Wochen sammelte sich Ansgar so etwas wie eine Einrichtung zusammen, jeden Tag kam etwas Neues dazu. Er fand die Stücke auf der Straße, bei der

Arbeiterwohlfahrt, auf Zwangsversteigerungen oder im Internet. Er transportierte die Sachen mit einem Einkaufswagen, ließ sie mit dem Taxi ankarren oder von einer Spedition liefern. Er kaufte nicht nur Sachen für sich oder sein Zimmer, er begann, die WG neu einzurichten. Seine Bemühungen wirkten wie der verzweifelte Versuch, seine Flattrigkeit irgendwie zu erden. Seine Käufe waren wahllos, und sein Zimmer verriet das erfolglose Ringen um so etwas wie Gemütlichkeit. Es sah trotz der Möbel auch nach mehreren Wochen so aus, als wäre Ansgar gerade eben erst eingezogen. Leere Bilderrahmen lehnten an der Wand, und das Oberteil eines Büfettschranks stand auf leeren Kartons. Vor allem aber war er ein Meister darin, nie da zu sein, wenn besonders schwere neue Möbelstücke für ihn angeliefert wurden. So trug ich also eine antike Kommode und eine Vitrine, die er bei einer Auktion für unser Bad ersteigert hatte, zusammen mit einem mürrischen Speditionsmitarbeiter in den vierten Stock. Er trieb seine ganze Besitz- und Verfügbarkeits-Logik vollkommen ad absurdum, er häufte Unmengen Zeug an, Überflüssiges und Doppeltes, Besteck, das er nie benutzte, zwei Fahrräder, eine Brotbackmaschine. Ich begann zu verstehen, dass Ansgar eine Meinung immer so lange vertrat, wie sie zu einer Situation passte. Darauf angesprochen, sagte er später mal zu mir, was ich eigentlich wolle, Besitz bedeute doch Verfügbarkeit, er sehe nun mal das Doppelte an den Dingen. Und wahrscheinlich tat er das wirklich, was er sich dabei allerdings nicht eingestand, war, dass er aus dieser Fähigkeit ein Vorrecht für sich ableitete, ein Vorrecht für seine Intuition; ein Vorrecht auch über andere Menschen.

Unsere Wohnung lag zentrumsnah und ruhig in einer kleinen Universitätsstadt, wie es viele im Land gibt und deren urbanes Milieu sich durch wenig auszeichnet, mit ihren Umsonst-Veranstaltungsmagazinen und den Bierkneipen mit den immer gleichen Speisekarten; es gibt alles, was man mit Käse überbacken kann. Die Aufteilung war ein Glücksfall, wir wohnten in drei gleich großen Zimmern und nutzten das vierte als Wohnzimmer. Meistens standen dort jedoch nur unsere Wäscheständer. Die Küche war groß genug für einen Esstisch und ein Sofa, eine typische Patchwork-Küche, irgendwie über die Jahre zusammengetragen, alle Stühle hatten unterschiedliche Farben. Die Küchengeräte waren alt und verbrauchten sehr viel Strom. An den Wänden hingen Poster, mit denen wir uns als zu differenzierten Geschmacksurteilen fähige Bewohner präsentierten. Die Decken waren hoch, der Boden aus Holz, die Wände nicht tapeziert und stellenweise unverputzt und befleckt, und es war auf eine Art schmutzig, dass es noch als bewohnt und nicht als versifft gelten konnte. Wir waren also eine unglaublich durchschnittliche WG in einer durchschnittlichen Stadt. Ich war nach meinem Abschluss aus Bequemlichkeit nicht ausgezogen.

Ansgar nahm von meiner Existenz keinerlei Notiz. Die einzige Schnittmenge unserer beider Leben war seine Mitnutzung meiner Zahnpasta und ein *Hallo* ohne Blickkontakt in Küche oder Flur, wenn wir uns dort zufällig begegneten. Er sprach nicht mit mir, außer er wollte etwas, wonach er fragen musste, weil er es nicht fand. Aber das kam selten vor, denn Ansgar kannte keine Scheu, fremde

Schubladen zu öffnen, und er nahm sich meistens, was er wollte. Ich lernte seinen Alltag nur durch Beobachtungen kennen. Der Inhalt von Kühlschrank und Küchenschränken verriet, dass er sich von Fleisch und Toast, Schoko-Cornflakes und Magnesium-Tabletten ernährte. Seine bevorzugte Zigarettenmarke war Marlboro. Auf der Toilette lag irgendwann eine sehr zerlesene Ausgabe der *Aufzeichnungen aus dem Kellerloch*. Außerdem hörte ich ihn mehrfach die Woche rezitieren, proben, ich weiß nicht, wie man das nennt, jedenfalls sprach er Text, meistens dieselben Stellen. Mit der Zeit stellte ich fest, dass seine Auswahl wetterabhängig war. Als es wärmer wurde, stand er bei gutem Wetter am Fenster und lärmte: *Glauben Sie, ich könnte kein Blut sehen! Glauben Sie, dass ich so schwach bin ... oh – ich möchte dein Blut sehen, dein Hirn auf einem Hauklotz –, dein ganzes Geschlecht möchte ich in einem See von Blut schwimmen sehen, ich glaube, ich könnte aus deinem Schädel trinken, Frühling!* Das waren Augenblicke, in denen ich mich fragte, woher er das Böse nahm, das in seiner Stimme bebte und zitterte, wie eine in den Tisch gerammte Klinge. Sah ich ihn kurz darauf in der Küche, wie er sich ein Stück Fleisch briet, in Jogginghose und Unterhemd, hatte ich ein wenig Angst vor ihm. Bei schlechtem Wetter hörte ich ihn verzweifeln: *Immer, wenn ich das Gefühl hatte, jetzt wirst du nur noch gelobt und geliebt, jetzt beklatschen dich alle, musste ich das sofort brachial zerstören.*

Nicht überraschend lebte Ansgar promiskuitiv. Die Mädchen, die ich zu Gesicht bekam, waren alle sehr jung und schön, und bei all ihrer schicken Magerkeit trugen sie eine zarte Zitronenfrische, so eine Seifenreinheit in ihren Gesichtern, die sie selbst übernächtigt vornehm und nicht schwindsüchtig aussehen ließen. Ich sah keine zwei Mal. Sein Kontakt zu Laura beschränkte sich darauf, dass sie manchmal für ihn kochte (die einzigen Momente, in denen ich ihn Gemüse essen sah) und seine Handtücher wusch, immer dann, wenn sie anfingen, muffig zu riechen. Ich glaube, er arbeitete, aber ich bin mir nicht sicher, denn er schlief oder war noch nicht zu Hause, wenn ich zur Arbeit ging, und verließ die Wohnung meistens, bevor ich wiederkam. Manchmal blieb er für mehrere Tage oder eine ganze Woche fort. Ich wusste nie, wohin er fuhr, auch Laura zuckte nur mit den Schultern, wenn ich sie danach fragte. Ihr sagte er bloß immer, wann er zurück sein wollte. Wohl damit ein Mensch sich Sorgen um ihn machen konnte, sollte er verschwunden bleiben. Er trug immer den gleichen Anzug und hatte das Gesicht voll Müdigkeit und das Haar voll Pomade, wenn er wiederkam. Wir wohnten nicht zusammen, es war mehr das Aneinander- vorbeidriften zweier Fremdkörper auf engem Raum. Ich frage mich, wie fremd ich Ansgar damals war, ob er es auch vermied, in die Küche zu gehen, während ich dort kochte oder aß.

2

Dieser Zustand änderte sich erst einige Wochen nach Os- tern. Ich schlief das erste Mal wieder bei offenem Fenster und ohne T-Shirt, als ich von einem Dauerklingeln geweckt wurde. Ich versuchte lange, das Klingeln zu ignorieren, es fand Eingang in krude Träume, bis ich verärgert wach lag und mir Ansgar einfiel. Draußen dämmerte es bereits.

Ansgar sah fürchterlich aus, zugerichtet, als hätte er am Pranger gestanden und wäre anschließend durch ein Dornengebüsch gejagt worden. Er blutete im Gesicht aus mehreren Wunden, das rechte Auge war zugeschwollen. Das, was an Ausdruck in seinem Gesicht noch übrig war, sandte eine entsetzte Angst vor dem aus, was passiert war. Er schaute aus einem Auge wie ein bestraftes Tier. Die Schulternaht seiner Jacke war aufgerissen. Seine Hose war verdreckt und löchrig. Er trug nur einen Schuh. Die Treppenstufen stieg er wie ein Schlafwandelnder hinauf. Im Flur setzte er sich auf den Boden. Auf meine Anwesenheit reagierte er nicht. Sehr bald zog er die Knie an den Körper und begann zu zittern und zu schluchzen. Ich kniete mich vor ihn, berührte ihn an der Schulter. »Ansgar, verdammt, was ist passiert?«, fragte ich. Als er nicht reagierte, strich ich ihm durch das strähnige Haar und blieb an Blutverkrustungen hängen. Auch um mich zu beruhigen, begann ich, leise eine Melodie zu summen. Ich summte und Ansgar zitterte und schluchzte, und irgendwann, ich weiß nicht, wie lange wir so dasaßen, ohne zu sprechen, wurde das Zittern und das Schluchzen weniger und hörte schließlich auf. Dann hob Ansgar den Kopf und sagte: »Danke.«

Ich nickte. Ich ging ins Badezimmer und holte einen Waschlappen. »Lass mich das jetzt machen«, musste ich sagen, bevor er aufhörte, den Kopf wegzuziehen, als ich seine Wunden reinigen und ihm das Blut aus den Haaren waschen wollte. Ich gab ihm eine Decke und brachte ihm Wasser. Das Morgenlicht schien bereits hell und sauber in die Wohnung. Ansgars Haut war grau und sein Haar strähnig und stumpf. Ich setzte mich ihm gegenüber, ich wartete darauf, dass er zu reden begann.

»Wie kriegst du das hin, Nico?«, fragte er, als das Licht der aufgehenden Sonne ihm langsam die Hosenbeine hochkroch.

»Was meinst du?«, sagte ich.

»Na alles, ich meine alles, wie kriegst du das alles hin, das scheiß Leben, wie geht das?«

»Es ist vielleicht etwas spät, um solche Fragen zu beantworten, ich muss morgen auch früh …«

»Siehst du, genau das mein ich«, unterbrach er mich. »Wie kannst du jetzt an morgen denken? Ich schaff das fast nie, und wenn ich's versuche, geht's vollkommen schief. Dann geht immer was kaputt oder jemand weint.«

»Das bezweifle ich. Willst du nicht lieber erzählen, was dir passiert ist?«, fragte ich. Er hatte sich wieder einigermaßen im Griff. Er war etwas nach rechts gerutscht, damit ihn die Sonne nicht im Gesicht traf. Dort, wo er sich angelehnt hatte, waren Blut- und Dreckflecken an der Wand. Er schien enttäuscht über meine Frage zu sein. Ich war sehr müde und fror. Er sah mich verständnislos an.

»Ach, geh doch einfach wieder schlafen, Nico«, sagte er.

»Weißt du, was ein Anfang wäre, Ansgar, für ein Leben, in dem nicht alles ständig kaputtgeht? Es gäbe die Möglichkeit, nicht immer ein riesen Arschloch zu sein«, sagte ich und ging ins Bett.

Zwei Tage hörte und sah ich nichts von ihm. Ich klopfte an seiner Tür und fragte, ob alles in Ordnung sei, ob er etwas essen wolle. Er reagierte nicht.

Am dritten Morgen wachte ich auf, bevor mein Wecker klingelte. Ansgar lief gut gelaunt durch mein Zimmer. Dann zog er meinen Schreibtischstuhl ans Bett, setzte sich, hielt mir eine Tasse Kaffee entgegen und sagte: »Gut, dass du wach bist, wir haben heute viel vor.«

Das war das erste Mal, dass Ansgar in meinem Zimmer mit mir redete. Er sah immer noch ramponiert aus, aber die Angst war aus seinem einen Auge gewichen, das andere war gar nicht mehr als solches zu erkennen. Statt eines Auges saß Ansgar ein mehrfarbiges Geschwulst mit dunklem Schlitz in der Mitte unter der linken Stirnhälfte.

»Was ist los?«, fragte ich.

»Ich habe heute Geburtstag«, sagte Ansgar, »und als mein Retter in der Not bist du natürlich eingeladen.«

»Aha, welche Ehre«, sagte ich. Ich sah auf die Uhr. »Hör mal, vor drei Tagen hab ich dich als Arschlosch beschimpft und bin ins Bett gegangen. Seitdem haben wir nicht mehr miteinander geredet und jetzt willst du mit mir Geburtstag feiern. Merkst du noch irgendwas? Außerdem glaub ich dir nicht, dass du Geburtstag hast.«

»Was spielt das für eine Rolle? Wenn ich sage, ich habe heute Geburtstag, dann habe ich Geburtstag, und du bist eingeladen. Los mach dich fertig, in zehn Minuten ist Abflug.«

Ich glaube, der intime Moment mit Ansgar drei Nächte zuvor hatte etwas in mir losgetreten. Ich wollte wissen, wer dieser Mensch war, der bisher durch unsere Wohnung getanzt war wie ein Wirbelsturm, und nun auf einmal so gebrochen schien – als läge irgendeine Leiche auf dem Grund seines Wesens. Anders kann ich mir heute nicht mehr erklären, warum ich tatsächlich aufstand, meine Verabredungen und Termine absagte und mich in Ansgars Hände begab.

Wir gingen frühstücken. Ansgar trug jetzt eine große schwarze Sonnenbrille und ein Pflaster auf der Nase. Es fühlte sich gut an, an seiner Seite durch die Stadt zu gehen, sicher; so, als ob ein wenig von Ansgars Verletzungserhabenheit, die Größe des Geschlagenen, aber Stolzen, auf mich abstrahlte. Ich dachte, die Mädchen, an denen wir vorbeikamen, müssten mich besser finden als sonst, weil ich mit dem kühn aussehenden Ansgar unterwegs war. Es war also eigentlich ein Sichkleinmachen in seiner Gegenwart, etwas, das Mädchen riechen und verachten. Kein Mädchen will den Gebückten. Das Café, in das Ansgar mich führte, kannte ich nicht, es lag in einem Hinterhof und auf der Straße wies keine Reklametafel auf seine Existenz hin.

»Das hier nennt man ein Trendlokal«, sagte Ansgar und grinste kurz, als er mir die Tür aufhielt. Dem Grinsen folgte ein leises Aufstöhnen, wegen der Schmerzen. Eine Bewegung, ein Schmerz, so lebst du, dachte ich. Ansgar begrüßte den Kellner mit einem lauten Handschlag über die Theke hinweg. Er freute sich ehrlich, Ansgar zu sehen: »Na, mein Guter, was verschlägt dich mal wieder in meine Räuberhöhle?«, sagte er.

»Der Gestank, Dennis, wie immer der glamouröse Gestank nach Pissrinne, Frittenfett und frischen Waffeln«, antwortete Ansgar und versuchte zu lachen, aber es ging nicht. Er bestellte zwei Mal *Das Übliche*. Wir saßen an einem niedrigen, nicht abgeschliffenen Holztisch auf kleinen Hockern, wie man sie aus türkischen Teehäusern kennt. Wenn man nicht aufpasste, rammte man sich an der Tischkante schnell einen Splitter in die Hand. Wir waren die einzigen Gäste.

»Wenn heute dein Geburtstag ist, warum bestellst du dann *Das Übliche*, warum nicht was Besonderes?«, wollte ich wissen.

»Kleine Schnüffelnase«, sagte Ansgar. Es entstand ein unangenehmes Schweigen, das Ansgar mit dem Austausch von Banalitäten über unser Zusammenwohnen überwinden wollte, worauf ich nicht einging. Ich war genervt und wurde direkt.

»Ansgar«, sagte ich, »mich interessiert nicht, welcher Kloreiniger besser ist als der, den wir im Moment haben.«

Er konnte nicht antworten, weil Dennis in dem Moment unser Frühstück brachte, aber ich meinte kurz so etwas wie freudige Überraschung auf Ansgars ramponiertem Gesicht gesehen zu haben, den Ausdruck eines Kindes, das ein Geschenk auspackt, mit dem es nicht gerechnet, aber das es sich insgeheim gewünscht hatte.

Das Übliche war ein Festfrühstück. Dennis brachte uns Rührei mit Schinken, Zwiebeln und Champignons, Obstsalat, Vanillepudding mit Himbeersoße, zwei Körbe mit duftenden Brötchen, drei verschiedene Stück Kuchen, Nürnberger Bratwürstchen, ein Schälchen mit zwei Schmerztabletten, frisch gepressten Granatapfelsaft, ein Töpfchen mit Sahne, frische Pfannkuchen, zwei Dosen

Red Bull Cola und noch mehr, wir brauchten einen zweiten Tisch, um für alles Platz zu finden. Dennis füllte Kaffee nach, wann immer unsere Tassen leer waren. Es war wunderbar. Ich fragte mich, ob Ansgar immer so aß, wenn er hierherkam, oder ob *Das Übliche* ein ironisches Codewort für das größte Frühstück im Laden war. Ich schaute in die Karte nach, als Ansgar auf die Toilette ging, konnte *Das Übliche* aber nicht finden.

Über den Tisch gebeugt und mit vollen Backen sagte Ansgar: »Und die Mädchen, Nico? Was ist mit den Mädchen?«

»Was soll sein?«

»Na, gibt es eine, bist du verliebt, wen knallst du, wie oft, wo, wie lange, wie lange schon, bläst sie gut? Ich krieg ja von dir nichts mit, als dein Mitbewohner weiß ich nicht mal, wie du beim Sex klingst, ich kenn dich gar nicht«, sagte er.

»Ach ...«, sagte ich.

»Komm schon, rück raus, oder hast du einen Mikropenis? Willst du deshalb nicht darüber reden?«

»Es gibt im Moment einfach nichts zu erzählen«, sagte ich. »Tote Hose, nichts los, kein Mädchen da, kein Sex, ich gucke Pornos, okay.«

»Gut, Niki, ich darf dich Niki nennen, oder? Du bist also wirklich so. Pass auf, dann erzähl ich dir was«, sagte er. »Zwei Männer müssen sich über Frauen unterhalten und Schnaps trinken, wenn sie sich kennenlernen, anders geht das nicht. Dennis, Schnaps!«, rief er. »Also, du hast das ja mitgekriegt, es gibt da verschiedene. Hat dir eigentlich eine besonders gut gefallen? Ich stelle dich gerne vor.

Sie bedeuten mir nichts. Ich nenne sie meine Wodka-Flittchen. Weißt du, ich trinke nur noch Wodka. Ich trinke ihn mit Wermut und Zitrone, niemals Oliven, ich trinke ihn mit Champagner, mit Ginger Beer und Gurke, mit einem Tropfen Opium, nur niemals mit Club Mate oder Red Bull, diesen schrecklichen Getränken. Den Wodka trinke ich natürlich nicht, weil er mir besonders gut schmeckt, ich trinke Wodka wegen der Mädchen. Ist der einzige Schnaps, den sie trinken, weil er mit Saft verdünnt kaum einen Eigengeschmack hat. Ich trinke ihn, weil sie ihn trinken, verstehst du, man sollte immer trinken, was das Mädchen trinkt. Du sagst damit, dass du sie ernst nimmst. Das Gute am Wodka ist, sie merken erst nichts, es kommt also auf die erste halbe Stunde an. In der ersten halben Stunde musst du sie vollmachen, und dann: Bumm, knallt's ihr voll in den Kopf, und dann geht einiges. Hörst du mir zu?«

Ich nickte stumm.

»Vor einer Woche hatte ich Vicky da, ich glaube jedenfalls, dass sie so hieß. Hast du sie gesehen? Wenn du sie nicht gesehen hast, hast du sie bestimmt gehört, sie hat geschrien und gekratzt, Poster-Figur, große Brüste, kleiner Arsch. Ich sag's dir, diese kleinen Ärsche haben es mir vielleicht angetan, schrecklich. Auf jeden Fall, Vicky war so ein Wodka-Flittchen, bei der gingen nach einer halben Stunde die Lichter aus. Als wir zu Hause waren, hat die alles gemacht. Du weißt hoffentlich, was ich mit *alles* meine.«

Ich zeigte auf die Pfannkuchen und fragte ihn, ob es nicht eine ziemliche Pfuscherei sei, junge Mädchen abzufüllen, um sie zu verführen. Er guckte skeptisch und kratzte sich am Hinterkopf, als juckte ihn etwas; eine Geste, die ich im Laufe der Zeit als ein Zeichen dafür erkannte, dass ihm etwas zu weit ging. Wann immer ich Ansgar eine direkte Frage stellte, die ihn festnagelte, die eine Aufforderung war, eine Haltung einzunehmen, wurde er argwöhnisch und verschlossen. Er reichte mir die Pfannkuchen und sagte: »Wenn du so ein Schlaumeier bist, warum fickst du dann keine?«

»Punkt für dich«, sagte ich und wir stießen an. Dennis hatte uns Wodka gebracht.

»Alles Gute zum Geburtstag«, sagte ich. Wir tranken, bis Ansgar wieder lachen konnte. Dann sagte er, wir müssten los, die Wohnung für heute Abend vorbereiten, außerdem würden Technik und Getränke gleich geliefert. Wir gingen, ohne zu bezahlen. Ich fragte nicht mehr nach der Nacht seines Unfalls. Er nahm den ganzen Vormittag keinen Gratulationsanruf entgegen.

Ansgar hatte eine Party geplant, in unserer Wohnung, ohne uns Bescheid zu sagen. Ab dem späten Nachmittag wuselten fremde Männer durch die Wohnung und rollten große und kleine silberne Transportcontainer über den Flur. Die meisten von ihnen trugen Mützen, die nicht über die Ohren reichten, spitz zulaufende Schuhe und enge schwarze Jeans unter karierten Hemden. Es waren sehnige Typen mit einer müden Abgewetztheit in den Gesichtern und alle schienen Ansgars Freunde zu sein, er umarmte jeden zur Begrüßung. Sie stellten Boxen auf Stative und montierten Scheinwerfer an Gardinenstangen, sie verkabelten Turntables mit Mixer und Vor- und Endstufen, sie tauschten die Deckenlampe im Wohnzimmer gegen eine Diskokugel aus und klebten alle Fenster mit schwarzer Folie ab. Aus leeren Bierkästen und ein paar Latten bauten sie eine Theke im Flur. Ab und zu fragte mich jemand, ob er einen Einrichtungsgegenstand in den Keller bringen dürfe. Jedes Mal, wenn ich widersprechen wollte, stand auf einmal Ansgar neben mir, legte mir die Hand auf die Schulter und sagte, das sei schon okay, aber er solle bitte aufpassen mit den Sachen. In die leer geräumten Ecken legten sie große Sitzsäcke und Kissen. Anstelle von Waschmaschine und Trockner stellten sie zwei große Kühlschränke ins Bad und füllten sie randvoll mit Bierflaschen auf. Ansgar ging fortwährend durch die Wohnung, ohne in einem Zimmer so lange zu bleiben, dass ihn jemand auffordern konnte, etwas Hilfreiches zu tun. Dafür fand er für jeden Roadie nette Worte, er berührte alle am Arm. Ich gab bald jeden Widerstand auf, der von Anfang an in Wodka getränkt war, und setzte mich mit einem Bier in die Küche. Kein Angetrunkener stört die Vorbereitungen für eine Party. Laura ging staunend von Raum zu Raum, als sie nach Hause kam – unsere Wohnung war zu einem gut ausgestatteten Club geworden. Sie packte ein paar Sachen im Badezimmer ein und ging wieder, wortlos und mit einem Blick wie bitteres Spargelwasser. Um kurz vor acht setzte sich Ansgar neben mich und gab mir zwei Schlüssel in die Hand. »Lauras und dein Zimmer«, sagte er.

Es klingelten viele. Innerhalb weniger Stunden wuchs sich eine zunächst kleine Zusammenkunft in eine brodelnde Masse aus. Die Luft wurde schnell schwül und roch nach Zigarettenrauch, verschüttetem Bier und ausgeschwitztem Alkoholdunst. Zwei der sehnigen Typen, die beim Aufbau geholfen hatten, standen hinter der provisorischen Theke im Flur und gaben gegen eine freiwillige Spende Getränke aus. Durch die ganze Wohnung wummerten elektronische Bässe, die sich in vorsehbaren Schleifen verlangsamten und beschleunigten, sich in Effektmeeren auflösten und zu immer neuen dramaturgischen Höhepunkten steigerten; beinahe schäbig und trotzdem ungeheuer treibend, mit einer Kraft ausgestattet, die den Tanzenden das Hirn käsen ließ. Die Musik war so laut, dass man sich in Wohnzimmer und Flur nur schreiend verständigen konnte. Es herrschte ein anstrengendes Gedrücke und Geschiebe und so blieb ich in der Küche und täuschte Interesse an Lauras vegetarischen Kochbüchern vor, um unbemerkt Ansgars Gäste in Augenschein nehmen zu können. Immer wieder lugten fein herausgeputzte Mädchen in den Raum, Rouge und Haarknoten, alles war am rechten Platz. Sie schauten zunächst suchend und dann bissig, wenn sie eine andere Ausschauhaltende erspähten. Sie waren offensichtlich alle auf der Suche nach Ansgar. Es schien so, als hätte er quer durch alle Clubs und Bars der Stadt junge Mädchen mit glatter Haut und netten Strümpfen eingeladen; was wahrscheinlich stimmte – und alle waren allein gekommen und zeigten eine stirnrunzelnde Enttäuschung über die Anwesenheit der anderen. Bis sie sich vom Partytreiben mitreißen ließen und als Fremde unter Fremden begannen, sich in den Bässen aufzulösen und nach anderen Bekanntschaften zu suchen, vor denen sie ihre Haare öffnen konnten.

Bald fiel mir ein Typ besonders auf, ich hatte ihn noch nie getroffen und erkannte ihn trotzdem. Es war der Schauspieler Malte Gardschmitt. Ein brachial aussehender Mann mit Stahlträgerarmen und einem Kreuz wie die Landebahn eines Flugzeugträgers. Unter seiner Frisur, die unangenehm an die Dreißigerjahre erinnerte, lag ein unschuldiges Jungengesicht, gänzlich unberührt von früheren Untaten, nächtlicher Arbeit oder zügellosen Genüssen. Als ob jemand aus großer Sentimentalität diesem Panzerkörper einen Bübchenkopf aufgesetzt hatte, um ihm den Schrecken zu nehmen. Das Ergebnis war eine so absurde Mischung, dass Malte Gardschmitt bisher in allen seinen Kinofilmen dazu verdammt war, einen Psycho-Killer zu spielen, der wahlweise Prostituierte oder kleine Jungen ermordete. Er war mit diesen Rollen einigermaßen berühmt geworden, so berühmt jedenfalls, dass ich ihn nicht auf Ansgars Party in unserer kleinen Stadt erwartet hätte. Er bemerkte meinen Blick und kam herüber.

»Rote-Beete-Liebhaber?«, sagte er mit Blick auf das aufgeschlagene Kochbuch in meiner Hand. »Oder kannst du nur mit den Miezen hier nichts anfangen?«

Die Möglichkeit, von Malte Gardschmitt angemacht zu werden, ließ mich schnell ausweichen.

»Und woher kennst du Ansgar?«, fragte ich.

»Wir waren zusammen auf der Schauspielschule, allerdings nur kurz, ich war beinahe fertig, als er anfing.«

»Dann weißt du bestimmt, warum er geflogen ist, oder?«

Er musste lachen, mechanisch und regelmäßig, ein Zahnradlachen. »Woher kennst du ihn denn?«, fragte er.

»Ich wohne hier«, sagte ich. Das schien ihm als Rechtfertigung für meine Frage zu genügen. Er sah auf mich runter, fast mitleidig und sagte: »Verstehe. Und was meinst du, ist er's oder ist er's nicht?«

»Was?«, fragte ich.

»Na ein Verbrecher.«

»Ich hab ihn bisher höchstens für einen Arschloch-Mitbewohner gehalten, aber nicht unbedingt für einen Verbrecher«, sagte ich. »Wie war er denn früher?«

»Keine Ahnung. Er macht ein großes Geheimnis aus seiner Herkunft, man hört sie ihm auch nicht an, entweder er kommt aus Hannover oder er hat sich jeden lokalen Einschlag abtrainiert, das würde ich ihm sogar zutrauen. Auf der Schauspielschule haben wir ihn nur Karlsson genannt, nach Karlsson vom Dach, weil er auch immer so ein selbstsüchtiger Schaumschläger war. Das hat er gar nicht gern gehört. Er ist überhaupt vollkommen kritikunfähig, falls du das noch nicht bemerkt hast. Während einer Probe hat er sich beinahe mal mit einem Regisseur geprügelt, ich musste dazwischengehen. Kann man sich nicht vorstellen, oder? Dabei hatte er Ansgar nur gesagt, er könne wieder gehen, wenn er den Text nicht kann. Ansgar war der Meinung, er brauche den Text gar nicht wortwörtlich sprechen zu können. *Es reicht, wenn ich weiß, was drinsteht,* hat er zu dem Regisseur gesagt, *ich spiele spontan besser, weißt du, dann ist mehr Spannung drin,* hat er gesagt und wollte anfangen. Da ist der ausgerastet und hat Ansgar so was von zur Schnecke gemacht, was er sich als Schauspielschüler überhaupt einbilden würde, hier seine performative Ästhetik durchdrücken zu wollen, so Regisseur-Scheiße halt, bei dem Fremdwort hat er sich auch verschluckt und musste wahnsinnig husten, das war ein bisschen lustig, und dann hat er Ansgar einfach nur noch beschimpft, Pisskopf und Arschmade hat er ihn genannt und verlangt, dass er nie wieder zu einem Kurs von ihm erscheint – und dann wollte Ansgar auf ihn los.«

Malte Gardschmitt redete mit einer weichen und tiefen Stimme, sie verriet eine Anteilnahme, die mich spüren ließ, dass ihn mehr mit Ansgar verband als eine entfernte Kollegen- oder Kursbekanntschaft. Seine Hände steckten in den Hosentaschen. »Ist er deshalb geflogen, weil er den Regisseur verkloppen wollte?«

»Nein, die Direktorin hat ihn rausgeschmissen, vollkommen grundlos. Ansgar hat jedenfalls nichts gemacht, man erzählt sich, sie wäre in ihn verliebt gewesen, so volle Kanne, kurz davor, Ehe und Kinder dranzugeben, so die Schiene, weißt du. Obwohl nie was gelaufen sein soll zwischen beiden. Und es war auch nicht Ansgar, der sich groß an sie rangeschmissen hätte, das war alles die Alte. Sie hat ihn unglaublich oft zu sich bestellt, ihm Geschenke gemacht, wie so einem Call Boy. Und das ist nur, was ich mitbekommen habe. Alte geile Frauen, ich sag's dir. Der einzige Fehler, den Ansgar gemacht hat, war wahrscheinlich, damit zu spielen. Natürlich hat er ihr schöne Augen gemacht, er ist Schauspieler, verstehst du, so zu tun als ob ist sein Beruf. Er war wie immer auf seinen Vorteil aus und hat auf gute Kontakte gehofft und solchen Kram, Vorsprechtermine bei Ostermeier oder Pollesch. Topnotch! Was anderes war für ihn niemals eine Möglichkeit. Und er war wirklich gut, vielleicht der Beste in seinem

Jahrgang. Sein Ego war groß und sein Ich winzig, die besten Voraussetzungen für einen Schauspieler. Tja, und jetzt hat er gar nichts.« Den letzten Satz seufzte er regelrecht, lang und traurig.

»Was erzählst du wieder für Schauermärchen über mich, Panzer-Malte?«, sagte Ansgar. Er war unbemerkt neben uns getreten. Er ließ Malte keine Zeit für eine Antwort und wandte sich direkt an mich. »Und du, was ist da los, Nico, du brauchst ein Glas, wer mit leeren Händen auf einer Party steht, ist ein Trottel, das weißt du doch«, sagte er und sein Lachen dröhnte durch den Raum. »Mutter meiner Kinder«, sagte er mit ausgebreiteten Armen zu einem Mädchen, das unweit von uns an der Wand lehnte. »Sei so lieb und bring meinem werten Herrn Mitbewohner etwas zu trinken.« Sie schaute, als hätte Ansgar eben das erste Mal überhaupt mit ihr gesprochen – und gehorchte. Ich sah Malte erstaunt an, der nur sein Glas hob und einmal nickte.

Ich bekam einen Longdrink in die Hand gedrückt und machte mich daran, dem bereits in einen anderen Raum gepreschten Ansgar zu folgen, wie ein Beiboot seinem Schlachtschiff im Bugwasser hinterherschaukelt, sich beständig fragend, woher diese große Kraft kommt, mit dem es das Wasser teilt.

Ansgar sprach beinahe mit jedem. Meistens war es nicht mehr als ein Spruch oder Gruß im Vorbeigehen, manchmal sogar nur ein Grinsen, das den jeweiligen Adressaten schamrot oder ebenfalls grinsend zurückließ. Ansgar schob sich durch den Flur von Zimmer zu Zimmer, er überragte fast jeden und war präsent, voll und ganz anwesend. Er gab jedem das Gefühl, er oder sie und niemand und nichts anderes habe in genau diesem Augenblick seine ganze Aufmerksamkeit. Das war das Versprechen, das all seinen Annäherungen innewohnte, etwas, dem sich die wenigsten entziehen können. Allerdings beobachtete ich, dass Ansgar nur mit Leuten auf diese Art interagierte, die er noch nicht oder nicht gut zu kennen schien. Allen anderen, die an ihn herantraten, sichtlich erfreut, ihn wiederzusehen, vielleicht sogar nach langer Zeit, ging er aus dem Weg. Er vermied es, länger mit ihnen zu reden, er wurde regelrecht schüchtern in ihrer Gesellschaft, sowohl im Austausch mit Männern als auch mit den vielen jungen Mädchen, die ihn umschwirrten. Er brachte es kaum fertig, sie anzusehen, obwohl er immer noch die Sonnenbrille trug, er suchte immer schon nach seinem nächsten Gesprächspartner. Unsicherheit und Scham ließen seine ganze Wirkkraft einschrumpfen. Aber ansonsten war Ansgar ein geradezu liebenswerter Gastgeber. Er wischte Bierlachen auf und prüfte die Kapazitäten der aufgehängten Müllbeutel. Immer wieder unterstützte er die Thekenkräfte im Flur und versorgte die DJs mit Longdrinks. Abseits stehende Gäste stellte er anderen Grüppchen vor und brachte Gespräche zwischen ihnen in Gang. Als die Polizei irgendwann kam, gab er bereitwillig seine Personalien an und scherzte sogar kurz mit den Beamten. Zehn Minuten später gab er den DJs ein Zeichen und die Musik wurde wieder so laut wie zuvor, nur dass jetzt die Fenster geschlossen waren. Es war eine wirklich gute Party.

Es wurde langsam spät und obwohl sich die Räume etwas leerten, wurde das Partygeschehen unübersichtlicher, ausgelassener, immer öfter fiel etwas um. Ansgar stand grade in einem kleinen Kreis aus Partygästen mit Fangesichtern und bespaßte sie mit seinem Hütchenspieler-Charme, als eine junge Frau sein Zimmer betrat. Ich sage junge Frau, weil sie im Gegensatz zu den jungen Mädchen auf der Party den Eindruck machte, tatsächlich zu leben, anstatt nur romantischen Vorstellungen vom Leben nachzuhängen. Ihr Auftritt war nicht glamourös, eher das Gegenteil davon. Sie war eine kleine und kompakte Person mit schiefen Schultern und flacher Brust, einem barocken Bäuchlein und einem Hintern, der eher dem arabischen Schönheitsideal entsprach. Sie trug einen knielangen grauen Wollmantel mit Flicken auf den Ellenbogen und einem Brandloch an der linken Schulter, darunter violette Leggings in teigbraunen Stiefeletten. Sie hatte keine Frisur, ihre aschblonden Haare sahen aus, als hätte sie sie selbst mit einem Küchenmesser geschnitten. Mindestens fünf verschiedene Haarlängen standen ihr in allen Richtungen vom Kopf ab. Ihre Haut hatte eine ungesunde Blässe und rote Flecken, ihre Mundwinkel umgab ein merkwürdig angespannter Zug, der ihre schmalen Lippen schief stehen ließ. Sie sah auf so eine kränkliche Ritter-rette-mich-Weise bitter und zart aus. Sie stand einfach nur da, fest und auf schulterbreit gespreizten Füßen, es war eine bockige Körperhaltung, mit der sie ihrem ganzen Äußeren widersprach. Wie auch mit ihrem Blick. Ein Blick wie ein Ausfallschritt mit gestrecktem Florett, jede Deckung vernachlässigend, ihr ganzes Gesicht war voller Mitgefühl und voller Abgründe, voller Wut – und voll von Liebe. Sie war überhaupt nicht schön und total unmöglich. Ich fand sie sehr attraktiv. Ich sah sie und hatte das Bedürfnis, ihr etwas Anstößiges ins Ohr zu flüstern, weil ich nicht einschätzen konnte, wie sie darauf reagieren würde.

Als Ansgar sie sah, hielt er mitten im Satz inne und ging zu ihr. Mit jedem Schritt, den er auf sie zutrat, hellte sich ihr Gesicht auf, bis ihre Freude schließlich feine Fältchen um die Augen erkennen ließ.

»Anton«, sagte sie sichtlich entsetzt über seinen Zustand, als er vor ihr die Sonnenbrille abnahm. Sie strich ihm über das Gesicht, eine Berührung wie ein trauriges Hauchen. Er drückte sie fest an sich.

»Wie gut, dass du da bist«, sagte er.

Die Szene hatte einige Gäste neugierig gemacht, und wüsste ich es nicht besser, ich glaubte meiner Erinnerung, in der der dröhnende Techno verstummte und Stille sich ausbreitete, um dieser zarten Begegnung mehr Platz einzuräumen. Ansgar schaute sich ein wenig erschrocken um. Aber die Party um ihn war schon längst weitergegangen. Die Umarmung wurde registriert und abgeschrieben.

»Was soll das hier, Anton?«, fragte die Frau Ansgar. »Lass uns gehen.« Er nickte, und sie verließen Arm in Arm die Wohnung.

»Was war das denn?«, fragte Malte Gardschmitt.

»Keine Ahnung«, antwortete ich. »Sie hat ihn Anton genannt! Kennst du sie nicht?«

»Nie gesehen«, sagte er.

»Was meintest du eigentlich vorhin, als du gesagt hast, er habe jetzt gar nichts?«

»Na, er hat nichts, keinen Abschluss, kein Engagement, keinen Job, nichts halt«, sagte er.

»Ich dachte, in der nächsten Spielzeit hat er hier ...«

»Ach, hat er dir das auch erzählt?«, unterbrach mich Malte. »Nein, das ist gelogen.«

3

Der nächste Tag begann wie der vorige. Ich wurde von Ansgar geweckt. Er trug wieder seine Sonnenbrille und war gut gelaunt. »Yippie-ya-yeah, Schweinebacke«, rief er. »Willkommen zurück, Sie haben das Aufräumen verschlafen, Herr Hochwohlgeboren.«

Ich setzte mich im Bett auf, erschrocken und ziemlich orientierungslos, mein Kopf schmerzte und im Mund hatte ich einen Geschmack nach Fäule und Alkohol. Ich rieb mir die Augen.

»Hier, trink das«, sagte Ansgar. Er hielt mir ein Glas mit einer grauen Flüssigkeit hin.

»Was ist das?«

»Ansgars Muntermacher, berühmt von Teheran bis Bogotá. Jetzt trink das schon.«

Ich setzte das Glas an und prustete den ersten Schluck sofort über meine Bettdecke. Mir rollte sich die Zunge zusammen, die Brühe schmeckte nach Ei, Algen und Zitrone. Erst jetzt bemerkte ich die Frau von gestern Abend, sie stand an meinen Türrahmen gelehnt da und sah sehr amüsiert aus.

»Guten Morgen«, sagte sie, »ich bin übrigens Pauline.«

»Ach, stimmt, das ist gestern etwas untergegangen, Pauline, Nico, Nico, Pauline, ihr dürft euch jetzt küssen!«

Er konnte schon wieder lachen und lachte alle Fragen, die ganzen Unklarheiten einfach weg, und das war's dann auch. Sie würden jetzt spazieren gehen, ich solle mich gut erholen.

Pauline und Ansgar waren ein Paar. Ich weiß nicht, wie lange schon und ob sie irgendeine Abmachung miteinander getroffen hatten, die Ansgars Wodka-Flittchen nicht zu einem Problem zwischen ihnen werden ließ. Vielleicht wusste sie auch nichts davon. Ich hütete mich davor, mich in diese Fragen einzumischen. Seit Paulines Auftauchen schlichen jedenfalls keine Mädchen mehr ohne Schuhe durch den Flur, wenn ich mich frühmorgens auf den Weg zur Arbeit machte. Sie kam jeden Tag, ich wusste nicht, woher oder wo sie wohnte, sie kam und war Herz und Segen. Sie brachte Einkäufe und frische Blumen mit und stellte beides auf den Küchentisch. Sie putzte die Fenster in Ansgars Zimmer und bügelte seine Wäsche. Die halb toten Topfpflanzen im Badezimmer päppelte sie wieder auf. In allen Fernbedienungen waren auf einmal neue Batterien. Es lag kein Staub mehr auf unseren Türrahmen. Ab und zu lag ich abends wach im Bett und hörte Pauline keuchen und leise japsen, Ansgar hörte ich nicht. Der Geruch unserer Wohnung veränderte sich, es roch nach frisch bezogenen Betten. Laura war erfreut und kochte öfter für alle, ich war erstaunt und verwirrt, vor allem darüber, welche Veränderungen Paulines Anwesenheit bei Ansgar auslöste. Er schien auf einmal zu wissen, was ein Putzplan ist, und er hörte aus reiner Rücksicht auf, außerhalb seines Zimmers zu rauchen. Er spülte Töpfe, die ich benutzt hatte. Verdammt, er putzte das Bad! Ich sah ihn nur noch Joghurt und Eier, Obst und Salat essen. Diese eine verschimmelte Toastpackung, die immer hinter den zwei neuen Packungen im Küchenschrank lag, war verschwunden. Nur drei Tage nach Paulines Ankunft kam mir Ansgar verschwitzt und in Sportklamotten im Treppenhaus entgegen. Ob er joggen gewesen sei, fragte ich ihn, und er sagte nach Luft schnappend, klar, er sei doch ein Topsportler!

Auf dem Weg zum Supermarkt und beim Einkaufen sprachen ihn nicht nur ein Mal irgendwelche Jungs in alten Trainingsjacken und dreckigen Sneakers an, meistens trugen sie volle Bierflaschen auf dem Arm. Sie knufften ihn auf die Schulter und sagten: »Lang nicht gesehen, Alter, wo treibst du dich rum?« Manchmal beobachtete ich auch Mädchen, die ihn wütend anschauten, sich aber nicht trauten, vor ihn zu treten. Ansgar ignorierte sie. Ich konnte regelrecht beobachten, wie Pauline und Ansgar aneinander gesundeten. Paulines Haut wurde feiner, sie bekam mehr Farbe und das Angespannte um ihren Mund wich einer warmen Ruhe. Ansgars Blick wurde klar, das Trübe war verschwunden, in seinen Augen war auf einmal ein ganzer Mensch zu erkennen, nicht nur ein Wille. Seine liederlichen Gesichtszüge strafften sich. In den Gärten blühten derweil die Magnolien. Die Menschen auf der Straße redeten wieder und zogen nicht bloß die Köpfe ein, während sie nebeneinanderher gingen. Der Frühling war da. Ich vergaß die aufregenden Tage mit Ansgar, ich vergaß seine Lügen und Widersprüche, Ansgar oder Anton, Engagement oder kein Engagement, es war mir egal, mein

Misstrauen gegenüber seiner Überheblichkeit war verschwunden. Die neue Routine in unserer Wohnung gefiel mir sehr, und mir gefiel Pauline. Ich schaute sie an, wann immer ich dachte, dass es unbemerkt blieb. Ich bekam neue Aufgaben bei der Arbeit zugewiesen, bei denen ich mehr Verantwortung zu tragen hatte und die mich sehr in Anspruch nahmen. Ich hoffte auf eine damit einhergehende Anhebung meiner Gehaltsstufe, spätestens nach dem Sommer, und nahm mir insgeheim vor, dann aus der WG auszuziehen. Es wurde allmählich einfach Zeit, sagte ich mir.

Pauline kümmerte sich um Ansgar und Ansgar kümmerte sich um Pauline, der Mai wurde sehr warm und Laura verliebte sich in einen meiner Mannschaftskollegen. Sie schaute sich jetzt öfter unsere Spiele am Wochenende an. Wir tranken nach gemeinsamen Abendessen oft noch eine Flasche Wein zusammen. Einen ganzen Nachmittag verbrachten wir damit, in der Küche Kirschkerne um die Wette in den Mülleimer zu spucken. Pauline gewann, hüpfte vor Freude und rülpste laut. Wir rückten näher zusammen, in der Wohnung herrschte Dreampop-Stimmung, eine Atmosphäre zum Blumenpflücken auf wilden Wiesen. Ich hatte die Pornos seit einiger Zeit durch Pauline-Fantasien ersetzt, in meiner Vorstellung waren ihre kleinen Brüste spitz und zeigten nach oben.

Es stellte sich heraus, dass das Aufbessern unserer Wohnung eine Vorbereitung gewesen war, jedenfalls gehe ich heute davon aus: Auf dem Höhepunkt unserer Wohnharmonie zog Pauline ins Wohnzimmer. Sie kam mit einer Staffelei und einem alten Schrankkoffer, der einst für den Gepäcktransport auf langen Seereisen angefertigt worden war. Ich hatte viel zu große Angst, vor Pauline als Spießer zu gelten, und war viel zu verliebt in sie, um zu protestieren oder nur nachzufragen, ob sie Miete zahlen und sich an den Nebenkosten beteiligen würde. Ich fand es wunderbar, wie sie bei geöffnetem Fenster vor der Staffelei stand und malte. Meistens benutzte sie nur Weiß, Blau und Schwarz und mischte daraus alle Zwischentöne für ihre raffinierten Bilder. Ich begann sehr bald damit, sie vom Sofa aus beim Malen zu beobachten, ich trank nach Feierabend ein Glas Wein und schaute abwechselnd auf die Leinwand und ihren Po. Wir redeten kaum miteinander, wenn, dann redete ich. Ich sprach über die unterschiedlichen Muster der Sitzpolster in U-Bahnen, über Remoulade auf belegten Brötchen vom Bäcker, über Warnsignale in Autos, ich erzählte, wo ich am 11. September 2001 gewesen war, als ich von den Anschlägen erfuhr. Ich redete über Leute, die im Kino zu laut lachen und zu laut mit ihren Plastiktütchen knistern, über Knallfolie, die sich nicht mehr knallen lässt, und über meine Haare, die bei feuchtem Wetter krisselig werden. Ich redete, sie hörte zu und kicherte ab und an. Ich jubelte still, als sie sich einmal umdrehte, den Pinsel in die Luft hielt und sagte: »Stimmt genau, du hast so recht!«

Befand sich Ansgar im Zimmer, während sie arbeitete, sprang und tanzte er meistens um sie herum, rief ihren Namen und schnitt Grimassen. »Pauline, Pauline, Pauline, Aufmerksamkeit, Aufmerksamkeit«, rief er. Einmal kam er herein, stürmte ans offene Fenster und schrie auf die Straße: »Hört mich an, meine Täubchen, mein Weib weigert sich, mir einen Sohn zu schenken, ich verlor sie im letzten Winter an die Farben, meine Linie wird hier enden!«

Er stieg auf die Fensterbank und sein Gesicht war an Theatralik nicht zu überbieten, als er sich umdrehte. Dann begann er zu lachen und Pauline warf mit einem Pinsel nach ihm und rief: »Du Schuft, du elender Schuft, alles, was mich zu den Farben trieb, ist deine Impotenz, du schlaffer Herrscher!«

Ihre ganze Beziehung schien aus solchen Spielereien zu bestehen, denn sie waren keine Seltenheit, ob in der Küche beim Kochen oder vor der Badezimmertür, wenn sich einer von ihnen eingeschlossen hatte und Dinge verrichtete, die man alleine verrichtet – die Mätzchen waren nie weit. Ich ergründete nicht ganz, wie viel Ernst und unbewusste Konfliktbearbeitung, wie viel Machtkampf in diesen Albernheiten lag. Aber irgendwann war ich mir sicher: Gesundheit und Spiel, das waren sie füreinander.

Wir unternahmen Ausflüge, wir fuhren gemeinsam an den Fluss oder ins Freibad. Ich lag auf Handtüchern herum und las. Ansgar kletterte auf Bäume oder spielte Beachvolleyball oder warf Steine ins Wasser, sprang dabei herum und sang selbst gedichtete Liedzeilen. *Wenn das Leben nur aus Küssen bestünde, Marie, würdest du es mit mir leben, Marie?* Pauline schälte Orangen und bekam Sonnenbrand, aus dem einige Tage später Sommersprossen wurden. Auf unseren Wegen mussten wir ständig irgendwo anhalten oder einbiegen, weil Ansgar eine Blume pflücken musste oder etwas entdeckt hatte, was er sich in den Mund stecken wollte. Manchmal auch nur, weil er sich plötzlich auf den Boden legte und Liegestütze machte. Als Paar waren die beiden unausstehlich, Ansgar fasste Pauline dauernd an, schamlos und dreist, und wann immer ich mich kurz von ihnen abwandte, fand ich sie in sexuellen Stellungsproben verknotet wieder. Wenn ich sie dann entnervt anschaute, sagte Ansgar: »Deine Verachtung ist eine Pracht, Nico! Aus dir wird noch mal was!«

Trampelpfade, Blindschleichen und Kröten in hohen Auenwiesen und der Geruch von Grillfleisch und Sonnencreme – eines Abends saß ich am Fluss und dachte, alles ist gut, wenn du jetzt sterben müsstest, es wäre in Ordnung. Pauline blieb während dieser ganzen Zeit diffus, ich erinnere mich an nichts, was sie irgendwie greifbar gemacht hätte. Es war dieses Sichentziehen, das sie für mich interessant und zu einem unerreichbaren Lustobjekt machte.

Was sich nicht änderte, war, dass Ansgar von Zeit zu Zeit verschwand, immer in unregelmäßigen Abständen, und immer lag er nach seiner Rückkehr ein oder zwei Tage im Bett. Ich beobachtete während dieser Phasen, wie Pauline mit einem nassen Waschlappen vom Bad in Ansgars Zimmer ging. Sie versuchte, ihre Sorge zu verbergen, aber sie schaffte es nicht. Ihr Tagesablauf veränderte sich zwar nicht, aber während ihrer häuslichen Beschäftigungen seufzte sie häufig und ihre Bilder gerieten unruhiger, wenn Ansgar weg war oder im Bett lag. Mit der Zeit, es wurde Hochsommer, die Haltestangen in den Bussen waren ständig schweißnass und wir mussten uns immer wieder gegen Maden im Müll und Horden von Fruchtfliegen wehren, mischte sich Unzufriedenheit in ihre Sorge. Ansgar blieb jetzt häufiger weg, anscheinend gezwungenermaßen, und das gefiel ihr nicht. »Ich bin nicht hergekommen, um dich trotzdem nicht zu sehen«, sagte sie zu ihm, was der Auftakt für einen langen und hysterischen Streit war, den sie bei offener Tür in der Küche führten. Ich hörte Paulines gefauchte Vorwürfe und Ansgars Schweigen. Er sei faul, er würde überhaupt nicht wissen, was er mit sich anstellen solle, sie fühle sich von ihm verarscht, und alles, was er von ihr wolle, sei Sex. Ich hörte nichts, was auf Ansgars Tätigkeiten während seiner Abwesenheit hindeutete, und sie schienen auch nicht das Thema der Auseinandersetzung zu sein.

Der Sommer neigte sich dem Ende zu, die Radiostationen meldeten jede Woche den letzten warmen Tag des Jahres. Mein Chef sollte in der nächsten Woche aus dem Urlaub kommen. Sein Assistent hatte bereits einen Termin direkt nach seiner Rückkehr mit mir vereinbart. Ich rechnete fest mit einer Gehaltserhöhung, die Spatzen pfiffen es bereits von den Dächern beziehungsweise aus der Kaffeeküche. Ich hatte schon begonnen den Wohnungsmarkt zu sondieren, Maden und windige Künstler, das brauchte ich nicht mehr in meiner Wohnung, sagte ich mir und fühlte mich bei dem Gedanken direkt schlecht, wie immer, wenn ich das Gefühl habe, jemandem Unrecht zu tun. Ich lag noch wach im Bett und rechnete im Kopf an Quadratmeterpreisen und Nebenkosten herum, als meine Tür vorsichtig geöffnet wurde. Die Bewegung der Türklinke war die reine Langsamkeit, und dann wartete der Außenstehende noch einen Augenblick lang mit dem Öffnen, wie um zu prüfen, ob hinter der Tür hastige Bewegungen ausgeführt wurden, um noch schnell etwas zu verbergen. Pauline steckte zuerst ihren Kopf durch die Tür und schlüpfte dann leise herein, sie trug nur ein Nachthemd. Mein Körper geriet sofort unter Spannung, aber ich sagte kein Wort. Sie ging ein paar Schritte auf mein Bett zu. »Ich gefalle dir doch«, sagte sie.

Ich reagierte nicht, ich war vollkommen erstarrt, ich dachte nur, tu es nicht, tu uns das nicht an. Sie zog sich das Nachthemd über den Kopf und kroch unter meine Bettdecke. Ich lag auf dem Rücken, ich sah sie nicht an, meine Hände klemmte ich mir unter den Körper und starrte an die Decke, ich war gespannt wie eine Mausefalle. Pauline rutschte an mich heran, ich konnte ihren Atem spüren, sie roch nach Minze und Teebaumöl. Sie begann mich anzufassen, sie kraulte meinen Nacken, fuhr mir sanft über Brust, Bauch und Schenkelinnenseiten und strich mit den Fingerspitzen unter dem Gummiband meiner Boxershorts entlang.

Ich ließ es ohne Reaktion geschehen und dachte an Ansgar, wo er war, was er machte und vor allem daran, was er mit mir machen würde, wenn er hiervon erführe. Pauline schlug ein Bein über mein Becken und begann, sich an mir zu reiben, sie küsste meinen Hals und stöhnte leise. »Ich weiß, wie du mich ansiehst«, flüsterte sie.

Ich drehte mich weg, anders wusste ich mir nicht zu helfen. Kaum zugedeckt blieb sie neben mir liegen, griff fest ins Bettlaken und befriedigte sich selbst. Danach lagen wir stumm nebeneinander, ein paar Minuten später stand sie auf und zog sich ihr Nachthemd über. Ich hatte mich schlafend gestellt, was mir gleichzeitig albern und feige vorkam. Sie ging zur Tür. Ich setzte mich auf.

»Warum mag mich Ansgar?«, fragte ich.

»Weil du ihn durchschaust«, sagte sie.

»Aber ich weiß doch überhaupt nichts über ihn«, sagte ich.

»Aber du bist ihm nicht erlegen, so wie alle anderen.«

»Und warum liebst du ihn?«

»Ich liebe ihn nicht«, sagte sie und ging. Die Tür ließ sie offen stehen.

4

Ich wich Pauline aus. Ich schämte mich, ich vermied Begegnungen in der Wohnung, schlug Einladungen von Ansgar aus, gemeinsam etwas zu unternehmen. Immer gab ich vor, noch etwas zu tun zu haben, und begründete es mit Krankheitsfällen auf der Arbeit oder Müdigkeit.

Pauline ließ sich nichts anmerken, sie knüpfte weiter Tag an Tag, mit der Gelassenheit einer Restauratorin, die weiß, dass sie ihr Werk wieder von vorne beginnen kann, wenn es an einem Ende abgeschlossen ist. Ich bewunderte sie dafür, und meine Verliebtheit wuchs daran. Ich liebte Pauline für ihren Verrat an Ansgar, weil er aufrichtiger war, als es die Liebe je hätte sein können. Ich wäre bereit gewesen, unsere beiden Existenzen aufs Spiel zu setzen. Aber das änderte nichts daran, dass ich nichts anders gemacht hätte, wäre Pauline noch mal nachts in mein Zimmer gekommen. Es hätte alles zerstört, was ich über den

Sommer so lieb gewonnen hatte. Es gibt nämlich etwas, das schöner ist als die Leidenschaft: die Illusion. Ich hätte meine Illusion von Pauline zerstört, hätte ich mit ihr geschlafen. So weiß ich bis heute nicht, ob ihre Brüste spitz sind und nach oben zeigen, und das ist gut. Ich glaube, Pauline verstand das, denn sonst hätte sie mich verachten müssen, und das tat sie nicht.

Sie kam auch nicht noch mal, sie ging. Sie verschwand genauso, wie sie gekommen war. Etwa zehn Tage nach dieser komischen Nacht sah ich eines Morgens Ansgar alleine in der Küche beim Frühstück sitzen. Ich fragte, wo sie sei, und er antwortete: »Nicht da.«

Ich ging ins Wohnzimmer, wo sie ihre Sachen aufbewahrt hatte. Nichts war mehr da, alles stand aufgeräumt an seinem Platz, als hätte Pauline nie dieses Zimmer bewohnt. Ansgar war mir hinterhergekommen. »Irgendwann kommt sie wieder, keine Sorge«, sagte er, »und dann darfst du sie ficken, ich habe nichts dagegen.«

Ich drehte mich um und schlug ihm ins Gesicht.

Wir sprachen nicht mehr miteinander. Ich war zu stolz für eine Entschuldigung, und was Ansgar davon abhielt, diese Sache zu klären, weiß ich nicht und wollte es nicht wissen. Es war, als hätte jemand die Entwicklung unseres Zusammenlebens an eine Stelle kurz nach Ansgars Einzug zurückgespult. Unsere Leben liefen wieder vollkommen aneinander vorbei. Laura wollte mit mir reden, sie versuchte zu vermitteln, aber ich blieb stur. Was Ansgar ihr sagte, weiß ich nicht. Nach Pauline fragte sie nicht, ich vermute, sie war froh, dass sie nicht mehr da war. Ich vermisste sie sehr.

Der Herbst kam, und wie jedes Jahr schien es mir, als verlören die Bäume ihre Blätter das erste Mal, als habe der Wind noch bei keinem bisherigen Herbstbeginn so geblasen, als habe der Fluss noch nie so sehr ausgesehen wie ein Band aus flüssigem Blei. Der türkische Gemüsehändler auf unserer Straße begann, Blumenkohl zu verkaufen. Meine ersten Wohnungsbesichtigungen standen an. Die meisten verliefen enttäuschend und meine Verachtung für den Beruf des Immobilienmaklers wuchs mit jedem neuen Träger von pomadisierten Haaren und einer Blumenverkäufer-Rolex, der mir gegenüberstand und versuchte, ein aalgrün gefliestes Bad zur neuen Avantgarde der Innenausstattung zu erklären.

Eines Abends kam ich vom Training nach Hause und zwei Männer standen vor unserem Haus, sie blickten zu den Fenstern hoch und redeten in einer Sprache miteinander, die slawisch klang. Es hätten zivile Ermittler sein können, wenn ihre Gesichter nicht verraten hätten, dass sie sich die meiste Zeit ihres Lebens nachts in geschlossenen Räumen aufhielten, in denen sehr viel geraucht wurde. Sie waren schrecklich angezogen, zwei Jogginghosen-Dandys, die so gerne elegant sein würden, aber nichts weiter waren als zwei laufende Aftershave-Wolken auf Plastiksohlen. Ihre Visagen sahen brutal aus, wie die von Hunden, die zu oft geschlagen worden sind. Ich bekam auf einmal ein ungutes Gefühl, etwas in meinem Bauch zog sich bei ihrem Anblick unangenehm zusammen. Ich sah sie die Woche über immer wieder auf unserer Straße. Was sie taten, wusste ich nicht, bis mir Ansgar auf dem Heimweg von einer Besichtigung entgegenkam. Zuerst wollte ich die Straßenseite wechseln, dann bemerkte ich, dass ihm die zwei Männer folgten. Ich ging an ihnen vorbei und wartete kurz, dann drehte ich mich um und folgte ihnen. Ansgar bog drei Mal ab, er schien ziellos zu sein oder ging einen Lieblingsweg, was bei ihm gut das Gleiche hätte sein können, die meiste Zeit sah er an Häuserfassaden empor. An jeder Straßenecke harrten die Kerle kurz aus, um dann vorsichtig, mit vorgereckten Köpfen, in die gleiche Richtung zu gehen wie er. Ansgar hatte seine Verfolger nicht bemerkt.

Bald erkannte ich, wo er hinwollte, und konnte daher einen anderen Weg einschlagen, um nicht entdeckt zu werden. Ansgar ging zu Dennis, in das Trendlokal, in dem wir damals gefrühstückt hatten. Die beiden Männer stellten sich in eine Hofeinfahrt auf der gegenüberliegenden Straßenseite und warteten. Ich folgte Ansgar ins Lokal und ging direkt zu ihm an den Tisch, ich war aufgebracht und sagte: »Dich verfolgen zwei ganz miese Typen, die sehen aus wie, keine Ahnung, wie Verbrecher halt, aber wie so Profi-Verbrecher, die stehen draußen und warten auf dich.« Es waren die ersten Worte, die ich mit ihm sprach, seit Pauline gegangen war.

»Schön, dass du dich um mich sorgst«, sagte Ansgar. »Man sollte meinen, wer jemandem ins Gesicht schlägt, sorgt sich nicht sonderlich um dessen Gesundheit, ich bin überrascht, und ich mag Überraschungen«, sagte er. Er ging hinaus, um nachzusehen, so ernst nahm er meine Warnung immerhin. Er kam zurück und lachte mich aus. »Wenn du die Oma mit dem Rollator meinst, die da vorbeischleicht, bin ich ernsthaft besorgt.«

Ich ging selber nachsehen, die beiden Typen waren tatsächlich verschwunden. »Wieso bist du überhaupt nachgucken gegangen, wenn du schon die Idee, verfolgt zu werden, abwegig findest?«, sagte ich. Ansgar kratzte sich am Kopf.

Am Abend sah ich einen der Männer auf unserer Straße. Ich war mir sicher, irgendwer war dabei, Ansgars Hals in eine Schlinge zu legen, und sollte er Erfolg haben, würde er sie zuziehen.

Kurz darauf verschwand Ansgar wieder. Ich machte mir Sorgen wie sonst nie, wenn er wegblieb. Allerdings wurden die Sorgen nicht so groß, dass ich versuchte, Pauline zu erreichen oder Malte, oder sonst irgendwelche Versuche unternahm, herauszufinden, was Ansgar trieb. Das Einzige, was ich tat, war, ihn genau zu beobachten, als er wiederkam. Ich bildete mir ein, sehen zu können, wenn er in Schwierigkeiten steckte, und ich entdeckte nichts an seinem Verhalten, das dafür sprach. Nur äußerlich hatte er sich seit Paulines Verschwinden wieder verändert: Er war ungepflegter, sah verwaschener aus. Aber dabei dachte ich mir nichts. Es blieb, wie es war, er erzählte nichts und ich fragte nicht nach. Und dann kam er nicht mehr zurück.

Ich wurde misstrauisch, als Laura mich fragte, ob Ansgar mir gesagt hätte, wann er wiederkommen wolle.

»Normalerweise sagt er dir das doch«, sagte ich.

»Ja, deshalb frag ich ja, mir hat er nichts gesagt«, antwortete Laura.

Ich wartete. Ich wartete einen Tag, zwei Tage, eine Woche, zehn Tage, es passierte nichts. Dann ging ich in sein

Zimmer und suchte nach irgendwelchen Anhaltspunkten, die seinen Aufenthaltsort verraten könnten. Ich wusste nicht, nach was ich suchen sollte, und stand hilflos mitten in diesem Zimmer, das immer noch aussah, als würde es von einem Kind bewohnt, das von zu Hause weggelaufen ist. Ich schaute in die leeren Hosentaschen von herumliegenden Jeans, ich las bereits geöffnete Briefe; aber bis auf zerknüllte Zettel mit Handynummern von Mädchen fand ich nichts. Alles, was ich herausfand, war, dass Ansgar einige Schulden angesammelt hatte, nicht viel, weniger als 1.600 Euro, bereits angemahnt. »Wo bist du, du Spinner?«, fragte ich in das leere Zimmer. Mein Blick fiel an das Fußende seines Bettes, dort stand immer seine Truhe, das einzige Möbelstück, das er bei seinem Einzug mitgebracht hatte. Die Truhe war nicht mehr da. In diesem Moment wusste ich: Ansgar würde nicht wiederkommen.

Eigentlich hätte ich mit Laura das Zimmer ausräumen und einen Nachmieter suchen müssen. Wegen des gemeinsamen Mietvertrags hätten wir auch den Mietausfall eines Mitbewohners zu tragen. Und ich ging nicht davon aus, dass Ansgar sich um irgendetwas kümmern würde. Aber ich tat nichts, ich sagte Laura nicht, dass ich nicht mehr mit einer Rückkehr von Ansgar rechnete, ich ließ sein Zimmer unberührt. Ich wollte, dass er einen Platz hatte, ich wollte, dass es einen Ort gab, an den er zurückkehren und an dem er sich wohlfühlen konnte, auch wenn ich wusste, dass er keinen Wert darauf legte. *Sesshaft werden, ich,* hätte er wahrscheinlich gesagt und ein verächtliches Geräusch ausgestoßen. Ansgar hatte diese Art von

Intelligenz, für die das, was wir ein *normales Leben* nennen würden, nicht genug Reiz besaß, allenfalls für Momente, in denen er sich voll hingeben konnte. Alles andere unterforderte ihn schlicht. Er war nicht zu schwach, die Wirklichkeit zu ertragen, er war zu viel für sie, er war zu stark, und diese Stärke war seine Krankheit.

Noch bevor ich das erste Mal seine Miete hätte zahlen müssen, kam ein Einschreiben unseres Vermieters. Ansgar hatte die letzten sechs Monate nicht bezahlt, er hatte Mietrückstände in Höhe von rund 3.200 Euro. Der Vermieter wies uns darauf hin, dass diese Summe zwei Gesamtkaltmieten für unsere Wohnung entsprach und wir damit fristlos kündbar waren. Ich nehme an, nur deshalb hatte er so lange damit gewartet, Ansgar abzumahnen, er wollte direkt mit der Abrissbirne anrollen können. Er gab uns zwei Wochen Zeit, die Schulden zu bezahlen. Sonst sähe er sich dazu gezwungen, von seinem Kündigungsrecht Gebrauch zu machen, schrieb er. Laura tobte. Ich glaube, sie wäre am liebsten mit einer Axt in Ansgars Zimmer gelaufen und hätte einen Fernseher zerschlagen, wenn es denn eines von beidem gegeben hätte. So rannte sie nur in sein Zimmer, stampfte wütend auf und schmiss eines seiner Kissen gegen ein Regal. Ein paar Bücher fielen zu Boden und eine Parfumflasche, die in unzählige Teile zerbrach. Es verbreitete sich ein ekelhafter Geruch in Ansgars Zimmer, der Laura schnell vertrieb. Wir ließen die Fenster tagelang offen und seine Zimmertür verschlossen, trotzdem roch es noch lange nach einer Mischung aus Moschus, Gewürznelke und Yuzu.

Ich war nicht besonders überrascht, mich schloss eher

eine hemmende Traurigkeit ein, alle übersteuerten Gefühle wurden von ihr absorbiert. Wut, Ärger, Zorn, Hass, Verzweiflung, ich spürte nichts davon, ich funktionierte einfach. Ich brachte in Bewegung, was in Bewegung zu bringen war, um eine richtige Katastrophe für Laura und mich zu vermeiden. Ich aktivierte alle persönlichen Anknüpfungspunkte, die mich mit Ansgar verbanden, ich sprach mit Dennis und Malte Gardschmitt, und beide wussten nichts von Ansgar, nicht, ob es ihm gut ging, und auch nicht, wo er war. Ich versuchte Pauline ausfindig zu machen, aber sie schien genauso verschwunden zu sein wie er. Ich telefonierte lange mit einem Anwalt, den Malte empfohlen hatte, und informierte mich über Einspruchmöglichkeiten, Verzögerungstaktiken und darüber, wie ich mein Geld zurückbekommen konnte, wenn ich Ansgars Schuld begleichen müsste.

»Hat er Eltern, Geschwister, irgendwelche Angehörigen, die sich verpflichtet fühlen könnten, zu helfen, damit ihr Sprössling niemanden reinreißt?«, fragte der Anwalt.

Und ich musste ihm sagen: »Wissen Sie, ich glaube, Ansgar ist nicht mal sein richtiger Name.«

Die Rechtslage war klar und sprach gegen uns. Die Gegenpartei würde nach der Räumung der Wohnung als Erstes das Girokonto desjenigen pfänden, der etwas habe, sagte der Anwalt, und das war ich. Er ließ mir auch keine Hoffnung darauf, jemals mein Geld wiederzubekommen, sollte ich bezahlen und anschließend gegen Ansgar klagen. Ich hörte viel traurige Musik während dieser Zeit.

Ich bezahlte also die Mietschulden, Laura hatte nichts. Von dem Geld, das ich für meinen Umzug und eine Einbauküche angespart hatte, blieb nichts übrig. Ich dachte, das Überweisen würde sich irgendwie besonders anfühlen, groß, als hätte man den Angriff eines Drachen abgewehrt oder so, aber ich spürte immer noch nichts, es fühlte sich an wie Sockenkaufen.

Unser Vermieter zeigte sich immerhin noch ein wenig kulant, er erließ uns einen Monat den Mietanteil für Ansgars Zimmer, sodass wir es bewohnbar machen und einen neuen Mitbewohner finden konnten. Wir stellten alle Sachen von Ansgar auf die Straße und hängten *Zu Verschenken*-Schilder daran. Ich beobachtete die Leute, die etwas mitnahmen, vom Fenster aus und hatte einen ziemlichen Kloß im Hals, als das erste Stück weggetragen wurde. Ein oder zwei Mal glaubte ich in den nächsten Wochen, Ansgar in der Stadt gesehen zu haben, und erschrak immer sehr. Ich hätte nicht gewusst, was ich hätte tun sollen, wenn er es wirklich gewesen wäre. Wenn ich abends vom Training im Dunkeln alleine nach Hause ging, fürchtete ich mich noch lange vor den beiden Verbrechergestalten, die Ansgar verfolgt hatten. Ich rechnete damit, dass sie mir auflauern würden, um mich zu fragen, wo er war, um mich zu erpressen, zu bedrohen, zu fordern, Schulden von ihm zu bezahlen. Aber auch das passierte nicht, es passierte einfach nichts, es war beinahe frech, wie die ganze Sache von Tag zu Tag mehr in Vergessenheit geriet. Man verzeiht nicht, man vergisst.

In Ansgars Zimmer zog irgendein junger Student ein, der eine Elternbürgschaft mit zur Besichtigung brachte. Er hängte orange Tücher an die Wände, er hatte eine Wasserpfeife und Teelichter auf der Fensterbank stehen, er war mir egal. Kurz nachdem er eingezogen war, kündigte Laura an, auszuziehen, sie wolle es wagen und mit meinem Mannschaftskollegen einen *gemeinsamen Hausstand* gründen, sie sagte das tatsächlich so, nach einem knappen halben Jahr. Ich freute mich über ihre Zuversicht und verachtete ihren Nestbauinstinkt. Ich begann von Neuem damit, Geld zu sparen.

Ansgar sah ich in der Zeitung wieder. Ein Bild von ihm auf der Bühne schmückte eine große Theaterkritik einer überregionalen Tageszeitung. Er kauerte unter einem leeren Tisch, umgeben von einem großen Chaos aus Papier und Aktenordnern, zum Teil zerknüllt und umgeworfen, eine Szene der Verwüstung. Ansgars Gesicht war weiß geschminkt, die Haare hatte er nach hinten gekämmt und die Augen waren schwarz umrandet. Er trug einen hautengen schwarzen Overall. Ansgar blickte in den dunklen Zuschauerraum vor ihm, er sah vollkommen hilflos aus, wie ein Turner direkt nach dem Sturz, so saß er da, ohne jedes Verständnis dafür, was um ihn herum passiert war. Unter dem Foto stand eine beliebige Bildunterschrift: *Großartig! Anton Schulze spielt in Sarah Kanes »Gesäubert« auf der ganz großen Klaviatur der Gefühle.* Anton Schulze! Du heißt wie ein sächsischer Schuldeneintreiber, Ansgar. Ich las den Artikel nicht, ich sah nur am Ende nach, wann die nächste Aufführung sein sollte. Ich besorgte mir ein Ticket und fuhr nach Berlin, um Ansgar zu sehen. Ich verband keine bewusste Absicht damit, ich sah ihn auf dem Foto und wollte einfach hin. Ich verweigerte mir selbst, Rechenschaft über diese Entscheidung abzulegen.

Es stimmte, was unter dem Foto stand, Ansgar spielte großartig. Er schaffte es, erlebbar zu machen, was das Auge nicht gesehen und das Ohr nicht gehört hat. Er verwandelte sein Spiel in ein Ereignis für seine Zuschauer, in etwas, das sie auf einmal selbst erlebt hatten, so, dass sie sich fragen mussten: *Wie zur Hölle ist das eigentlich passiert?*, und keine Antwort darauf fanden. Er war nur Gefühl, biegsam, geschmeidig, unpersönlich und wieder biegsam. Nach der Vorstellung beobachtete ich aus einiger Entfernung den Bühnenausgang. Ich musste eine ganze Weile warten, bis er herauskam und sich von den Rauchern vor der Tür verabschiedet hatte. Dann folgte ich ihm. Nach ein paar Hundert Metern wurde mir klar, dass es nichts gab, was ich ihm zu sagen hatte. Ich blieb stehen. Ich sah Ansgar hinterher und wartete, bis er an der nächsten Ecke abgebogen war.

Den Rest der Nacht verbrachte ich alleine in einer Bar und trank Wodka, bis ich aufbrechen musste, um den ersten Zug zu nehmen. Die Heimfahrt verschlief ich komplett, ich wachte noch nicht mal vom ruckhaften Anhalten an den Unterwegsbahnhöfen auf, wie sonst immer. Im Schreibwarenladen am Bahnhof unserer Stadt kaufte ich mir ein Antragsformular für ein gerichtliches Mahnverfahren. Ich füllte es noch am selben Tag aus und brachte es direkt zur Post.

»Per Einschreiben und mit Quittung, bitte«, sagte ich.

In den letzten drei Wochen bin ich nachts oft mit dem Gefühl aufgewacht, jemand hätte an der Tür geklingelt, ich gehe dann an die Sprechanlage und sage *Hallo*, aber es antwortet nie jemand, ich höre immer nur das leise Rauschen des Hörers.

Gestern bekam ich einen Brief ohne Absenderadresse:

Lieber Nico,
was Du getan hast, besser gesagt, was Du nicht getan hast, war groß, ich kenne niemanden, der so gehandelt hätte. Wenn Dich dieser Brief erreicht, bin ich schon in Hamburg, ich bleibe bis zum Frühling. Ich arbeite dort bei einem freien Theaterprojekt mit, als Bühnenbildnerin. Komm mich doch besuchen, ja?

Viele Grüße,
Pauline
PS: Mach dir wegen Anton keine Sorgen.

Im Umschlag lag ein Ticket für den ICE, datiert auf das nächste Wochenende. Es war eine einfache Fahrt, eine Rückfahrt war nicht dazugebucht worden.

Frau Dinklage

»Sie haben anscheinend noch zu wenig Humor.«
Rafael

Frau Dinklage steht am Fenster und schaut zu, wie wir das Auto bepacken. Als ich zu ihr hochgucke, verschwindet sie hinter den Gardinen. Ich glaube, Frau Dinklage ist froh, dass ich ausziehe. Wegen mir wurde ihr nämlich das Herz gebrochen und aus der Brust gerissen. Und jetzt liegt es in zwei Hälften in einer Obstschale und wird zu Dörrobst. So stelle ich mir vor, wie es sich anfühlt, wenn einem das Herz gebrochen und aus der Brust gerissen wird. Zuerst bricht es auseinander, das tut schon weh, ein kurzer stechender Schmerz ist das, der einem wacklige Knie macht, sodass man sich setzen muss, aber das ist nicht das Schlimmste. Richtig schlimm wird es erst, wenn das Herz dann herausgerissen ist und zu Dörrobst wird, zäh und trocken ist es dann, manchmal bitter, und kann nichts mehr, was ein Herz können sollte, und damit lebt es sich doch recht schlecht. In der Schule hat Frau Krüger uns gesagt, dass im Herzen die Sachen drin sind, die uns zu Menschen machen, also die uns fühlen und lieben lassen. Demnach ist Frau Dinklage jetzt kein Mensch mehr, sondern ein Zombie. Als Zombie würde ich mich auch hinter den Gardinen verstecken, wenn jemand zu mir raufguckt, während ich am Fenster stehe.

Mein Vater bemerkt, dass ich zu ihrem Fenster hochgucke; und zerrt mich am Handgelenk ins Haus. Im Flur stellt er mich an die Wand und sagt: »Es ist zu Ende; Rafael, vorbei, hörst du! Endgültig!«

Dabei rüttelt er ein bisschen an meinen Schultern. Er hat mich schon lange nicht mehr mit meinem Namen angesprochen. Bisher hat mein Vater mich meistens *Rumpelstilzchen* genannt. Ich vermute, er versucht jetzt seine verloren gegangene Autorität über mich zurückzugewinnen.

»Ja ... zu Ende«, sage ich, nicke verlegen und versuche absichtlich traurig zu gucken wie ein geprügelter Hund. Dann laufe ich los, um weiter meine Sachen aus dem Haus zu schaffen.

Als die Eltern das rausgekriegt haben, das zwischen Frau Dinklage und mir, haben sie zu mir gesagt, es ist nicht natürlich, dass Frau Dinklage und ich ineinander verliebt sind. Nicht natürlich heißt in diesem Fall nicht gut und ganz ungezogen, nehme ich an. Sie sagten, ich dürfte Frau Dinklage nicht mehr sehen und dass sie mich morgen zum Pfarrer Johannes bringen werden, damit er mit mir über Frau Dinklage redet. Ich saß im Fersensitz vor ihnen auf dem Teppich und hab angefangen, sie mit meinen Schulbüchern zu bewerfen. Da haben sie sich zuerst erschrocken und dann ratlos angeguckt, so richtig blöde Gesichter haben sie gemacht, sind einfach aufgestanden und haben mich in meinem Zimmer alleine gelassen. Später habe ich gehört, wie sich die Eltern in der

Küche gestritten haben, richtig angeschrien haben die sich, bis irgendwas kaputtgegangen ist, wahrscheinlich hat mein Vater ein Glas gegen die Wand geworfen – das passiert schon mal – und dann hat er gebrüllt: »Nimm doch dein verrücktes Autisten-Kind und hau ab!«

Ich hab dann noch seine stampfenden Schritte im Flur gehört, ein lautes und schnelles Trampeln war das, so hören sich beim Gehen nur Leute an, die wirklich wütend sind, dachte ich, und dass es schon ziemlich unlogisch ist, jemanden aufzufordern abzuhauen und einfach selber zu gehen. Die Haustür knallte. Das nächste Geräusch, das ich hörte, war das Schluchzen meiner Mutter. Als am nächsten Morgen beim Frühstück alles so war wie immer, wusste ich, dass die Eltern total verzweifelt sind.

Ich hatte Frau Dinklage schon lange im Blick, bevor ich das erste Mal bei ihr zu Besuch war. Von meinem Fenster aus habe ich sie beobachtet, wenn sie im Garten gearbeitet hat. Frau Dinklage hat einen sehr schönen und gepflegten Garten. Um die Rasenfläche herum gibt es Blumenbeete und in der Mitte steht ein Kirschbaum. Am besten hat mir gefallen, wenn sie neue Blumen in die Beete gepflanzt hat. Mit einer kleinen Schaufel hat sie kleine Löcher gebuddelt und dann die kleinen Blumen hineingesetzt. Ich fand es wundervoll, zu beobachten, wie sie die Löcher wieder zugeschaufelt hat und dann die Erde von den Blättern gestrichen hat. Während ich das sah, spürte ich das erste Mal dieses Kribbeln in meinen Knochen, und ich wünschte mir, dass Frau Dinklage mich auch so berühren würde wie die kleinen Blätter von den Babyblumen.

Und ich hatte Glück: Bisher kam an Samstagabenden, wenn meine Eltern ausgehen, immer die Theresa und passte auf mich auf. Sehr langweilige Abende waren das meistens. Das lag daran, dass die Theresa ein sehr humorloses Mädchen ist. Entweder saßen wir auf dem Sofa und schauten Fernsehen, oder Theresa saß an meinem Bett und las mir ein Buch vor, das mich nicht interessiert hat, so lange, bis sie sagte: *So, jetzt wird geschlafen, kleiner Rafael.* Da hab ich aber meistens schon nicht mehr zugehört. Ich hätte viel lieber das Gemüse aus dem Kühlschrank klein geschnitten und im Kreis im Garten angeordnet, einfach so, ich weiß auch nicht, wo das herkam. Theresa hat sehr erstaunt geguckt, als ich endlich genug Mut gesammelt hatte, um das vorzuschlagen, und hat gesagt: »Äh … nein, das geht nicht, was würden denn deine Eltern dazu sagen?«

Da war klar, dass sie ein sehr humorloses Mädchen ist, denn es wäre doch sehr lustig gewesen, zu hören, was die Eltern sagen würden, wenn sie nach Hause kommen und das ganze Gemüse läge klein geschnitten im Garten rum. In der nächsten Werbepause ist sie auf die Toilette gegangen und ich habe einen Stuhl unter die Türklinke geklemmt, so, dass sie nicht wieder rausgekommen ist, bis die Eltern nach Hause kamen.

Jedenfalls, am darauf folgenden Samstag kam Theresa nicht wieder und die Eltern brachten mich das erste Mal zu Frau Dinklage.

Mensch, da war ich aufgeregt. Zu Besuch bei der schönen Frau Dinklage! Ich spürte, wie mir wieder die Knochen kribbelten, und dieses Mal streute sich das Gefühl in den ganzen Körper aus, sogar mein Zahnfleisch kribbelte, als wir vor ihrer Haustür standen.

»Hallo Rafael«, sagte Frau Dinklage zur Begrüßung. »Komm doch rein.«

Es gefiel mir sehr, wie sie mich mit meinem Namen ansprach, sie sagte ihn ohne blöden Unterton, so als meine sie einfach mich und sonst gar nichts damit, und das beruhigte mich ein bisschen. Ich folgte ihr durch den Flur ins Wohnzimmer. Dort zeigte sie auf das Sofa, verschwand in der Küche und kam mit einem Glas voll Limo wieder zurück.

»Wir haben heute drei Stunden Zeit, die wir gemeinsam verbringen«, sagte sie, »dann werden dich deine Eltern wieder abholen, was möchtest du in dieser Zeit machen, Rafael?«

Da war ich schon mal gut beeindruckt, ich durfte bestimmen. Und das passiert nun nicht eben häufig, meistens wird mir gesagt und befohlen, was ich machen soll, ständig, ich darf noch nicht mal aussuchen, welche Wurst die Mutter mir aufs Pausenbrot legt. Dass ich bei Frau Dinklage schon beim ersten Besuch aussuchen durfte, was wir machen, hat das Kribbeln in den Knochen wieder stärker gemacht und es sprudelte nur so aus mir raus. Ich musste mich stark beherrschen, um nicht wild mit den Händen in der Luft rumzufuchteln: »Ich will alles über Sie wissen, Frau Dinklage«, sagte ich. »Ich möchte wissen, wie gut Sie früher in der Schule waren, ob Sie sich oft in den Pausen geprügelt haben und in welchen Jungen Sie als Erstes verliebt waren. Ich will wissen, was Sie über das Universum denken, gibt es noch einen Planeten wie unseren, Frau Dinklage? Sie müssen mir alles erklären. Und dann müssen Sie mir Ihr Haus zeigen, ich will wissen, wie Sie wohnen, Küche, Bad, Schlafzimmer, ich will alles sehen. Und Ihren Kleiderschrank müssen Sie mir zeigen und Ihr Lieblingskleid für mich anziehen und sich im Kreis drehen und einen Knicks machen wie eine feine Dame. Ich kann Ihnen aber auch was über Lokomotiven erzählen, mit Lokomotiven kenne ich mich aus.«

Da lachte Frau Dinklage und sagte: »Gut, mein lieber Rafael, ich weiß zwar nicht, ob wir das heute alles schaffen, aber wir können gerne anfangen, und wenn wir uns gut verstehen und deine Eltern es erlauben, dann kommst du nächste Woche wieder und wir machen da weiter, wo wir heute aufhören werden.«

Das war mal ein Wort. Ich war sehr erleichtert über diese Antwort, denn, wenn ich ehrlich bin, war das, was ich da von Frau Dinklage forderte, schon ganz schön viel für ein erstes Date.

Frau Dinklage erzählte, und ich fand alles gut und richtig, was sie sagte. Also sagte ich ganz einfach: »Frau Dinklage, das ist ja ganz unglaublich, wir sehen die Welt durch die gleichen Augen.«

Ich war schon fast ganz verliebt, ich musste nur noch rausfinden, ob Frau Dinklage auch Humor hat. Als sie auf die Toilette musste, wartete ich einen kleinen Moment und schlich ihr dann hinterher. Ich drückte vorsichtig die Türklinke runter und mit zusammengepressten Lippen ging ich ins Bad. Und da saß Frau Dinklage auf der Kloschüssel. Die Unterhose hing ihr um die Knöchel, den Rock hatte sie hochgezogen und durch den Raum schallte

ein lustiges Geräusch, ein Zischen, *pssschhh* machte es ...
Ich musste sehr heftig lachen. Frau Dinklage sah einfach
zum Schießen aus, wie sie da saß und dieses seltsame
Geräusch aus ihr rauskam. »Frau Dinklage, Sie zischen«,
sagte ich.

Auch sie fing dann zu lachen an, sehr laut und schrill,
wie eine Sirene. Wahrscheinlich fand sie es lustig, dass ich
darüber lachen musste, wie sie da auf dem Klo sitzt, eine
Wechselwirkung wäre das gewesen, da muss man aufpassen, Wechselwirkungen sind kein echter Humor. Gerade
damenhaft und selbstbeherrscht war ihr Lachen jedenfalls
nicht, ich gebe zu, ich hatte mehr von Frau Dinklage erwartet. Deshalb, und weil mein Plan, herauszufinden, ob
sie nun Humor hat, nicht direkt funktioniert hatte, war
ich ganz ratlos und stand einen Moment lang vor der Badewanne wie ein Strichmännchen, das man vergessen hat
an den Galgen zu zeichnen.

Normalerweise, wenn ich merke, irgendwas läuft nicht,
zum Beispiel den Eltern gegenüber, schmeiße ich mit Sachen, renne schreiend weg oder, das ist mein Geheimtrick,
setze einen Blick auf, mit dem ich aussehe wie ein verprügelter Hund, also so, als wäre ich zu Unrecht bestraft
worden. Das klappt immer, da traut sich niemand mehr
irgendwas zu sagen außer: *Och, Rafael, ist ja gut.*

Vor Frau Dinklage ging das natürlich nicht, wenn man
vor jemandem steht, der auf dem Klo sitzt, kann man
nicht gucken wie ein verprügelter Hund. Ich wollte auch
nichts in ihrem Bad rumschmeißen, das sah alles so schön
aus, viel feiner als bei den Eltern, also bin ich schreiend
weggerannt, war ja die einzige Möglichkeit.

Als Frau Dinklage zu mir in die Küche kam, war sie irgendwie verändert. Sie stemmte beide Arme in die Hüften und sagte: »Das ist aber nicht die feine Art, Rafael, eine Dame so bloßzustellen.«

»Wie geht die feine Art?«, fragte ich.

»Wir gehen jetzt Fernsehgucken. Abmarsch.«

Und da saßen wir wieder im Wohnzimmer, auf dem Sofa, und Frau Dinklage hat sich ganz weit weggesetzt von mir und ich war sehr enttäuscht.

»Frau Dinklage, Sie wollten mir doch Ihr Lieblingskleid zeigen«, sagte ich.

Sie hat die Arme verschränkt und mit dem Kopf geschüttelt und nichts gesagt, so was ist eine ganz mickrige Methode übrigens.

Aber, wie wir so auf dem Sofa saßen, da habe ich nicht einfach in den Fernseher geguckt, ich bin ja schließlich nicht blöd, sondern hatte noch was vor. Ich hab die ganze Zeit mit dem verprügelten Hundegesicht auf den Boden geguckt, jetzt, mit der Enttäuschung, ging das auch ganz gut, ganz *penetrant* habe ich geguckt, so nennt man das. Sie hat natürlich versucht, mich zu ignorieren, aber das geht nicht, das macht meine Aura. Irgendwann war sie weich gekocht, war leicht zu merken. »Och, Rafael, was ist denn?«, hat sie gemacht, und eine steile Falte war zwischen ihren Augen, und ich konnte sagen, was ich wollte.

»Frau Dinklage«, sagte ich, »schön, dass Sie wieder freundlich sind, also, es ist ja jetzt nur so mittel gelaufen mit uns, unser Date meine ich, Sie haben anscheinend noch zu wenig Humor, aber Ihre Haare, die finde ich sehr schön, schenken Sie mir welche davon, bitte.«

Ich konnte sehen, wie sie überlegte, ich nehme an, in genau diesem Moment hat sie sich auch in mich verliebt.

»Dann reicht es aber«, sagte sie und ging in die Küche und kam mit Schere und Bindfaden zurück. Noch schöner als die Haarlocke, die sie mir überreichte, war, zu beobachten, wie sie die Schere ansetzte und ganz behutsam einen Schnitt machte und dann die Haare mit dem Faden zu einer Strähne band. Mann, da haben meine Knochen wieder gekribbelt, besonders bei den Rippen links unten, wirklich schwer zu kontrollieren, dieses Kribbeln.

Später, zu Hause, in meinem Bett, auf meiner Bettwäsche sind übrigens Lokomotiven drauf, pinselte ich mir mit den Haaren von Frau Dinklage das Gesicht. Das kann ich jedem empfehlen, besonders auf den Lippen und Augenlidern und in der Kuhle hinter dem Ohrläppchen, da fühlte es sich am besten an, berauschend, könnte man auch sagen. Kurz vor dem Einschlafen fand ich es dann ein bisschen schade, dass ich Frau Dinklage nicht auch etwas von mir dagelassen hatte, mit dem sie sich berühren konnte, Gleichberechtigung ist in der Liebe nämlich sehr wichtig.

In derselben Nacht hatte ich einen Traum. Frau Dinklage pflanzte mich in ihren Garten. Der Kirschbaum war verschwunden, an seiner Stelle war ein Loch, Frau Dinklage stellte mich in das Loch, ich stand ein wenig schief, die Arme hatte ich waagerecht ausgestreckt, Frau Dinklage füllte das Loch mit Erde, die Erde reichte mir bis unter die Brust, Frau Dinklage lächelte aufmunternd, sie strich die Erde von mir ab, sie goss mir Wasser über den Kopf, sie fuhr mir durchs Stirnhaar, ich bewegte die Zehen unter der Erde und wachte auf. Mein Penis war viel größer als sonst und sehr hart, richtig wehgetan hat das. Ich deutete den Traum als endgültigen Beweis dafür, dass ich bereits nach unserem ersten Date einen sehr festen Platz in Frau Dinklages Herz eingenommen hatte.

Ich besuchte sie jede Woche, eine tolle Zeit war das. Ich brachte Frau Dinklage bei, wie man aus Käse Pyramiden baut, zum Beispiel, und sie zog dann auch endlich ihr Lieblingskleid für mich an. Gleichberechtigung, so funktioniert das, hab ich ja schon gesagt.

Ich war mittendrin, zu planen, wann ich sie frage, ob wir später, wenn ich alt genug dafür bin, mal heiraten werden, als meine Mutter die Haarlocke fand. Sie hielt sie mir vor die Nase und sagte: »Was ist das, wo hast du das her?«, und sie klang nicht sehr freundlich dabei. »Das ist ein Geschenk von Frau Dinklage«, sagte ich, »wir sind ineinander verliebt übrigens.«

Meine Mutter stammelte: »Ja, nein, wie, also einem Kind solche, eine Zumutung, und wir haben dich da hin, oh mein.«

Sie ist dann gleich rübergegangen zu Frau Dinklage. Um sie zu beglückwünschen, zu unserer Liebe, dachte ich da noch. Was dann aber passiert ist, nachdem mein Vater am Abend nach Hause gekommen war, habe ich ja schon erzählt.

Mittlerweile bin ich mir sicher, dass meine Mutter einen ganz hinterhältigen Schachzug unternommen hat. Ich vermute, sie hat in meinem Namen Schluss gemacht und es so aussehen lassen, als ob sie nur eine Botschaft überbringen sollte. Sie hat Frau Dinklage so richtig das Herz gebrochen und aus der Brust gerissen, damit sie keine Rettungsversuche für unsere Liebe unternimmt, wenn ich nicht mehr zu Besuch kommen darf. Da kann ich mich aufregen, echt, einer armen Frau einfach so das Herz rauszureißen, schmutzig und gewissenlos ist meine Mutter, eine richtige Giftspritze.

Am nächsten Tag gingen wir wie angekündigt zum Pfarrer Johannes. Damit wusste ich umzugehen, da gibt es eine alte Taktik, die hat mir damals, als ich Erstkommunion gemacht habe, mein Freund Frederik verraten. Wenn du beichten musst, hat er gesagt, denk dir einfach irgendwas aus, das wird erwartet, und dann sind alle zufrieden.

So bin ich die Sache dann auch angegangen, ganz einfache Kiste, wie Fahrradfahren, einmal gelernt, geht das immer. Der einzige Unterschied war, dass wir nicht in den Beichtstuhl gegangen sind, sondern im Zimmer vom Pfarrer Johannes saßen, auf dem Boden. Ich fuhr mit meinem Modell des Adlers auf dem Teppich vor und zurück. Die Lokomotive hatte meine Mutter mir im Auto gegeben. »Zur Beruhigung«, hatte sie gesagt. Ich fuhr immer vor und zurück, nur so weit, wie mein Arm reichte, und habe alles erzählt. Wie ich mir gewünscht habe, dass mich Frau Dinklage anfasst, wie ich ihr Zischen gehört habe, wie sie mir die Locke geschenkt hat, wie sie sich in mich verliebt hat, wie sie mich dann in ihren Garten gepflanzt hat, wie mein Penis davon ganz groß und hart geworden ist, wie ich immer zugucken durfte, wie sie ihr Lieblingskleid für mich angezogen hat, und wie ich die Haarlocke immer wieder mitbringen musste, damit Frau Dinklage mich damit pinseln konnte, das hat sie besonders gerne gemacht, habe ich gesagt.

Der Pfarrer Johannes guckte wie ein Frosch und hat sich dreimal bekreuzigt und sagte: »Vielen Dank, Rafael, dass du so ehrlich zu mir warst, ich werde jetzt mit deinen Eltern reden, bitte warte hier.«

Meine Sachen sind alle im Auto.

»Fertig«, sage ich.

»Abfahrt«, sagt der Vater.

»Wir kommen dich besuchen«, sagt die Mutter. Ich bin mir sicher, dass Frau Dinklage immer noch hinter den Gardinen steht. Sie ist nicht zu sehen. Sehr blickdichte Gardinen sind das.

Wenn es sein muss

»In Prozenten ausgedrückt, wie sehr wollen
Sie dieses Kind nicht bekommen?«
Die Beraterin

Fest steht, es muss gemacht werden und es wird heute gemacht. Anne hat den Termin, sie hat ihn heute und nicht morgen, und sie wird da hingehen und dann saugen sie den Embryo aus ihr raus. Sie wird alleine gehen. »Max«, sagte sie, »ich muss das alleine machen, ich will nicht, dass du mitkommst.«

Ich sagte: »Bist du dir sicher? Soll ich dich auch nicht abholen kommen, überleg es dir bitte noch mal, du willst doch nicht wirklich alleine sein, wenn du aufwachst?« Aber Anne legte den Kopf leicht zur Seite und sah mich streng an, als wolle sie sagen: *Das ist mein Körper, und deine Suggestivfrage kannst du dir sonst wohin stecken, also bitte akzeptier das jetzt einfach.* Und das war's. Abgeklärte Anne. Bei diesem Blick heißt es Klappe halten, sonst schreien wir uns kurze Zeit später an, so viel weiß ich. Das sind Erfahrungswerte. Wir sind über zwei Jahre zusammen.

Anne macht sich ganz groß zurecht. Sie ist schon eine Dreiviertelstunde im Badezimmer, vorhin konnte ich den Fön hören, davor hat sie noch mal geduscht. Wenn wir ausgehen, braucht sie nicht halb so lang und ruft mindestens zwei Mal durch die ganze Wohnung, dass sie nichts zum Anziehen habe. Dann kommt sie in mein Zimmer, stellt sich vor mich hin, immer etwas schief, ein Bein leicht eingeknickt, ziemlich genervt, schnauft angestrengt und fragt, ob sie so gehen könne. Ich bin jedes Mal ein bisschen verliebt in diese Haltung und in das Schnaufen und sage: »Du siehst gut aus. Du siehst fantastisch aus.« Ich sage das bei jedem Outfit, es ist ein Ritual.

Sie kommt aus dem Bad, geht in Unterwäsche direkt in ihr Zimmer und schließt die Tür, sie sagt kein Wort. Ich weiß überhaupt nichts mit mir anzufangen. Ich sitze auf dem Küchensofa und schaue meine Fingernägel an, ab und zu beiße ich ein Stück Nagelhaut ab. Ich warte, ich warte darauf, dass es einfach vorbei ist. Ich lausche in die Wohnung, um zu hören, was Anne macht. Am liebsten würde ich trinken, schon den ganzen Tag. Anne zieht sich an.

Noch vor drei Monaten hätte das alles eigentlich nicht passieren können. Anne hatte kaum noch Lust auf Sex. Das war frustrierend, für sie und für mich, Woche für Woche, immer ein bisschen mehr. Zuerst nur dann, wenn wir versuchten, miteinander zu schlafen, und es immer öfter nicht klappte und wir Rücken an Rücken im Bett lagen, bis einer den anderen sanft am Arm berührte. Später wies sie mich zurück, bevor es so weit kommen konnte. Ich nehme an, sie tat das, weil sie meine offene Enttäuschung und ihre Wut auf den eigenen Körper vermeiden wollte. Besser wurde es dadurch nicht.

Irgendwann begann unsere ganze Beziehung darunter zu leiden. Unser Umgang miteinander wurde distanzierter, Anne setzte sich viel seltener nach dem Frühstück am Sonntag einfach so auf meinen Schoß. Wir küssten uns nicht mehr, wenn einer von uns nach Hause kam. Und wir reagierten viel öfter gereizt auf den anderen, machten uns Vorwürfe wegen irgendwelcher Kleinigkeiten. Das schlich sich ein, wir bemerkten es erst, als es beinahe zu spät war und wir uns nach einem heftigen Streit fragen mussten, ob wir uns überhaupt noch liebten.

Der Frauenarzt sagte, die Pille könne die Lustminderung verursachen. Anne setzte sie also ab. Es half tatsächlich, wir schliefen wieder öfter miteinander. Unser Sex veränderte sich, er wurde besser in dieser Zeit. Ich glaube, vor allem Anne hatte mehr davon. Nur Kondome, die mochten wir nicht. Wir verhüteten auch sonst nicht. Wir ignorierten die Gefahr einer Schwangerschaft einfach, wir sprachen auch nicht darüber, es war mehr ein Geschehen als ein Tun. Vor zehn Tagen kam ich nach Hause und Anne sagte: »Ich bin schwanger.« Das war das erste und letzte Mal, dass sie dieses Wort aussprach.

Es ist vier Uhr nachmittags, der Termin ist in einer halben Stunde, früher ging es nicht, sie haben Anne dazwischengeschoben. Sie ist seit dem Frühstück nüchtern geblieben.

Sie muss noch durch die ganze Stadt fahren. Aber sie lässt sich Zeit fürs Ankleiden. Ich klopfe an ihre Zimmertür. »Was ist denn?«, sagt sie.

»Darf ich reinkommen?«, frage ich.

»Wenn es sein muss.«

Sie trägt eine weiße Bluse, einen schwarzen Hosenanzug und hohe Schuhe. Sie ist stark geschminkt. Roter Lippenstift, Puder, Make-up, Lidschatten, Wimperntusche, dunkler Kajal, Rouge, das ganze Programm, von allem zu viel. Man sieht kleinere Hautunreinheiten unter dem Make-up und einen Rand am Hals. Die Haare hat sie streng zu einem Pferdeschwanz nach hinten gebunden. Anne sieht überhaupt nicht aus wie Anne. Sie sieht aus wie eine Version von sich, die gleich ein Auto mit gefälschtem Tachostand zu teuer an einen Gebrauchtwagenhändler verkaufen will.

»Jetzt sag wenigstens was«, sagt sie, »sag mir wenigstens, wie ich aussehe.«

»Du siehst gut aus. Du siehst fantastisch aus«, sage ich, »im Wartezimmer werden sich alle in dich verlieben.«

»Das ist ein Frauenarzt, Max. Da werden nur Frauen sitzen. Frauen, die auf einen Arzttermin warten, bei dem ihnen ein Fremder in die Möse guckt.« Sie schaut in den Spiegel. Sie zupft an ihrem Pferdeschwanz, an ihrem Ausschnitt, sie runzelt die Stirn. »Da verliebt sich niemand in niemanden«, sagt sie.

»Was ist denn los?«, sage ich. »Ich wollte doch nur sagen, dass ich finde, dass du gut aussiehst.«

»Ist okay, Max. Ist okay.«

Bisher verlief der Tag eigentlich vollkommen normal. Die üblichen Abläufe am Morgen. Anne ging zuerst ins Bad, ich blieb noch im Bett liegen und sagte ihr, wie schön sie sei, als sie nur in Unterwäsche und mit einem Handtuch auf dem Kopf zurück ins Zimmer kam und wie immer vor dem Kleiderschrank stand. Wir nutzten den Vormittag dafür, mal richtig sauber zu machen. Küchenschränke auswischen, Wasserkocher entkalken, Abflüsse frei machen. Wir redeten kaum. Wenn wir etwas sagten, ging es darum, wie überrascht wir darüber sind, dass geschlossene Schränke von innen so schmutzig werden können.

Einer unserer großen Pasta-Teller ging kaputt, es war der letzte, den wir hatten. Es waren mal vier, alle kaputt. Ich ließ ihn fallen, als Anne ihn mir anreichte. Die Scherben sprangen auf dem Boden in alle Richtungen, Anne fluchte laut und warf mir vor, schrecklich ungeschickt zu sein. Später kochte ich mir Nudeln und aß von einem flachen Teller. Anne sah mir schweigend beim Essen zu, danach ging sie ins Bad.

Sie dreht sich zu mir um. »Das Ding muss aus mir raus. Verstehst du eigentlich, was das mit mir macht?« Sie dreht sich zum Spiegel zurück und streicht sich über die Haare. Sie entfernt den überflüssigen Lippenstift mit einem Taschentuch. Sie nimmt ihre Handtasche und geht an mir vorbei aus dem Zimmer. Ich folge ihr in den Flur und bis an die Wohnungstür. »Wenn alles problemlos abläuft, wird mich danach übrigens Marie abholen«, sagt sie. »Wir gehen dann noch was essen oder so. Ich rufe an, wenn es vorbei ist. Warte jedenfalls nicht auf mich, ich weiß noch nicht, wann ich wiederkomme.«

»Muss das sein«, sage ich, »muss das jetzt auch noch sein?«

»Mir saugen sie gleich was raus, Max, mir! Aber mach dir keine Sorgen, ich komm damit klar.«

Ich wusste direkt, dass ich es nicht bekommen wollte. Ich reagierte klar, von Anfang an. Ich sagte: »Ich kann mir das grad nicht vorstellen.« Anne weinte. Ich sagte: »Also, generell schon, auch mit dir, aber halt nicht jetzt.« Wir waren erst vor einem halben Jahr zusammengezogen. Anne hatte grade ihre eigene Gruppe im Kindergarten übernommen. Ich musste meine Diplomarbeit schreiben und mich auf die Abschlussprüfungen vorbereiten. Für den Sommer hatten wir eine große USA-Reise geplant. Das war die Situation. Wir saßen auf dem Bett, wir hielten uns und konnten nicht fassen, wie dumm wir gewesen waren. Wir schlugen auf die Matratze und warfen die Kopfkissen vom Bett. Wir waren uns einig darüber, dass eine Schwangerschaft eine frohe Nachricht sein sollte. Wir sprachen nicht aus, was das bedeutete, wir beschlossen nur, unseren Eltern nichts davon zu erzählen. Anne sagte, ihr werde vom Geruch von Kaffee und Zigaretten schon schlecht.

Sie geht, ohne mich vorher noch mal zu küssen oder in den Arm zu nehmen, die Treppe runter. Ich bleibe in der Wohnungstür stehen. »Hast du den Schein dabei?«, rufe ich ihr hinterher. Anne stoppt auf dem Treppenabsatz. Sie hält sich am Geländer fest, schaut über ihre Schulter zurück nach oben. Direkt über ihr hängt eine Deckenlampe, ihr Licht wirft Schatten in Annes Gesicht, sie liegen unter ihren Augen und auf den Wangen. Sie sieht hart aus. Meine liebe kleine Anne, das Mädchen, das nach unserer ersten gemeinsamen Nacht vor dem Kleiderschrank stand und nicht wusste, welche Socken es anziehen soll, dieselbe

Anne steht jetzt straff in gebügelter Bluse und auf Absätzen ein halbes Stockwerk unter mir; und ihr Blick ist auch hart und sie sagt: »Ja, ich habe den Schein.«

»Bist du sicher?«, sage ich, »schau noch mal nach. Du brauchst den Schein.«

Aber Anne antwortet mir einfach nicht mehr und geht die Stufen runter. Ihre Absätze lassen ein dumpfes Geräusch durch den Hausflur schallen. Ich stehe an der offenen Wohnungstür und kratze an einer Hautunebenheit an meinem Hals. Dann fällt die Haustür ins Schloss. Ich konnte mir während der letzten zehn Tage nie vorstellen, wie Anne hochschwanger ausgesehen hätte.

Das letzte Mal hat Anne auf dem Nachhauseweg vom Frauenarzt geweint. Sie geht seit ihrer ersten Periode dorthin. Wir fuhren durch das Viertel ihrer Jugend, und Anne schaute die ganze Zeit aus dem Fenster und weinte stumm. Wir hatten Gewissheit, die Ärztin hatte auf den Ultraschallmonitor gezeigt und gesagt: »Ja, hier, sehen Sie das, Sie sind schwanger.« Mit viel Fantasie konnte man ein fingergliedgroßes Würmchen erkennen. Sie gab uns eine Broschüre mit Adressen von Stellen, die Schwangerschaftskonfliktberatungen anbieten, und wir fuhren nach Hause und Anne weinte.

Ich gehe zurück in die Wohnung und schaue aus dem Fenster auf die Straße. Anne ist nicht mehr zu sehen. In der Küche nehme ich mir ein Bier aus dem Kühlschrank. Ich merke, dass meine Hand zittert. Ich lege den Öffner neben die Flasche, stütze mich an der Arbeitsplatte ab und atme tief durch. Dann strecke ich beide Hände vor mir aus. Ich zittere. Ich schaue auf meine zitternden Hände und erinnere mich daran, wie mein Vater einmal zu mir sagte, dass er seit damals, seit meiner Geburt, die Kontrolle über sein Leben verloren habe: Er würde nur noch reagieren, nicht mehr agieren, es sei ein ständiges Auf-Sicht-Fahren. Er hatte keinen Vorwurf in der Stimme, eher war es Verwunderung über diese Erkenntnis. Wir saßen unter einem blühenden Kirschbaum im Garten meiner Großeltern und tranken kühles Bier. Er stand auf und ging zurück zur Terrasse, auf der drei Generationen beieinandersaßen. Mein Vater war 26, als ich geboren wurde, so alt wie ich jetzt.

Wir erzählten niemandem davon. Wir fuhren übers Wochenende aufs Land, weg von allem, in eine kleine Pension mit Eichenholzeinrichtung im Frühstückszimmer. Wir guckten uns das Dorf an, grillten auf der Terrasse des Gästehauses und gingen auf Feldwegen spazieren.

Abends stellten wir uns vor, was passieren würde, wenn wir es bekämen. Wir besprachen nur Organisatorisches. Geld, Elternzeit, Wohnsituation. Wir bestimmten jeweils einen engen Freund, mit dem wir über die Sache reden wollten. Wir stellten uns nicht ein einziges Mal gemeinsam vor, wie das Baby auf dem Wickeltisch liegt. Wie es uns angrinsen und dabei pupsen würde, wie es zum Stillen an Annes Brust liegen, wie es durch die Wohnung robben oder seine ersten Worte sprechen würde.

Wir sprachen auch nicht über die anstrengenden Seiten der ersten Elternjahre, die schlaflosen Nächte, die generellen Einschränkungen. Über nichts davon. »Wir müssten umziehen«, so redeten wir.

Nur während unserer Spaziergänge oder wenn ich abends noch wach im Bett lag, dachte ich daran, wie es wäre, jetzt einen Kinderwagen zu schieben oder neben Annes noch einen Schlafatem im Zimmer zu hören. Aber ich sprach diese Gedanken nicht aus. Am letzten Abend rauchte und trank Anne wieder. Das Wort *Abtreibung* war nicht gefallen.

Ich sitze am Küchentisch, vor mir stehen mittlerweile drei leere Bierflaschen. Ich habe die Stirn auf meine Hand gestützt und warte immer noch. Mir fällt auf, dass wir die Tischplatte mal wieder einölen müssten, das Holz ist ganz trocken und ausgebleicht. An einer Stelle kann man eine tiefe und runde Einkerbung sehen. Ein Überbleibsel eines unserer Streite. Ich war so aufgebracht, dass ich ein Glas mit dem Boden auf den Tisch schlug.

Ich nehme mir ein neues Bier aus dem Kühlschrank und setze mich wieder. Das Zittern ist schon etwas besser geworden. Es ist still, unglaublich still. Ich höre nur das Ticken der Wanduhr. Es macht mich nervös, ich nehme sie von der Wand und entferne die Batterie. Sie bleibt auf 18:12 Uhr stehen. Ich lege sie umgedreht auf den Tisch, neben die leeren Flaschen. Ich denke an Anne und daran, wie mehrere Ärzte und Assistenten vor ihren geöffneten Beinen herumlaufen. Wie sie daliegt, mit dem Beatmungsschlauch im Mund. Wie der Narkosearzt neben ihrem Kopf sitzt und das Herz-Diagramm beobachtet, wie er auf den Herzschlag meiner Anne aufpasst, während sie ihr vorne sterile Instrumente reinschieben. Ich beginne zu schwitzen, im Nacken, auf der Stirn und an den Unterarmen. Ich frage mich, ob alles gut gegangen, ob sie schon wieder aufgewacht ist. Ob es erledigt ist. Ich trinke das vierte Bier aus.

Ich glaube, für die *pro familia*-Beraterin waren wir ein einfacher Fall. Wir hatten unseren Beschluss bereits gefasst. Wir brauchten den Beratungsschein und wussten, dass jeder einen bekommt, der ein Beratungsgespräch in Anspruch nimmt. Auf einem Zettel sollten wir Gründe für den Schwangerschaftskonflikt angeben. An Stelle eins und zwei standen *familiäre, partnerschaftliche Probleme* und *Kindesvater steht nicht zur Schwangerschaft / zur Frau*. Ich machte meine Kreuzchen bei dreizehn, *finanzielle / wirtschaftliche Situation* und sechzehn, *Ausbildungs- / berufliche Situation* und schob den Zettel über den Tisch. Anne konnte sehen, was ich angegeben hatte. Dann legte sie ihren Zettel mit der Vorderseite nach unten auf den Tisch und schob ihn zur Beraterin rüber.

Die Beraterin betrachtete unsere Zettel und fragte dann: »In Prozenten ausgedrückt, wie sehr wollen Sie dieses Kind nicht bekommen?«

»Zu neunzig Prozent«, sagte ich.

Anne schaute mich von der Seite an, dann sagte sie: »Neunzig Prozent.«

Nach dreißig Minuten war unser Beratungsschein gestempelt. Anne steckte sich noch mehrere Infobroschüren aus einem Aufsteller in die Handtasche. Es war eine Stunde für das Gespräch angesetzt gewesen.

Es ist nach neun. Anne hat immer noch nicht angerufen. Ich trinke Bier, und ich trinke es immer schneller. Mittlerweile bin ich betrunken, ich laufe in der Küche auf und ab, durch den Flur. Ich laufe wie getrieben durch die ganze Wohnung. Ich sorge mich nicht mehr, ich bin wütend, auf Anne, auf uns, auf alles. Ich schwanke leicht und stoße mich an einem Türrahmen. Du solltest dich beruhigen, verdammt noch mal, denke ich. Ich schalte den Fernseher ein, ertrage aber keine einzige Sendung länger als fünf Minuten. Auf jedem Sender löst irgendetwas eine unangenehme Assoziation in mir aus. Ich kann noch nicht einmal eine Kochsendung anschauen. Ich zappe weg, weil das Entkernen einer halbierten Honigmelone gezeigt wird. Ich schalte den Fernseher wieder aus und schließe die Augen, dann klingelt mein Handy.

»Ich wollte anrufen«, sagt Anne.

Ich höre Musik im Hintergrund, Stimmen. »Wie geht es dir?«, sage ich. »Ist es vorbei? Wo bist du?«

»Keine Ahnung«, sagt sie, »ich bin irgendwo. Marie ist da. Wir essen hier jetzt was.« Sie klingt erschöpft, sie spricht langsam und mit schwerer Zunge.

»Komm nach Hause«, sage ich, »bitte. Komm nach Hause.«

»Wir essen hier jetzt was, das habe ich dir gesagt. Warte nicht auf mich. Ich muss jetzt Schluss machen.«

»Warte«, sage ich, »verdammt, jetzt warte kurz. Ist alles in Ordnung?«

»Jaja, ich muss zur Toilette«, sagt sie.

Dann ist die Leitung tot.

Ich rufe sofort zurück, ein Mal, zwei Mal, beim dritten

Mal weist sie den Anruf ab. Als ich das vierte Mal anrufe, geht sofort ihre Mailbox an. Ich werfe mein Handy auf den Boden, der Akku springt raus. Ich schnappe nach Luft und muss mich auf den Boden setzen. Ich weine das erste Mal, seit Anne zu mir sagte, dass sie schwanger sei. Ich weine hysterisch und schreie einmal laut. Dann stehe ich wieder auf, wische mir mit der Hand über das Gesicht und setze mein Handy wieder zusammen. Ich beginne, die Wohnung nach Hinweisen darauf zu durchsuchen, wo Anne mit Marie hingegangen sein könnte.

Ich lese die Notizzettel auf ihrem Schreibtisch. Ich fahre ihren Computer hoch und lese ihren Browserverlauf. Ich bin fest entschlossen, herauszufinden, wo sie ist, und dahin zu fahren und sie nach Hause zu holen. Nach einem Restaurant oder einer Bar hat sie in den letzten drei Tagen nicht gesucht. Dafür scheint sich Anne durch alle deutschsprachigen Schwangerschaftsabbruchforen dieser Welt gelesen zu haben. Durch Threads mit den Titeln: *Ewige Erinnerung* oder *Der errechnete Entbindungstermin jährt sich*. Mein Blick fällt auf den Stapel Infobroschüren, die Anne bei *pro familia* mitgenommen hatte. Auf den Deckblättern sind glücklich aussehende Eltern mit Kleinkindern abgebildet: *Elterngeld und Elternzeit, Studieren mit Kind, Schwanger in Berlin*. Ich lösche den Browserverlauf. Ich packe mir die Infobroschüren, trage sie direkt in den Keller und werfe sie in die Papiertonne. Auf dem Weg zurück in die Wohnung höre ich mein Handy klingeln. Ich sprinte die Treppe hoch.

»Wo bist du?«, frage ich.

»Hier ist Marie«, sagt Marie, »ich soll dir von Anne sagen, dass alles in Ordnung ist. Wir sind in einem Restaurant, ich bringe sie später nach Hause.«

»In welchem Restaurant? Ich hole euch ab«, sage ich.

»Max«, sagt Marie, »Anne möchte nicht, dass du herkommst. Ich bringe sie später nach Hause, mach dir keine Sorgen. Bitte ruf nicht mehr an.«

Sie legt auf.

Ein paar Minuten später rufe ich Anne erneut an, die Mailbox meldet sich. Annes Ansage ist fröhlich, sie klingt gut gelaunt und glücklich, man möchte dieser Stimme gerne eine Nachricht auf der Mailbox hinterlassen.

Nach dem Signal sage ich mit stockender Stimme: »Anne, hier ist Max. Wenn ich irgendwas falsch gemacht habe, dann tut es mir leid. Aber bitte komm jetzt nach Hause. Komm nach Hause, ja? Ich halte das nicht mehr aus ... Ich liebe dich.«

Ich stehe am Fenster und halte Ausschau. Bei jedem heranfahrenden Auto hoffe ich, dass es ein belegtes Taxi ist, in dem Anne sitzt. Ich trinke jetzt übrig gebliebenen und billigen Schnaps mit Eiswürfeln. Mein Handy liegt neben mir auf der Fensterbank. Im Haus gegenüber sitzt ein Paar Arm in Arm vor dem Fernseher. Ein Schwarm Insekten umschwirrt das Licht einer brennenden Straßenlaterne. Wieder fährt ein Auto langsam heran, aber es hält nicht. Ich frage mich, wann ich Anne verloren habe auf diesem Weg. Ich suche nach einem Moment, irgendeiner Geste, einem Satz, der mir hätte anzeigen müssen, dass bei ihr in den letzten zehn Tagen ein komplett anderer Film ablief als bei mir. Mir wird klar, dass ich nicht weiß, wie es mit uns weitergehen soll.

Ich wache auf, als ich höre, wie die Wohnungstür aufgeschlossen wird. Der Fernseher flimmert stumm und wirft im Takt der Filmschnitte ein schwaches Licht ins Zimmer. Ich stehe auf und gehe schnell in den Flur. Anne stößt beim Reinkommen gegen die Wand. Ihre Schminke ist verschmiert, ihr Gesicht seltsam verzogen, sie hat geweint. »Anne ...«, sage ich und gehe auf sie zu.

Sie macht einen halben Schritt zurück, hält sich die Hände abweisend vor die Brust und schaut an mir vorbei. Sie sieht aus wie ein Stoppschild.

»Anne ...«, sage ich noch mal, »es ist doch vorbei jetzt, es ist überstanden.«

Sie antwortet nicht, schiebt sich nur mit erhobenen Händen an mir vorbei und achtet darauf, mich nicht zu berühren. Als sie neben mir ist, versuche ich sie sanft am Kinn zu fassen, damit sie den Kopf hebt, damit sie mich wenigstens ansieht, damit ich weiß, was eigentlich los ist. Sie greift mich am Handgelenk, sieht mich an und führt meine Hand ganz langsam wieder nach unten. Es fühlt sich an wie eine Drohung. Aus ihren Augen schreit mich dabei eine Verachtung an, von der ich Gänsehaut im Nacken bekomme. Dann geht sie in ihr Zimmer.

Ich höre, wie sie etwas unter dem Bett hervorzieht. Ich gehe hinterher und bleibe auf der Türschwelle stehen. Anne packt eine Reisetasche, sie sagt: »Ich schlafe heute bei Marie.«

Echt schön, diese Lilien

»Ich versuche hier zu gewinnen.«
Moritz Lante

»Diese Freiheit, wenn du beim Skaten ganz oben stehst, auf der Treppe«, sagt Dr. Swizzle, »und Anlauf nimmst und abspringst, diese zwei, drei Sekunden Freiheit, in denen du auf alles scheißt, auf den Staat, auf das, was sie anständiges Leben nennen, auf dieses Gefühl, darauf kommt es an«, sagt er. »Und ob du dann stehst oder es dich total zerlegt und die anderen lachen, sogar das ist egal«, sagt er. Er hält ein Feuerzeug unter die Alufolie und zieht sich Rauch durch ein dünnes Glasröhrchen rein.

Wann ich denn käme, fragt Frau Schmitt am Telefon, sie würde auf mich warten, der Termin sei um zehn gewesen.
   »Zack, zack, kommen Sie her«, sagt sie.
   Heute steht *Fall-Management* an. Der Fall bin ich, Moritz Lante, eine verlorene Nummer im System. Das sagt Frau Schmitt oft, also, sie sagt es anders, sie sagt: »Herr Lante, wir wollen doch nicht, dass Sie eine verlorene Nummer im System werden.« Aber sie sagt es so, dass ich merke, dass sie denkt, ich sei bloß so eine Nummer.
   »Sorry, hab's verspult, ich bin im Krankenhaus«, sage

ich. »Nein, mit mir ist alles in Ordnung, ich musste meine Mum heute Nacht hierherbringen, Atemnot, Lungenschmerzen und so. Ich bin in einer Viertelstunde da«, sage ich.

Später, also, wenn ich richtig erwachsen bin, da will ich mal ein Haus haben und mit Julia zusammenleben. Ein kleines Haus, das würde reichen. Einen Garten soll es haben und eine Terrasse. Vielleicht würde Julia im Sommer Tomaten anbauen. Ich stelle es mir so vor: Auf dem Tisch auf der Terrasse stünde eine Karaffe mit selbst gemachter Limonade, viel Eis und frische Zitronenscheiben würden darin schwimmen und das Eis würde klirren, wenn Julia die Limonade umrührt, damit sich der Zucker nicht am Boden absetzt, und das Klirren, das fänden wir spannend. Das Klirren wäre ein Signal. Es würde sagen: Herzlich willkommen, das ist die Realität, Sie sind lebendig. Julia würde rufen, *Schatz, ich habe Limonade gemacht.* Und ich würde rufen, *ich bin gleich da, Süße,* und den Heckenschneider auf den Rasen legen, ins Haus gehen und mir die Hände waschen. Die Tomaten wären noch grün.

Außer mir kümmert sich keiner mehr um meine Mum. Mein Erzeuger ist irgendwo. *Ich bin dein Erzeuger,* das hat er oft gesagt und zugeschlagen, bis meine Mum ihn rausgeschmissen hat. Er ist wahrscheinlich vor irgendeiner Hafenkneipe in Rotterdam im Schlaf an seiner eigenen Kotze erstickt, so ein Ende, das wäre ihm zuzutrauen. Und im Morgengrauen hat ihm ein räudiger Hund, irgendein Straßenköter, das Erbrochene aus den Mundwinkeln geleckt und dann neben ihm an die Hauswand gepisst, so stelle ich mir das vor. Die Hafenkräne waren vollkommen unbeeindruckt.

Mum kam nach Hause und sagte: »Ich möchte, dass du jetzt sofort von hier verschwindest, geh, nimm deine Sachen und geh einfach.«

So stand Mum vor dem Erzeuger, ganz ruhig stand sie da und ihre Stimme war auch ganz ruhig. Sie muss sich lange darauf vorbereitet haben. Sie stand vor dem Sofa. Der Erzeuger lag da, betrunken, natürlich. Im Fernseher lief *Prominent!*. Ich drückte den Hinterkopf an die Wand und knirschte mit den Zähnen. Ich stand ein wenig krumm.

»Wenn ich jetzt gehe, dann werdet ihr mich nie wiedersehen«, sagte der Erzeuger. »Wenn ich gehe, dann komme ich nicht wieder.«

»Ja«, sagte Mum, »geh und lass dich nie wieder blicken, nimm alles mit, nimm auch deine Zahnbürste mit, nimm deine verdammte Zahnbürste und verschwinde«, sagte sie. Sie zeigte auf die Wohnungstür. Der Erzeuger ging ins Badezimmer. Er ließ die Tür offen. Er fing an, sich zu rasieren. Er schnitt sich zwei Mal und fluchte laut. Er kämmte sich sogar die Haare. Mum stand vor dem Badezimmer und beobachtete ihn über den Spiegel, in ihrer Hand das Pfefferspray. In der Wohnungstür stehend sagte er noch: »Dieses verdammte Irrenhaus werde ich nicht vermissen.« Er sagte es in den Hausflur, er drehte sich nicht um. Die Wohnung roch noch den ganzen Abend nach seinem Aftershave.

»Was möchten Sie machen, Herr Lante?«, fragt Frau Schmitt.

»Landschaftsgärtner«, sage ich. »Ich mag an der frischen Luft sein.«

»Aha«, sagt Frau Schmitt. »Beim letzten Mal war es noch Sanitäter bei der Bundeswehr.«

»Nö, das will ich nicht mehr, die Sanitäter beim Bund sind alle schwul«, sage ich. »Aber wenn Landschaftsgärtner nicht geht, würde ich auch Förster machen«, sage ich. »Oder Jäger, Jäger wäre auch cool, Wildschweine abknallen und so.«

Frau Schmitt notiert sich irgendwas.

Meine Mum hat Agoraphobie. Früher hat sie als Kassiererin gearbeitet, beim *Netto* um die Ecke. Das geht jetzt nicht mehr. Jetzt sitzt sie zu Hause und raucht Zigaretten und guckt fern. Drei Mal am Tag steht sie auf und sprüht Raumspray in der Gegend rum, Apfel und Potpourri, immer Apfel und Potpourri. Sie hat zehn Dosen davon im Küchenschrank stehen. Manchmal ruft sie mich an und sagt, im Fernsehen hätten sie vor einem neuen Virus gewarnt. Vor einem Jahr sind ihre Finger steif geworden und dick, einfach so. Die Ärzte wissen nicht, warum. Ein Mal in der Woche gehe ich für sie einkaufen. Sie mag gern die vorgefärbten hart gekochten Eier und Putensalami. Ich komme vom Einkaufen und sie fragt mich, ob sie mich an der Kasse beim *Netto* gefragt hätten, ob beim Einkauf alles in Ordnung gewesen wäre. Ich antworte: »Nein, Mum, sie haben nicht gefragt.«

Sie sagt: »Wir haben früher an der Kasse immer gefragt,

ob mit dem Einkauf alles in Ordnung war. Sogar die frechen Studenten haben wir das gefragt, weißt du, Moritz, sogar die haben wir gefragt, obwohl wir wussten, dass sie jedes Mal antworten, dass in der Tierfutterabteilung jemand die Katzenstreu auf dem Boden verteilt hätte und dass das ja kein Zustand wäre, das haben sie nämlich gesagt und ich habe einen Ausruf gemacht, *Frau Peschke bitte in die Tierfutterabteilung*, und natürlich lag da keine Katzenstreu auf dem Boden, nie, und trotzdem haben wir immer jeden gefragt, ob der Einkauf in Ordnung war.«

Es fällt mir unglaublich schwer, mir vorzustellen, dass meine Mum und der Erzeuger mal Arm in Arm durch einen Park gelaufen sind, dass sie sich minutenlang angeguckt und geküsst haben, dass sie wirklich mal glücklich und verliebt waren. Ich schaffe es einfach nicht, diese Bilder in den Kopf zu kriegen. Eine Hafenkneipe in Rotterdam – damit habe ich keine Mühe.

Das größte Problem sind meine Zähne. Wenn ich lächle, presse ich die Lippen zusammen, richtig lachen ist mir peinlich. In meinem Zahnfleisch stehen nur Ruinen und schwarze Stummel, dazwischen Leerstellen. Mein Zahnschmelz ist zu weich, ein DNA-Defekt. Frau Schmitt ist so freundlich und kümmert sich um die Behandlung. Sie regelt alles mit der Krankenkasse. Zusatzleistungen, Kostenübernahme, den ganzen Kram, von dem ich nichts verstehe. Sie erinnert mich sogar an die Arzttermine. Zurzeit wird mir jede Woche ein Zahn gezogen. Ich träume von dem Geräusch des Speichelabsauggeräts. Jede Traumszene ist mit diesem Geräusch unterlegt, es ist wie ein Soundtrack. Ein Soundtrack, der sagt: Ich sauge alles weg. Pro Tag nehme ich zwei Antibiotikatabletten, wegen der Abszesse. Ich würde lieber von glatten weißen Zähnen träumen.

Mit Julia treffe ich mich im Einkaufszentrum. Wir küssen uns zur Begrüßung auf den Mund. Bei unseren ersten Treffen habe ich immer versucht, ihr gleich die Zunge reinzustecken, aber Julia hat *iiihhh* gemacht und gesagt, ich solle das nicht noch mal machen. Als ich es weiter versucht habe, hat sie mir irgendwann eine runtergehauen, mit der flachen Hand. Seitdem versuche ich es nicht mehr.

Wir haben uns auf der Kirmes kennengelernt, an einem Osterwochenende. Ich war mit den Jungs unterwegs und Julia arbeitete an einem Bierstand. Wir hatten uns vorher ein paar Mal gesehen, wir waren uns aufgefallen, hatten aber noch nie miteinander geredet. Jedes Mal, wenn ich bezahlen wollte, ging sie mit meinem Geld zur Kasse, tat so, als ob sie Wechselgeld abzählen würde, und gab mir immer genau das raus, was ich ihr gegeben hatte. »Das passt schon«, sagte sie, als ich sie überrascht anschaute. Später haben wir dann hinter dem Kassenhäuschen vom Kettenkarussell geknutscht. Eigentlich hat sie mich abgefüllt.

Sie hat dunkel geschminkte Augen und trägt allerlei Geklimper an den Handgelenken. Wir sitzen auf den Bänken unten vor den Rolltreppen. Julia kaut Kaugummi mit offenem Mund. In einem Ohr trägt sie einen Kopfhörerstöpsel. Julia hat Arbeit, sie macht eine Ausbildung in einem Klamottenladen hier im Einkaufszentrum. Da bekommt sie die Unterwäsche günstiger. Sie hat ne Menge geiles Zeug, *Lingerie*, so nennen sie es oft in den Pornotiteln: *Tight pussy in black lingerie stuffed hard.* Ich sage häufig zu ihr *lass den BH an, Süße.*

»Wann suchst du dir endlich was?«, fragt sie.

»Wenn das mit den Zähnen geregelt ist«, antworte ich.

»Du benutzt deine scheiß Zähne immer dann als Ausrede, wenn es dir grade in den Kram passt«, sagt sie.

»Ich habe Schmerzen«, sage ich, »mit diesen Schmerzen kann doch kein Mensch arbeiten.«

»Du solltest dir endlich was suchen«, sagt sie, »ist doch kein Zustand so.«

»Ohne Zähne keine Arbeit«, sage ich.

In unserem Wohnzimmer hätten wir einen Beamer. Mit Julia würde ich abends Filme gucken, wir hätten ein Abo bei maxdome und würden abends einfach zusammen Filme gucken. Von mir aus auch *Rendezvous mit Joe Black* und solche Sachen. Sie würde dabei auf meiner Brust lehnen und sich an mich kuscheln. Ab und zu würde ich ihre Stirn küssen. Und samstags kämen die Jungs zum Fußballgucken vorbei. *Ey Lante*, würden sie sagen, *das ist echt ne geile Nummer hier bei dir, echt ne geile Nummer. Ist das so richtig Full HD? Wahnsinn, meine Sandra würde das nie mitmachen*, würde Stefan sagen. Ich würde dann nichts von *Rendezvous mit Joe Black* erzählen. Wenn Julia uns das Bier brächte und Chips auf den Couchtisch stellte, würden sie alle aufstehen und sagen, *vielen Dank, Frau Lante, dass wir in ihrem Haus sein dürfen.* Sie würden eine Verbeugung andeuten.

Dr. Swizzle heißt Dr. Swizzle, weil er immer so Schlausprüche raushaut. *In ihrem Kern ist die Macht des Staates auch nichts anderes als Erpressung,* so was, solche Sachen sagt er oft. Deshalb ist er der Doktor. Swizzle heißt er nach der ersten Bong, die er sich gekauft hat. Er redet noch oft von ihr. »Mit dem Swizzle war das Buffen smooth«, sagt er, »kein Kratzen im Hals, hab ihn ja auch immer schön sauber gehalten, hab keine so gute Bong mehr geraucht seit dem Swizzle«, sagt er. »Und wenn wir Eis reingemacht haben, dann war's der Oberburner«, sagt er.

Ich häng bei Dr. Swizzle rum, weil er die Drogen hat und ne Play Station. Sein Kopf ist rasiert, drei Millimeter, rundum, nur oben nicht, von oben hängen sechs fette Dreadlocks in irgendwelche Richtungen. Bis zur Mitte sind sie blond, na ja, eher so gelb, den Ansatz hat er nie nachgefärbt. Es sind wirklich nur sechs, sechs fette Dreadlocks. Ist ein durchgeknallter Typ, der Dr. Swizzle. In seiner Wohnung hält er sich eine ganze Menge Viecher. Drei Vögel, irgendwelche Sittiche, fliegen immer frei in der Gegend rum. »Pass mit den Vögeln auf, wenn du die Tür aufmachst«, sagt er immer, wenn ich gehe. Ja, denke ich, ja, ich pass auf die scheiß Piepmatze auf, ich bin ein ganz Umsichtiger, denke ich. In einem Terrarium hält er sich einen Tigerpython. Die Schlange hat er gekauft, nachdem er in der Zeitung gelesen hatte, dass in Florida ein Tiger-python aus seinem Terrarium ausgebrochen war und ein Kleinkind im Schlaf umgebracht hatte. Das Mädchen hieß

Shalunna. »Scheiße«, sagte Dr. Swizzle, »stell dir das vor, überleg mal, du entdeckst morgens, dass das Terrarium leer ist, und suchst die scheiß Schlange und findest sie im Kinderzimmer, wo sie dein Baby frisst, Scheiße, ich mein, die Schlange hat richtig an dem Baby rumgenagt, die haben Bissspuren am Kopf gefunden, am Kopf von dem Baby waren Bissspuren«, sagte er. Ich sagte nicht, dass Schlangen nicht nagen können. Schlangen sind doch keine scheiß Biber, hätte ich sagen können, hab ich aber nicht gesagt. Er besorgte sich dann einen Tigerpython und nannte ihn Amanda.

»Diese Gefahr, diese Macht in meiner Wohnung, weißt du, ein bisschen kontrollierter Tod in der Wohnung«, sagte er, »ein bisschen Tod, den du dir unterwirfst, so ein Kraftpaket in der Wohnung, das finde ich verdammt scharf«, sagte er.

Was machst du, wenn das Ding dann vier Meter lang ist, dachte ich, was verdammt willst du dann mit der Schlange machen. Ich glaube nicht, dass er eine Genehmigung für das Vieh hat. Für so eine Genehmigung muss doch ein Typ vom Amt in deine Wohnung kommen und bescheinigen, dass du das Tier auch artgerecht halten kannst und so. Da wird doch alles inspiziert, wenn man so eine Genehmigung haben will. Kann ich mir nicht vorstellen, dass so ein Typ vom Amt bei Dr. Swizzle reinkommt und sagt, *Ach schön, hier wird es das Tier aber schön haben, das haben Sie wirklich schön gemacht, schön auch das mit dem Kletterast, wirklich, wenn es überall so aussehen würde, wäre ich meinen Job los, haha, aber was erzähle ich Ihnen das, nein, wirklich sehr schön so.* Nee, der würde die

Vogelkacke auf dem Teppich unter der Kleiderstange im Flur sehen und rückwärts wieder rausgehen, vielleicht würde er noch die Kammerjäger rufen. Eine Genehmigung hat Dr. Swizzle sicher nicht. Er hat immer mindestens ein Dutzend Mäuse in einem Käfig. Ich musste schon oft zugucken, wie Dr. Swizzle die Schlange gefüttert hat. »Wenn Amanda größer ist, dann werde ich sie mit lebenden Hühnern füttern«, sagte er, als ich letztes Mal zu Besuch bei ihm war. Er setzte eine Maus in das Terrarium. Die Schlange riss ihr Maul auf und begann die Maus zu verschlingen. »Da, guck dir das an, aus die Maus«, sagte Dr. Swizzle. Ich schaute weg. Als ich das nächste Mal hinsah, hatte die Schlange einen mächtigen Klops direkt hinter dem Kopf. Es sah so aus, als würde ihr ein großer Tumor direkt aus dem Kopf wachsen.

Als ich noch so ein richtig kleiner Knirps war, war der Erzeuger oft mit mir auf dem Sportplatz. Ich weiß noch, das waren die einzigen Momente, in denen er nicht betrunken war. Nicht wenn er mich trainierte, dann nicht. Samstagmittag, bei unseren Spielen, da schon. Samstags fing er immer schon morgens an, irgendwann fing er immer morgens an. Wodka in die Kaffeetasse und dann Wodka in die Thermoskanne, die er mit auf Arbeit nahm. Zu dem Zeitpunkt aß er morgens schon nichts mehr. Meine Mum machte ihm Rührei und er schob es einfach weg, in die Mitte des Tisches. »Ach, zum Teufel mit dir und deiner Trinkerei«, sagte Mum. Sie packte sich die Wodkaflasche und wollte damit ins Bad, um ihn ins Klo zu kippen, den Wodka. Der Erzeuger ging ihr hinterher und schlug ihr ins Gesicht. Die Flasche zerbrach auf dem Fliesenboden. Mum fiel hin, in die Scherben. Ihre Hände waren zerschnitten. Der Erzeuger kam in die Küche zurück und sagte: »Siehst du, Moritz, siehst du, was die Weiber aus dir machen, wenn du nicht aufpasst, nimm dich vor den Fotzen in Acht, vergiss das nie, vergiss nie, was die Fotzen aus deinem Erzeuger gemacht haben«, sagte er. Das Rührei dampfte noch.

Wir fingen mit Intervalltraining an, zwei Mal 400 Meter rennen, dann eine Runde austraben, und wieder zwei Mal 400 Meter rennen und dann noch mal. Der Erzeuger feuerte mich an. »Lante auf der Zielgeraden«, rief er, »Lante, immer noch Lante, Lante in Front, Lante in Führung, es ist unglaublich, Deutschland hat einen neuen Dieter Baumann, Gold, Gold für Lante«, rief er. Und dann kam er auf mich zugelaufen und zeigte auf die Stoppuhr und schlug mir auf die Schultern, drei kräftige Schläge, die mich ordentlich durchrüttelten. »Nicht schlecht«, sagte er, »aber da muss noch mehr gehen. Bei der Borussia nehmen sie nur die Schnellsten«, sagte er. Danach übten wir Torschuss. Dass ich mal beidfüßig würde schießen können, gab er schnell auf. »Dein linker Fuß ist auch nicht mehr wert als ne Holzprothese mit Termitenbefall«, sagte er. Also trainierten wir den Zwei-Kontakte-Schuss. Er spielte mir den Ball auf den linken und ich musste ihn mir schussbereit schon mit der Annahme auf den rechten legen und abziehen. »Zwei Kontakte«, rief er aus dem Tor, »zwei Kontakte, zack, zack muss das gehen«, rief er, »schneller, zack, zack!« Es gab keine Tornetze, wenn ich ins Tor traf, musste ich immer weit laufen, um den Ball wieder zu holen. Auf dem Heimweg lief ich erschöpft neben dem Erzeuger her, ich prellte den Ball im Takt unserer Schritte auf den Boden. Wir schwiegen und gingen nebeneinanderher, der Erzeuger rauchte. Ich blickte zu ihm hoch, sah seine massigen Oberarme, sah den Schweißrand an seinem Unterhemd, roch seinen herben Schweiß: Du hast einen Vater, dachte ich da, einer der wenigen Momente, in denen ich das dachte. Ich dachte, wenn uns jetzt Leute entgegenkommen würden, sie würden uns mögen.

»Was brauchen Sie?«, fragt Frau Schmitt.

»Ich könnte einen Kochtopf gebrauchen und Geschirr«, sage ich. »Und mein Herd müsste angeschlossen werden, und die Spüle müsste eingebaut werden, damit ich den Kochtopf auch abwaschen kann, das habe ich schon beim letzten Mal gesagt«, sage ich.

»Ich kümmere mich darum«, sagt jemand, der heute auch im Raum ist. Ich glaube, es ist die Betreuerin aus dem U25-Arbeitsmarktprogramm GANZIL, das bedeutet *Ganzheitliche Integrationsleistung*.

»Ich habe auch keinen Duschvorhang«, sage ich. »Wenn ich aus der Dusche komme, steht immer das ganze Bad unter Wasser, und ich muss höllisch aufpassen, dass ich nicht ausrutsche und mir ein Loch in den Kopf haue«, sage ich.

»Ja, das verstehen wir«, sagt Frau Schmitt.

»Vielleicht sollten Sie sich beim Duschen hinsetzen und den Duschkopf in die Hand nehmen, wissen Sie, wie ich meine?«, sagt die GANZIL-Frau, »dann spritzt es nicht so«, sagt sie. Frau Schmitt lächelt, die GANZIL-Frau lächelt auch.

»In Ordnung«, sagt Frau Schmitt. »Wenn weiter nichts zu besprechen ist, die Arbeitsunfähigkeitsbescheinigung von Ihrem Arzt liegt uns vor, Sie müssen jetzt noch hier unterschreiben.« Sie schiebt ein Formular über den Schreibtisch. »Das ist Ihre Eingliederungsvereinbarung, Sie müssen dann dieses Jahr nicht mehr kommen«, sagt sie. »Und, Herr Lante«, sie schaut mich an, »Sie wissen, Sie genießen bei mir Welpenschutz, aber ab nächstem Jahr müssen Sie mitziehen, ich hol Sie ab, wo Sie sind, aber Sie müssen echt mitmachen, sonst muss ich Ihre Leistungs-sachbearbeiterin informieren, und die wird Sie auf null setzen. Sie wissen, was das heißt, Herr Lante, Essensgut-scheine, sonst nichts, Feierabend«, sagt sie.

»Frau Schmitt, Sie wissen doch, mit den neuen Zähnen werde ich ein neuer Mensch sein«, sage ich, »ich schwöre, ein neues Lächeln, ein neuer Mensch, ich werde voll durchstarten. Die Wildschweine sollten schon mal in De-ckung gehen«, sage ich und lege an, »bäm bäm«, sage ich.

Ich würde mit einem leicht blutigen Bündel in der Hand nach Hause kommen. Julia würde mich erwarten. Sie wür-de in der offenen Haustür stehen und nett winken. Sie hät-te roten Lippenstift aufgelegt, wie immer, wenn es frisches Fleisch gibt. Gekleidet wäre sie in ein rot-weiß kariertes Kleid und um den Hals würde sie eine weiße Schürze mit Spitze tragen. Die Schürze wäre um die Hüfte so ge-schnürt, dass sie Julias Form betonen würde. Sie würde mir entgegenlaufen und rufen, *Was hast du uns geschossen,*

Schatz? Und ich würde rufen, *Es gibt heute ganz was Feines, Süße, der Versorger hat einen Fasan vom Himmel geholt, habe ihn voll erwischt, mit der ganzen Ladung. Du wirst fast 400 Kügelchen aus ihm rausholen müssen.* Sie nähme mich in den Arm und wäre sehr von meinen zerkratzten muskulösen Unterarmen beeindruckt. *Ich werde uns was Tolles zaubern, ich habe schon Kartoffeln gekocht, würde sie sagen. Aber nimm du doch erst mal ein Bad, ich habe es schon eingelassen, das Badeöl hat das Wasser ganz grün gemacht wie deinen Wald,* würde sie sagen und niedlich kichern. Arm in Arm gingen wir ins Haus und mit einem dumpfen Plumpsen würde ich das Bündel auf den großen Tisch im Wohn-Essbereich fallen lassen.

Die automatischen Schiebetüren vom Krankenhaus kommen mir vor wie das Maul eines Raubtiers. In Krankenhäuser geht man rein und kommt verändert wieder raus, manchmal besser, manchmal schlechter, manchmal tot. Sogar als Besucher tritt man verändert wieder nach draußen.

Ich habe Blumen gekauft, für meine Mum. Sie liegt noch auf Station. »Wir behalten Ihre Mutter noch da, zur Beobachtung«, hat der Arzt heute Morgen gesagt, »kein Grund zur Sorge, nur zur Beobachtung. Sie brauchen sich keine Sorgen zu machen.«

Sie ist fast so weiß wie der Kopfkissenbezug, auf dem sie liegt. »Hey Mum«, sage ich, »ich hab dir Blumen mitgebracht.«

»Du musst vorne bei den Schwestern nach einer Vase fragen«, sagt sie, »geh schon, sonst gehen sie doch gleich kaputt.«

»Ja, Mum, ich freue mich auch, dich zu sehen«, sage ich.

Ich gehe nach vorne an den Stationsempfang und frage die Schwester, ob ich eine Vase haben kann, und gehe zurück in das Zimmer. »Schau, Mum«, sage ich, »ich stelle sie dir direkt ans Bett, so, so kannst du sie riechen. Es sind Lilien, schau doch mal hin«, sage ich, »schau doch mal.«

»Und was haben sie auf dem Amt gesagt?«, fragt sie.

»Alles super, Frau Schmitt steht auf mich, weißt du doch. Und stell dir vor, Mum, nächstes Jahr bin ich vielleicht schon Jäger, das hat Frau Schmitt gesagt. Wenn ich erst Jäger bin, bringe ich dir immer das beste Fleisch mit, ich mach dir die ganze Tiefkühltruhe voll mit Hirsch und Reh und Wildschwein. Und dann machen wir Hirschgulasch mit Klößen und Rotkohl. Was hältst du davon, Mum? Es wird das beste Fleisch sein, das du je auf dem Teller hattest, was meinst du, Mum?«, sage ich.

»Wenn du die Viecher mal nicht mit dem Gestank deiner verfaulenden Zähne verscheuchst, bevor du sie abknallen kannst«, sagt sie.

Sie muss husten und hustet sich Blut auf das Krankenhemd. Meine Mum hustet Blut. Das Blut hängt ihr am Kinn, es ist auf ihrem Hemd und auf der Bettdecke. Sie fängt an zu japsen. Das Gerät, an das sie angeschlossen ist, beginnt wie verrückt zu piepen. Das Scheißding piept und meine Mum greift sich an den Hals, und ich stehe da und schaue auf die Lilien, sind echt schön, diese Lilien.

Julia liegt auf dem Rücken, wie meistens, wenn wir ficken. Ich knie vor ihr und halte ihre Schenkel in die Luft. Ihre Arme liegen neben dem Kopf, ein bisschen so, als würde jemand zu ihr sagen: *Hände hoch,* so liegen die Arme da. Die Augen hat Julia manchmal offen, manchmal zu, manchmal guckt sie mich direkt an, starrt richtig. Ich gucke dann weg. »Guck mich an«, sagt sie dann. Und wir gucken uns an, sie guckt immer so, als würde sie mir gleich aufs Maul hauen wollen, oder so, als ob sie will, dass ich ihr aufs Maul haue. Wenn sie kurz davor ist zu kommen, durchfährt sie immer ein Zittern, durch den ganzen Körper läuft das, am stärksten beben ihre Hüften. Dann kommt sie und ich komme direkt danach und ziehe ihn raus und spritze ihr auf den Bauch. Ich lege mich neben sie.

»Das war schön«, sagt sie.

»Ja«, sage ich. Sie fährt mit ihrem Zeigefinger in der Wichse auf ihrem Bauch rum, als wäre es warmer Pudding.

»Hier«, sagt sie, »leck ab.« Sie hält mir den Finger mit der Wichse hin.

»Bist du scheiße, was soll das?«, sage ich.

»Warum, sollst ruhig wissen, wie das schmeckt, wenn ich ihn in den Mund nehme«, sagt sie. »So schmeckt das, nur noch ein bisschen schlechter, halt noch ein bisschen mehr nach Schwanz«, sagt sie. Sie lacht und versucht mir den Finger in den Mund zu stecken. Ich packe sie am Handgelenk.

»Scheiße, was soll das«, sage ich. »Hör auf mit dem Scheiß«, sage ich, »das ist doch total affig.« Ich stehe auf und ziehe mich an. »Könntest mal wieder deine Pflanzen gießen, die sind am Vertrocknen«, sage ich beim Rausgehen. Im Bad drück ich mir einen Rest Wichse aus dem

Schwanz, nehme ihn mit dem Finger auf und stecke mir den Finger in den Mund.

In der Halbzeit kommt der Erzeuger zu uns in die Kabine. Er baut sich zwischen den Bänken auf. Er macht einen kleinen Ausfallschritt. Er muss sich an der Wand abstützen. Er hat sich heute extra gut angezogen, schwarze Hose, weißes Hemd, die oberen zwei Knöpfe sind offen, die Ärmelaufschläge sauber hochgekrempelt. An seinen Füßen glänzen spitze schwarze Schuhe mit Silberschnalle. »Ihr spielt wie schwule Mädchen«, sagt er. »Seid ihr schwule Mädchen, oder was, ihr spielt jedenfalls so, ihr müsst mehr Druck machen«, sagt er. »Ihr müsst über außen kommen, die Außenverteidiger von denen sind schwul, die spielen nicht nur so. Und vergesst den Moritz auf rechts nicht, spielt den Moritz mehr an«, sagt er. Er zwinkert mir zu.

Der Trainer sagt: »Herr Lante, das reicht, ich muss Sie bitten zu gehen.« Er geht einen Schritt auf ihn zu.

»Fass mich bloß nicht an, irgendjemand muss den Jungs ja sagen, dass sie spielen wie schwule Mädchen, der Trainer ist wohl selber eins, das sieht man ja, nicht wahr, Jungs, euer Trainer ist auch ein schwules Mädchen«, sagt er. Er schlägt sich auf den Oberschenkel und lacht übertrieben. Er spuckt dem Trainer vor die Füße und macht eine abfällige Geste. Er fährt sich sehr schnell mit dem Handrücken unterm Kinn lang, mit eingeklapptem Daumen. Die Bewegung kommt aus dem Unterarm, so als wolle er ein Frisbee nach oben werfen. Dann geht er aus der Kabine. Auf dem Weg von der Kabine zurück auf den Platz nimmt er mich zur Seite. »Moritz, das war gar nichts. Soll ich dir einen Liegestuhl auf den Platz stellen, oder was, dann hast du es bequemer beim Zugucken«, sagt er. »Wenn sie beim nächsten Eckball wieder zu kurz in die Mitte klären, dann knall den Ball aufs Tor, haben wir doch geübt, wenn er auf den linken kommt, zwei Kontakte, zack, zack«, sagt er. Er geht neben mir her. Ich mag das Geräusch, das meine Eisenstollen auf dem Asphalt machen. Ich gucke auf den Boden. Er haut mir auf den Hinterkopf. »Komm schon, Moritz, der Auswahltrainer guckt heute zu«, sagt er. Als sie gegen Ende der regulären Spielzeit nach einem Eckball zu kurz in die Mitte klären, schieße ich den Ball direkt mit dem rechten unter die Latte. Wir gewinnen zwei zu eins. Auf der Rückfahrt sagt der Erzeuger: »Ich hab es doch gesagt, ich hatte mal wieder recht, du musst zugeben, zur Hälfte hab ich das Tor geschossen. Kannst dich ruhig bedanken bei deinem Erzeuger«, sagt er.

Auf dem Flur im Amt sitzt Frau Schmitt. Sie sitzt bei den anderen Kaputten, bei denen, die da schon fünfzehn Jahre sitzen, bei denen, die mit Hausschuhen aufs Amt kommen. »Was machen Sie denn hier draußen, Frau Schmitt?«, frage ich. »Wird Ihr Büro renoviert, oder was?«

»Tja, Herr Lante, ich bin jetzt auch Kunde hier, mein Vertrag wurde nicht verlängert«, sagt sie.

»Ich glaub es nicht, Sie, Frau Schmitt, Sie sind jetzt auch Hartzer«, sage ich. »Also wenn jetzt schon Leute wie Sie Hartzer werden, dann sollte sich die Frau Merkel wirklich schnell mit mir treffen, der muss doch mal jemand sagen, was läuft«, sage ich. Frau Schmitt lächelt.

»Und wie geht es Ihnen, Herr Lante?«, fragt sie.

»Mir? Ich gehe immer noch zum Zahnarzt«, sage ich.

Die neue Frau Schmitt heißt Herr Wagner und guckt wie eine Eule. Eulen-Wagner. Ich nehme meine Kappe ab und gebe ihm die Hand. »Was machen wir denn mit Ihnen, Herr Lante?«, fragt er. Ich sitze noch nicht mal.

»Also, Frau Schmitt hat gesagt, ich könnte Jäger werden«, sage ich und setze mich.

»Soso, hat sie das gesagt«, sagt Herr Wagner. »Passen Sie mal auf«, er beugt sich über den Schreibtisch, »bevor Sie irgendwas werden, lernen Sie erst mal, den Leuten in die Augen zu gucken, wenn Sie ihnen die Hand geben«, sagt er. »Wir üben das gleich mal.«

»Wie jetzt«, sage ich.

»Wir fangen jetzt noch mal von vorne an«, sagt er, »schwingen Sie Ihren faulen Arsch schon vor die Tür, und dann benehmen Sie sich gefälligst wie ein produktives Mitglied unserer Gesellschaft.«

Vor der Tür will schon gleich der Nächste zu Herrn Wagner rein, denkt, ich sei schon fertig. »Nee, nee«, sage ich, »ich muss noch mal rein, so wie ein produktives Mitglied der Gesellschaft.«

Der andere Typ lacht. »Bist das erste Mal beim Eulen-Wagner?«, sagt er. »Das hat er mit mir auch durchgezogen. Viel Spaß noch«, sagt er.

Drinnen mache ich dann die ganze Prozedur noch mal. Kappe ab, Hand geben, fest in die Augen gucken dabei. »Guten Tag, Herr Wagner«, sage ich.

»Schon besser«, sagt Herr Wagner, »das üben wir jetzt jedes Mal. Ich habe mir Ihre Akte angesehen, Herr Lante«, sagt er. »Sie beziehen seit fünf Jahren Hartz IV, Sie haben noch nie sozialversicherungspflichtig gearbeitet. Ich habe Ihre Wohnung inspizieren lassen, Sie haben Maden im Müll und Motten in den Schränken. Sie wohnen auf Probe, das wissen Sie«, sagt er. »Sie sind noch nie bei einem Vorstellungsgespräch erschienen, zu Ihren letzten zwei Beratungsgesprächen sind Sie auch nicht gekommen. Und jetzt frage ich Sie noch mal, Herr Lante: Was machen wir mit Ihnen?«

»Ich war doch befreit«, sage ich, »ich musste nicht kommen, das hat Frau Schmitt gesagt«, sage ich.

»Für das vergangene Jahr, Herr Lante, im vergangenen Jahr mussten Sie nicht kommen«, sagt Herr Wagner, »seitdem haben Sie zwei Vorladungen erhalten und sind nicht erschienen«, sagt er. »Ich frage Sie anders: Wollen Sie überhaupt arbeiten, Herr Lante?«

»Ich will schon, aber ich kann nicht, ich bin arbeitsunfähig, mein Arzt sagt das auch, das wissen Sie doch«, sage ich. Ich schaue auf den Boden.

»Wissen Sie, wie ich das sehe, Herr Lante? Ich denke, wer will, der kann auch, ganz einfach«, sagt Herr Wagner, »und wer etwas vom Staat haben will, der muss auch machen, was der Staat von ihm erwartet«, sagt er. Er klappt die Akte vor ihm heftig zu. Es knallt ein bisschen. Als hätte er auf den Tisch gehauen. »Ihre Sachbearbeiterin ist bereits informiert. Sie wird Sie auf null setzen«, sagt er. Ich spüre ein Stechen im Rücken.

»Das ist ungerecht«, sage ich, »ich kann doch nichts dafür, ich kann doch nicht ... Was soll ich denn jetzt machen ...«

»Gerecht ist, wenn alle die gleichen Rechte, aber auch die gleichen Pflichten haben, Herr Lante«, sagt Herr Wagner. »Sie sind Ihren Pflichten nicht nachgekommen«, sagt er. »Bitte schicken Sie mir den Nächsten rein, wenn Sie draußen sind.«

Wir spielen *Call of Duty* auf der PlayStation. Besser gesagt, ich spiele *Call of Duty,* Dr. Swizzle beschäftigt sich mit Amanda. Zielen, Schießen, Rennen. Bei drei Headshots nacheinander gibt es eine Trophy. Bei fünf und zehn noch mal. Das mag ich an dem Spiel, an der PlayStation überhaupt, es gibt was zu gewinnen. Wenn alle Gegner tot sind, hat man gewonnen. War man besonders schnell, hat besonders gut getroffen, kommt man in die Hall of Fame. Das finde ich logisch, das ist irgendwie wahr: Wer etwas besonders schnell und besonders gut macht, wird belohnt. Egal, was es ist. Ich bin ganz gut in Call of Duty. Hier habe ich Erfolgserlebnisse, das mag ich. Das Wort hat Frau Schmitt oft gesagt. Herr Lante, Sie brauchen Erfolgserlebnisse. Das ist wichtig für Ihre Motivation. In dem Level, das ich grade spiele, muss ich Geiseln befreien. Ich knall aus Versehen eine ab und muss von vorne anfangen.

»Vielleicht sollten wir diesem Eulen-Wagner mal Amanda unter den Schreibtisch legen«, sagt Dr. Swizzle. »Dann lernt er, was gerecht ist. Gerecht ist es nämlich, wenn alle die gleichen Chancen haben«, sagt er. »Leben oder nicht leben, mit einem Tigerpython unterm Schreibtisch verschieben sich da die Voraussetzungen«, sagt er. »Das wär's doch, sich dann hinstellen und sagen, *finden*

Sie das jetzt gerecht, Herr Eulen-Wagner? Anders lernen es diese Bettnässer vom Amt doch nicht«, sagt er.

»Können wir bitte nicht über dieses Arschloch reden«, sage ich, »ich versuche hier zu gewinnen.« Es stirbt schon wieder eine Geisel. *Mission failed* steht groß und rot auf dem Bildschirm.

Ich hab das Level fünf Mal vergeigt, bei keinem Versuch haben alle Geiseln überlebt. »Scheiße«, sage ich und werfe den Controller aufs Sofa. »Gib mir mal die Tüte«, sage ich. Ich inhaliere tief und lange.

Oben krieg ich Brücken, unten eine Komplettprothese. Mit neuen Zähnen werde ich der glücklichste Mensch der Welt sein, dauert nicht mehr lange, nicht mehr lange und alles wird gut.

Bonustracks

Schneeballsystem

»Ich kenne da jemanden in der Schweiz.«
Der Anwalt

I

Es gab eine Zeit, da haben Götter in diesem Haus gewohnt. Jetzt sitzt ein Vater in einer anderen Stadt tagsüber auf dem Dachboden und abends im Keller, eine Mutter arbeitet und schläft, und ein Bruder hat Angst und weiß nicht, wovor. Und ich bin ein Reisender, der vor einer weißen Gründerzeitfassade steht, hinter der einmal sein Zuhause war. Darüber leuchtet der blaue Himmel, es ist ein klarer Tag. Die goldverzierten Stuckbordüren leuchten. Ich schaue zu den Fenstern meines alten Zimmers im dritten Stock hinauf. Direkt hinter dem linken, auf der Fensterbank, standen bis zu unserem Auszug meine Kuscheltiere. Ich war zu alt, um mit ihnen in einem Bett zu schlafen, und zu jung, um sie in den Keller zu räumen. Hinter dem rechten lag ich einmal mit Mareike auf dem Sofa und stellte meinen persönlichen Zungenkussrekord auf. Wir leckten bestimmt eine halbe Stunde ununterbrochen aneinander rum, und als es an der Tür klopfte, weil ihre Mutter da war, um sie abzuholen, hatte sie direkt über dem Brustbein einen faustgroßen Sabberfleck auf dem T-Shirt.

Ein Stockwerk darunter lag die Etage meiner Eltern.

Das große Bad mit Sauna und Whirlpooldüsen in der Badewanne, das Schlafzimmer und das Arbeitszimmer meines Vaters. An jeder Wand deckenhohe Regale, vollgestellt mit Büchern und CDs, die alte oder tote Männer veröffentlicht hatten, die mich nicht interessierten. Mich interessierten der Schrank mit den Carl-Barks-Comics und der Computer, der einzige mit Internetanschluss im Haus. Als ich mich einmal spätabends in das Arbeitszimmer schlich, um Mareike eine verzweifelte E-Mail zu schreiben, lag ein dicker Stapel Fünfhunderteuroscheine auf dem Schreibtisch. Ich zählte nicht nach, ich berührte ihn nicht einmal, ich begriff, das war sehr viel Geld, und verstand nicht, wo es herkam. Ich wusste nur, mein Vater war am Vortag in Zürich gewesen, er fuhr jeden Monat dorthin. Und auf einmal empfand ich meine vierzig Euro Taschengeld im Monat als große Frechheit. Ich brauchte mehr Geld, ich brauchte neue Schuhe und ich musste jemanden bezahlen können, der mir einen Schülerausweis fälschte, damit ich länger als bis zwölf auf den Oberstufenpartys bleiben konnte. Und ich musste Mareike dringend ein Kleid schenken.

In dieser Nacht schrieb ich ein Gedicht mit Naturmetaphern, in denen Rosen und Schnee vorkamen, und begann, meinen Vater zu bestehlen. Und ich klaute immer weiter: In seinem Portemonnaie, das immer in der Innentasche seiner Jacke steckte, befand sich ständig so viel Geld, dass er nie bemerkte, dass jeden Monat mehrere Hundert Euro fehlten.

Ich zog ein nettes kleines Schulhofunternehmen auf. Ich wurde sehr schnell sehr beliebt. Ich konnte alles besorgen und besorgte alles, was die feistbackigen und immer etwas zu sauberen Kinder der Anwälte, Notare und Ärzte auf meiner Schule wollten, und von dem sie nicht wussten, wo sie danach zu suchen hatten. Es war einfach, ich war einer von den Typen, die nur ein paar Minuten in Bahnhofsnähe warten mussten, bis jemand kam und fragte, ob ich was Weißes oder was Braunes suchen würde, so fing das an. Nach und nach lernte ich dann die Leute kennen, die mir bei allen anderen Anfragen meiner Kunden weiterhelfen konnten. Ich war großzügig, rundete kundenfreundlich auf und ab, gewährte Stammkunden Treuerabatte und erledigte kleinere Besorgungen kostenlos oder für eine Aufwandsentschädigung – schließlich konnte ich nicht das ganze Geld meines Vaters für mich ausgeben, das wäre aufgefallen. Und meine Großzügigkeit beeindruckte diese Polohemdenträger sehr. Überschüsse benutzte ich als Spielgeld für mein unter falscher Identität eröffnetes Onlineportfolio. Ich investierte in Kondome und Tabak. Ich benutzte fremdes Geld, um damit zu handeln. Ich tat, was mir vorgelebt wurde, und wusste, dass Geld Wünsche Wirklichkeit werden lässt und Sehnsüchte erfüllt, die vorher nur weit entfernt als etwas schimmerten, das man sich am besten schnell wieder aus dem Kopf schlägt, weil es unerreichbar bleiben würde. Alles funktionierte nach einem einfachen Prinzip: Geld ist von alleine da und vermehrt sich.

Das Wissen über die Konfektionsgröße seiner Freundin kann man nicht kaufen. Das Kleid, das ich Mareike schenkte, war viel zu groß. Ihre jugendliche Figur füllte den Stoff an Hüfte und Brust kaum aus. Sie wurde darin zu einem Kind, das die Garderobe seiner Mutter anprobiert, um vor dem Spiegel feine Dame zu spielen. »Da wächst du noch rein«, sagte ich. Und sie weinte und schloss sich im Badezimmer ein. Als Entschuldigung kaufte ich ihr das Kleid noch mal, zwei Größen kleiner, und behielt das andere. Ich ging davon aus, dass ich einmal eine Frau beschenken würde, deren Figur auch diesen Schnitt an den richtigen Stellen anzuheben vermochte. Was ich wollte, kaufte ich. Und von dem, was ich noch nicht hatte, wusste ich, dass ich es bekommen werde. So fühlte sich mein Leben an.

2

Das Ende war ein Fax. Mein Vater hielt es in der Hand, er schaute aus dem Fenster, dann wieder auf das Blatt. Er betrachtete es, als würde er es wiegen, alles abmessen wollen, was es bedeutete. Er atmete schwer aus, drehte sich um und sagte: »Ich muss euch etwas sagen.« Die Bankbürgschaft, die unsere und die Einlage der Kunden meines Vaters sichern sollte, war eine Fälschung, die großen Renditen nichts weiter als gestückelte Kapitalrückführung, der freundliche Schweizer Geschäftsmann Bertrand Madorf ein Betrüger, dessen Geldeinsammel- und Verteilsystem kollabierte. Das Fax hatte seine bisher ahnungslose Frau geschrieben. Ein Schneeballsystem, die Regeln sind bekannt: Wer hat, dem wird gegeben. Alle sind gierig, alle machen mit. Am Ende heißt es: Rette sich, wer kann. Mein Vater sah hilflos aus.

Es war Karsamstag, ich war fünfzehn Jahre alt und hatte während des Frühstücks noch versucht herauszufinden, in welchem Skigebiet, das von unserer Liechtensteiner Ferienwohnung aus gut zu erreichen war, heute die besten Schnee- und Wetterbedingungen herrschten. Jetzt wurden die Cornflakes in meiner Schüssel weich und meine Mutter schluchzte das erste Mal. Mein Vater nahm sie und meinen Bruder in den Arm. Die Videotextseite sprang um, ich las: *Flims, –5° C, beste Pistenbedingungen.* Das Ausmaß der Katastrophe war noch gar nicht abzusehen, für meine Eltern nicht und für mich sowieso nicht. Klar war nur, dieses Fax änderte alles. Die Zukunft und die Vergangenheit und die Gegenwart sowieso.

Wir gingen Minigolf spielen. Zielen und schlagen, darauf würde es jetzt, in den nächsten Wochen, den nächsten Monaten ankommen, so viel verstand ich schon. Vor Geschäftspartnern, Kunden und Freunden, vor Bankangestellten, Lehrern und Nachbarn. Zielen und schlagen. Hindernisse überwinden und einlochen. Wir schwiegen die meiste Zeit. Dieses kleine Land, das uns umgab, der Blick auf Schloss Vaduz, die schneebedeckten Berge, diese außergewöhnlich gepflegten Minigolfbahnen, das und alles, was es bedeutete, war eine Kapsel, die sich längst aufgelöst, die für uns nie wirklich existiert hatte. Nach jedem gelungenen Schlag streichelte mein Vater meinem Bruder oder mir liebevoll über den Kopf. Meine Mutter nahm uns oft in den Arm. Der Film war abgedreht, letzte Einstellung: ein Fax. Die Kulisse, die wir für unser Leben gehalten hatten, war schon abgerissen worden. Also hielten sich meine Eltern an dem Einzigen fest, was sie noch hatten, an mir und meinem Bruder.

Nachdem wir unsere Schläge addiert hatten, nach achtzehn gespielten Löchern, vielen Umarmungen und zu viel Lob für meinen Bruder, mussten wir lachen. Wir hatten alle die beste Runde Minigolf unseres Lebens gespielt. Mein Vater gewann und kaufte sich zur Belohnung selbst ein Eis. Mein Bruder und ich bekamen einen Schokoriegel, meine Mutter einen Kuss. Eigentlich funktionierte noch alles. Lähmung ist auch eine Form von Konzentration. Als mein Vater in unserem viel zu großen Auto die Sitzheizung einschaltete, sagte er: »Merkt euch das, Kinder, das ist eine Sitzheizung, ab morgen werden eure verwöhnten Hintern wahrscheinlich nie wieder so komfortabel warm gehalten werden.« Dann lachte er, und das Lachen war ein Weinen, aber wirklich weinen, das ließ mein Vater nicht zu, nicht vor uns. Er muss gewusst haben, dass wir alles verlieren würden.

3

Es begann mit einer Erbschaft. Meine Oma starb zu früh und wir waren auf einmal reich. Ich weiß nicht, wie viel Geld mein Vater erbte, aber es war so viel, dass meine Mutter, die seit ihrem sechzehnten Lebensjahr immer gearbeitet hatte, ihren Job als juristische Fachangestellte kündigte und dafür jeden Mittag für mich und meinen Bruder kochte. Mein Vater, der seit mehr als anderthalb Jahrzehnten studierte, trieb auf einmal mit neuer Zielstrebigkeit seine Doktorarbeit voran. Er stellte seine Nebentätigkeit als Gutachter für die Industrie- und Handelskammer in dieser Zeit vollkommen ein. Es war genug Geld da, mehr als genug. Wir kauften ein Haus. Wir kauften ein neues Auto. Wir kauften ein zweites Auto. Wir kauften Rennräder. Wir kauften Skier. Wir fuhren ständig in den Urlaub. Wir bauten das Haus um. Und weil der ehemalige Chef meiner Mutter, der Anwalt, Handwerker kannte, luden meine Eltern ihn und seine Frau abends zum Essen ein. Er war ein vulgärer Angeber, schlagfertig, dabei aber keinesfalls charmant. Alles an ihm war Status, sogar an seine Frau hängte er ein billiges Etikett. Er sagte: »Als ich die Claudia das erste Mal gesehen hab, war ich wie weggeblasen von diesen Augen. Ich dachte, diese Augen sind unbezahlbar, Nase und Titten, die zahl ich ihr, aber wenn eine Frau solche Augen hat, muss man sie heiraten!« Ich sah Claudia auf ihre sehr großen Brüste, und in meinem Unterleib zuckte es. Ansonsten langweilte ich mich und wurde früh ins Bett geschickt. Ich erinnere mich nur noch daran, dass der Anwalt beim Dessert sagte: »Ich kenne da jemanden in der Schweiz.« Seine wächserne Haut glänzte und seine Haare glänzten auch, und meine Eltern sahen sich in die Augen. Meine Mutter nickte unmerklich. Bald darauf fuhr mein Vater das erste Mal nach Zürich. Ein Jahr später veranlasste er den Kauf der Wohnung in Liechtenstein.

4

Ich gehe noch einmal meinen alten Schulweg ab und schlurfe wie früher mit den Fersen über den Boden. Die meisten Häuserfassaden, die ich passiere, wurden seit unserem Wegzug nicht renoviert, Rußpartikel öden die alte Farbe ein und machen die Fenster blind. Neu sind nur die Geschäfte: Franchiseketten und Callshops. Die Buchhandlung, in der mein Bruder und ich jede Woche ein Buch kauften, ist einem Waschsalon gewichen. Geblieben ist nur die Sparkasse und das Allianzvertreterbüro.

Ich habe unser altes Haus als Ausgangspunkt für meine Reise gewählt, um mich selbst zu prüfen, um zu erfühlen, ob ich wirklich machen will, was ich mir vorgenommen habe. Vor meinem alten wilhelminischen Schulgebäude stehend, denke ich: Ich habe keine andere Wahl, es ist der einzige Weg, etwas von dem, was wir einmal hatten, zurückzubekommen. Ich fahre mit dem Taxi zum Bahnhof. Ich zahle 22 Euro mit einem Fünfziger. Ich sage: »Stimmt so.«

Als der Zug in Basel über die Grenze fährt, erinnere ich mich daran, wie meine Mutter einmal auf der Autobahn ein Filmdöschen sorgfältig in einen Gefrierbeutel verpackte, den sie mit Vaseline einrieb. Sie stellte ihre Füße auf das Armaturenbrett und zog ihren Rock hoch. Sie sagte zu meinem Vater: »Würdest du bitte auf die rechte Spur fahren, den Lastwagen da vorne kannst du gleich noch überholen, wir wollen hier ja keinen Unfall verursachen.« An der Grenze sahen die Zöllner uns Kinder auf der Rückbank und die Skier auf dem Autodach und winkten uns durch. Auf dem ersten Rastplatz nach der Grenze ging meine Mutter auf die Toilette und kam mit einem Briefumschlag wieder.

Ich wache auf, als der Zug abrupt zum Stehen kommt. Ich habe Hunger und streiche mir übers Gesicht. Vor dem

Fenster ist eine große Gleisanlage zu erkennen, Oberleitungen, Signalampeln und Weichen ergeben ein unüberschaubares Geflecht aus Möglichkeiten. Der Zugbegleiter sagt durch, dass wir wegen einer Störung an einem vorausfahrenden Zug außerplanmäßig zum Halten gekommen seien. Unsere Einfahrt in den Züricher Hauptbahnhof werde sich verzögern, wir sollen bitte davon absehen, die Türen zu öffnen. Ich nehme meine Reisetasche von der Gepäckablage und gehe zur Toilette. Im Spiegel schaut mich eine müde Version von mir an, abgekämpft sehe ich aus und viel älter, als ich eigentlich bin. Nicht unbedingt unvorteilhaft für mein Vorhaben, denke ich und ziehe mich um. Ich tausche Baumwolle gegen Kaschmir, Parka gegen Trenchcoat, Pulli und Jeans gegen einen englischen Dreiteiler und geklebte Sneakers gegen rahmengenähte Ledersohlen. Ich scheitle meine Haare streng mit Pomade und rasiere mich nass. Als Letztes lege ich mir eine Uhr mit großem Ziffernblatt und breitem Armband um das Handgelenk. Von draußen hämmert jemand heftig gegen die verschlossene Tür, »Endstation«, ruft er, »kommen Sie da raus, aber schnell«. Als ich in Anzug und Trenchcoat nach draußen trete, ändert sich der Gesichtsausdruck des Schaffners von zornig zu devot. »Verzeihung«, sagt er, »ich wollte nicht stören.« Die Reinigungskolonne arbeitet sich schon durch die Sitzreihen und klaubt den liegen gelassenen Müll zusammen.

Vasili wartet am Gleiskopf auf mich. »Alles Gute nachträglich, gut siehst du aus«, sagt er, »genau richtig, aber die Frisur steht dir nicht. Wie alt bist du noch mal geworden? Kriegst du Geheimratsecken?«

»Siebenundzwanzig. Aber pass bloß auf«, sage ich, »Weisheit fordert Freiräume, mehr sage ich dazu nicht.« Wir umarmen uns lange und klopfen uns dabei auf die Schultern. »Gut, dich zu sehen«, sage ich, »hat alles geklappt?«

»Klar, was denkst du denn? Ich lass dich doch nicht hier anfahren, um dir den Zoo zu zeigen.«

Wir fahren mit dem Taxi in ein Hotel mit eigenem Wendekreis und Portiers, die Zylinder tragen und am Eingang grüßen. Als ich das erste Mal ein solches Hotel betrat, war ich zwölf, mein Vater Anfang vierzig. Ich mochte den tiefen, weichen Teppich in der Lobby. Allen, den Mitarbeitern und Gästen, muss sofort aufgefallen sein, wie fremd und falsch wir damals in dieser Welt waren. Uns fehlten nicht nur Garderobe und angemessenes Verhalten, uns fehlte vor allem das Selbstbewusstsein, das man braucht, um darüber hinwegzutäuschen.

Wirklich peinlich wurde es beim Essen. Ich legte Messer und Gabel kurz nebeneinander auf meinem noch vollen Teller ab, und innerhalb weniger Sekunden nahm ein Kellner ihn mit. Meine Mutter rief ihn zurück und fragte, wie er auf die Idee käme, einen vollen Teller abzuräumen. Er antwortete, ich hätte signalisiert, dass ich bereits das Speisen beendet hätte. Meine Mutter sagte, er solle den Teller gefälligst wieder zurückstellen. »Wie Madame wünschen«, antwortete er und stellte den Teller wieder vor mir auf den Tisch, dabei sah er mich an, als wäre ich ein Straßenjunge, der ihm gerade vor die Füße gekotzt hatte. Am Ende unseres Aufenthalts war der Rechnung ein Schreiben zugefügt worden, mit dem man uns höflich dazu aufforderte, dieses Hotel kein weiteres Mal als Gäste aufzusuchen. Heute beherrsche ich alle Codes, ich bin mit vielen Welten vertraut, das ist mir aus dieser Zeit geblieben. Ich gebe dem Portier ein großzügiges Trinkgeld.

Vasili arbeitet als Mittelsmann für reiche deutsche Auftraggeber, er verwaltet Schwarzgeldvermögen, tätigt Immobilienkäufe und wickelt andere Geschäfte ab, die er mir gegenüber nur andeutet. Er ermöglicht Dinge, das ist sein Beruf. Wenn ich von ihm verlangen würde, mir einen Handbesen aus den Schnurrhaaren Sibirischer Tiger anfertigen zu lassen, er würde das hinkriegen, auch wenn dafür überhaupt nicht mehr genug Sibirische Tiger existieren, da bin ich sicher. Er organisierte damals im Auftrag meines Vaters den Kauf unserer Liechtensteiner Ferienwohnung und wickelte später ihren Verkauf ab. Er war immer ein loyaler Freund unserer Familie und blieb es auch, als feststand, dass er meinen Vater als Kunden verlieren würde. Er war sofort bereit, mir zu helfen, als ich ihm von meinem Vorhaben erzählte, den Betrüger zu betrügen und mit dem erschlichenen Geld meinem Vater den Neuanfang zu ermöglichen, den er so sehr braucht. Jetzt, wo er mir bereits leicht angetrunken gegenübersitzt, fällt mir zum ersten Mal auf, wie verkniffen seine Gesichtszüge über die Jahre geworden sind. Ich glaube, das kommt vom Lügen. Wir besprechen noch ein letztes Mal unser Vorgehen für morgen und fahren früh zurück ins Hotel.

Wir durchlebten fette Jahre. Das Geld floss, alle konnten es sehen, und alle wollten ein Teil davon sein. Der Doktortitel, gepaart mit der bürgerlichen Herkunft meines Vaters, half dabei, bei Freunden und Freunden von Freunden und anderen Kleinanlegerkreisen Geld einzusammeln, das in das famos lukrative Anlagemodell von Bertrand Madorf floss. Wer hat, dem wird gegeben. Mein Vater verstand sich als großer Heilsbringer und lieh seinen Freunden sogar vermehrt Geld, damit sie sich bei Madorf einkaufen konnten – wovon er wiederum profitierte. Er war ein sehr gut bezahlter Heilsbringer, der Geld an seinen Freunden verdiente. Wenn wir Gäste hatten, führte er sie stolz durch das neu eingerichtete Wohnzimmer und demonstrierte die einzigartige Klangqualität seiner neuen Dolby-Surround-Anlage. Meiner Mutter brachte er teure Handtaschen und Schmuck von seinen Reisen aus Zürich mit. An Geburtstagen und Weihnachten brauchten mein Bruder und ich immer sehr lange, bis wir alle unsere Geschenke ausgepackt hatten. Nach relativ kurzer Zeit besaßen wir alle so viel Zeug, dass wir es nie wirklich benutzen oder gar genießen konnten. Es verschwand nach kurzer Gebrauchsdauer im Keller oder in Schränken. Die Geschenke, die Urlaube, das ständige Essengehen, die Haushälterin, die zwei Mal die Woche kam, und die anlasslosen Käufe von neuen Kleidern oder Haushaltswaren, all das kam uns bald völlig normal vor. Wir merkten nicht, dass das Geld aus uns Getriebene gemacht hatte. Unsere Gier war eine Jagd nach uns selbst, auf der wir unzählige Trophäen sammelten, aber nie das Ziel erreichten. In einer Welt, die uns eigentlich fremd war, blieben wir uns selbst Fremde, bestens ausgestattet und gut geföhnt. Nur meiner Mutter merkte man ab und zu ein Unbehagen an. Zum Beispiel wenn sie nach jeder Bescherung lustig gemeinte Bemerkungen über die Mengen an Geschenkpapier und die Größe unserer Papiertonne machte. Sie, die ihr ganzes Leben für wenig Geld hart gearbeitet hatte, muss der plötzliche Reichtum befremdet haben. Ich glaube, sie nahm dieses Unbehagen billigend in Kauf und erfreute sich daran, ihren Kindern in Ruhe beim Pubertieren zuzusehen und dafür zu sorgen, dass wir frühzeitig aufgeklärt wurden, Vokabeln lernten und unsere Zimmer aufräumten. Es war eine schöne Zeit, wir lebten eng zusammen, aßen jeden Tag gemeinsam zu Mittag, diskutierten und stritten unzählige Stunden am Küchentisch. Mein Vater konnte sich seine Arbeitszeit frei einteilen, und es schien mir, als würde seine Arbeit nur daraus bestehen, zu telefonieren und einmal im Monat nach Zürich zu fahren. Ich war ein geliebtes Kind einer sehr wohlhabenden Familie und handelte mit vierzehn Jahren illegal mit Aktien und Drogen. Alle sind gierig, alle machen mit.

Nachdem wir aus Liechtenstein zurückgekehrt waren, bäumte mein Vater sich auf, er kämpfte und stritt, es gab etwas in ihm, das noch nicht ganz korrumpiert und von Geldscheinen erstickt war und dem der Schock neues Leben eingehaucht hatte: seinen Willen und seine Ausdauer. Er beschwichtigte Kunden, stritt mit seinen Freunden und Partnern und überzeugte Bankangestellte. Er verschaffte sich Zeit und einen gewissen Handlungsspielraum. Das Ausmaß des Betrugs von Bertrand Madorf wuchs jeden Tag. Es gab eine weitere Gruppe aus Österreich, die von Anlegern zu Gläubigern und Enteigneten geworden waren. Insgesamt belief sich das veruntreute Vermögen auf über hundert Millionen Euro. Und weil alle Beteiligten entweder Steuern hinterzogen oder ohne Erlaubnis gewerbsmäßige Bankgeschäfte betrieben hatten, zeigte niemand den Betrüger an, sie wären alle mit ihm verurteilt worden. Dafür bekam Bertrand Madorf häufig wütenden Besuch seiner ehemaligen Partner und Kunden und sicherlich auch einiger wesentlich unangenehmerer Gesprächspartner, die versuchten, ihm so viel Geld abzupressen wie möglich. Am Ende heißt es: Rette sich, wer kann. Mein Vater erzählte, er sei bei einem Termin in Zürich so in Rage geraten, dass er seinem Schweizer Duzfreund die Bürotür zertrümmerte. Aber Bertrand Madorf blieb auch im Angesicht seines eigenen Untergangs der großartige Manipulator und Wahrer seiner eigenen Interessen, der er über Jahre gewesen war. Er beschwichtigte seine Gläubiger immer wieder mit der Ankündigung neuer und kompletter Kapitalrückführungen und verschaffte sich Zeit, indem er allen in regelmäßigen Abständen kleine Brotkrumen ihres eigenen Vermögens vorwarf, die sie bereitwillig aufpickten. Wahrscheinlich glaubte er sogar selbst an seine versprochenen Geschäftserfolge, mit denen er als Erstes seinen eigenen Kopf retten wollte. *Bernie hat gesagt, morgen kommt Geld* wurde zum Haltesatz meines Vaters, mit dem er sich Hoffnung auf eine glimpfliche Zukunft bewahrte, solange es ging.

Meine Eltern wollten, dass mein Bruder und ich so wenig wie möglich vom Verlust unserer wirtschaftlichen Existenz mitbekamen. Trotzdem bemerkte ich sehr deutlich, worum es ging, als ein Immobilienmakler mehrmals die Woche gut gekleidete Ehepaare durch mein Zimmer führte und ihnen die raffinierte Wärmedämmung des Fußbodens erklärte. Ebenso spürbar war für mich die soziale Isolation meiner Eltern. Meine Mutter brach sogar den Kontakt zu ihren Eltern ab. Sie hatten uns finanzielle Hilfe verweigert, obwohl sie genug Rücklagen gehabt hätten. Sie waren der Meinung, meine Mutter solle sich von meinem Vater scheiden lassen. Sie sagten, bevor er sich aufhänge, solle sie lieber gehen. Die Freunde meines Vaters, die er zu seinen Kunden gemacht hatte, beschuldigten ihn jetzt, ein Komplize von Bertrand Madorf zu sein. Oder entzogen ihm ihre Freundschaft, weil sie ihn dafür verantwortlich machten, die Einzugsermächtigungen für die überteuerten Kredite nicht bedienen zu können, mit denen sie ihre Häuser finanziert hatten. Ihre Kinder, mit denen mein Bruder und ich befreundet waren, besuchten mich trotzdem noch. Die Eltern nutzten die Nähe ihrer Kinder zu mir frech aus, wenn es darum ging, in Erfahrung zu bringen, wie weit unser Bankrott bereits vorangeschritten war. So sprang eine Mutter, die ihren Sohn abholte, einfach durch die Haustür und eilte ins Wohnzimmer, um beim Anblick der Anlage zu sagen: »Oh, es ist ja noch alles da.« Als ich meinem Vater davon erzählte, tobte er und verbot, dass der Junge weiterhin zu Besuch kam. Mein Vater fühlte sich schuldig, aber noch konnte er sich nicht selbst bemitleiden, noch musste er sein Leben abwickeln. Es muss ihm vorgekommen sein, als organisierte er seine eigene Beerdigung.

6

Ich kann nicht einschlafen. Ich will aber auch nichts machen, was mir beim Einschlafen hilft. Vor allem will ich nicht trinken, ich brauche morgen einen klaren Kopf. Ich bin nicht aufgeregt, alles ist vorbereitet, Vasili und ich haben jede Eventualität und jede mögliche Reaktion unzählige Male durchgesprochen. Unsere Zahlen sind fehlerfrei, unsere Materialien glaubwürdig, unsere Geschichte ist wasserdicht. Und trotzdem kann ich nicht schlafen. An mir ziehen Szenen meines Lebens vorbei, mit jedem Wimpernschlag eine neue. Ich erinnere, wie mir das erste Mal Shampoo in die Augen lief. Wie ich in einem Urlaub mit dem Katamaran kenterte, mir mein Schienbein am Mast stieß und einen blauen Fleck davontrug, der noch ewig zu sehen war. Wie ich über eine Stunde brauchte, um die ersten zwanzig Seiten Winnetou zu lesen, und mir nicht vorstellen konnte, mich jemals durch ein so dickes Buch zu arbeiten. Und ich denke an meinen kleinen Bruder, der schon als Zehnjähriger lernte, dass es Dinge auf der Welt gibt, die einen überkommen und alles ändern. Es ist, als ob ich in Bildern über etwas nachdenke, ohne darüber nachzudenken.

Als ich das letzte Mal auf die Uhr schaue, ist es halb vier. Der Wecker klingelt um sieben. Mir bleibt keine Zeit zum Duschen, deshalb halte ich den Kopf unter den Wasserhahn und parfümiere mich stark. Ich ziehe die Sachen von gestern an. Heute wird mir beim Blick in den Spiegel mulmig. Geheimratsecken, ich sehe keine Geheimratsecken, ich sehe jemanden, der auf einmal große Angst hat und dem dieses Gefühl bisher fremd war. Es ist nicht die Angst vor einem bellenden Hund, vor einer greifbaren Bedrohung oder dem Scheitern unseres Betrugsversuchs. Es ist diese Angst, mit der man langsam vollläuft, wenn man nicht weiß, ob das, was man getan hat, je wiedergutzumachen ist. Ich habe Angst davor, dass ich mich nicht besser fühle, wenn Vasili und ich Erfolg gehabt haben werden. Dass die Aussöhnung mit der Vergangenheit, mit meinem Vater, mit mir, unmöglich ist. Beim Zähneputzen wird mir vom Geruch meines eigenen Parfüms schlecht. Mir läuft süßer Speichel im Mund zusammen und vermischt sich mit der Zahnpasta. Ich spucke aus und bemerke, dass mein Zahnfleisch blutet. Beim Frühstück bekomme ich nichts runter. Vasili schaut mich besorgt an, sagt aber nichts. Er fragt mich nur, ob ich alle Unterlagen eingepackt habe. Ich nicke. Wir lassen uns ein Taxi rufen.

7

Es dauerte ein Jahr. Ein Jahr dauert es, ein Leben abzuwickeln und irgendwo ein neues zu beginnen. Unser Haus war verkauft, die Ferienwohnung war verkauft, alle Reserven aufgebraucht. Rückzahlpläne und Schuldverzichtserklärungen waren unterschrieben. Unser ganzes Familienvermögen, Seil- und Freundschaften hatten sich aufgelöst, und Bertrand Madorf war in seiner Heimat immer noch ein freier und geschätzter Mann. Mein Vater telefonierte wöchentlich mit ihm und ließ sich jedes Mal einen neuen Termin für die große Kapitalrückzahlung versprechen. Wir zogen um. Weg von den Gläubigern und Schuldzuweisungen, aber natürlich linderte das unsere Probleme nicht. Wir mieteten eine Doppelhaushälfte in einer Neubausiedlung am Stadtrand. Eines jener Häuser, in denen sich neben dem Hauseingang direkt das Gäste-WC befindet. Wohnen/Essen, Kinder, Schlafen. Das Familienglück war in klare Bereiche vorgedacht worden. Jeder erhielt seine fünfzehn Quadratmeter. Nicht wenig eigentlich, und doch war die Beklemmung, die dieses Haus auslöste, groß. Was wir hatten, zeigte nur, was wir nicht mehr hatten.

Einen Tag nach unserem Umzug lag eine Postkarte von Mareike im Briefkasten. Sie zeigte eine Skylineaufnahme unseres alten Wohnortes und war unterschrieben mit: *Ich lieb dich.* Eine Postkarte. Das war, was mir von meinem alten Leben geblieben war, ein Andenken wie an einen Urlaub. Ich besuchte sie bald darauf und versprach ihr, sofort zurückzuziehen, sobald ich volljährig sein würde. Daran, wie ich dieses Versprechen aussprach, und daran, wie sie mich dabei ansah, merkte ich, dass wir beide nicht daran glaubten. Danach telefonierten wir noch ein paar Mal. Unsere Gespräche bestanden nur aus Beteuerungen und Verheißungen, die sich um eine gemeinsame Zukunft drehten. In der Gegenwart verband uns nichts mehr. Die räumliche Trennung eliminierte alles Materielle im Zwischenmenschlichen, und daraus hatte unsere Beziehung bestanden. Die Frequenz unserer Telefonate ebbte schnell ab. Irgendwann nahm ich den Hörer in die Hand, tippte ihre Nummer und hatte mehr Lust, ihr Blumen zu schicken, als mit ihr zu reden. Ich legte auf, bevor sie abnahm, und als hätte sie mein Gefühl statt meines Anrufes empfangen, rief sie auch nie mehr zurück.

Ich holte meine Kuscheltiere zurück in mein Bett. Ich umschlang sie nachts fest und wünschte mir, sie wären Mareike. Ich weinte viel. Ich wurde sehr ruhig. Ich hatte irgendwann angefangen, die Drogen, die ich vorher nur verkauft hatte, selbst zu nehmen. Ich schaltete mich ab, ich wollte und konnte nicht ertragen, was um mich herum passierte, und kiffte täglich direkt nach der Schule. Als mein persönlicher Vorrat verbraucht war, fand ich schnell andere Bezugsquellen an unserem neuen Wohnort. Den Blick dafür, zu wissen, wen man ansprechen muss, kann man nicht verlieren. Nur war ich jetzt derjenige, der schlechte Kurse für quarzsandiges Gras bekam. Jeder bezahlte Euro war eine Demütigung. Ich fand alles verkehrt, nichts und niemand gefiel mir. Ich suchte keine Freunde an der neuen Schule. Ich blieb allein und wollte auch nichts anderes. Meine Noten wurden schlechter. Meine Klassenlehrerin riet meinem Vater beim Elternsprechtag, ich solle einen Tanzkurs besuchen, um ein Mädchen kennenlernen zu können. Wir lachten zusammen, als mein Vater mir davon erzählte. Und das war das einzig Gute daran, denn gemeinsam lachen, das war selten geworden bei uns.

Mein kleines Vermögen, das ich aus dem geklauten Geld meines Vaters gemacht hatte, löste ich aus seinen Depots und begann, Online-Poker zu spielen. Mir war egal, was mit dem Geld passierte, heute glaube ich, ich wollte alles verspielen, aber das tat ich nicht, ich verdiente noch mehr. Nach dem Abitur besaß ich eine hohe fünfstellige Summe. Ich erzählte niemandem davon.

Mein Vater hatte sein altes Leben erfolgreich beerdigt. In dem entstandenen Vakuum tat er sich selbst leid. Er wurde sehr reizbar und verlor seine Haare. Er stand erst auf, wenn mein Bruder und ich aus der Schule kamen. Das Geräusch der zufallenden Haustür und seiner Kinder im Flur schien sein Signal zu sein, nachdem er wahrscheinlich schon mehrere Stunden wach im Bett gelegen hatte. Jedenfalls hörten wir immer, wie er duschte, kurz nachdem wir nach Hause gekommen waren und uns in der Küche etwas zu essen machten. Dann kam er mit nassen Haaren die Treppe herunter und setzte sich zu uns. Er fragte uns, wie es in der Schule gewesen war, erkundigte sich nach unseren Mitschülern, er versuchte, so etwas wie Normalität entstehen zu lassen, mehr für sich selbst als für uns. Ich verstand, was los war. Ich weiß nicht, wie es meinem kleinen Bruder damit ging, wir sprachen nie darüber, und er beklagte sich auch nie. Ich empfand diese Gespräche mit meinem Vater immer als große Farce. Ich aß auf, ging in mein Zimmer, kiffte und spielte Online-Poker. Meine Mutter arbeitete wieder als Anwaltsgehilfin und am Wochenende zusätzlich in einem Restaurant. Sie hielt die ganze Familie am Leben, lebte dabei aber an ihr vorbei. Sie ging früh ins Bett, während mein Vater bis spät in die Nacht Filme schaute oder Musik hörte, auf seiner Anlage, die er nie verkauft hatte, er trank Wein dabei, und das war das Einzige, was ihm geblieben war.

Das Geld reichte nicht. Mein Vater musste immer wieder Gläubiger außerhalb der getroffenen Vereinbarungen bedienen. Jedes Mal, wenn einer von ihnen Geld brauchte, kam er zu meinem Vater und drohte damit, ein Verfahren gegen ihn zu eröffnen, wenn er nicht zahlte. Dann flog er mit dem Geld, für das meine Mutter gearbeitet hatte, über Weihnachten auf die Philippinen. Ich hätte mit meinen Gewinnen aus dem Online-Poker aushelfen können, ich hätte neue Winterreifen kaufen oder eine Tilgungsrate übernehmen können, aber ich verachtete meinen Vater so sehr dafür, wie er sich mittlerweile seiner Niederlage hingab und dabei meine Mutter alleine ließ, dass ich schwieg und spielte. Eineinhalb Jahre nach unserem Umzug meldete mein Vater Privatinsolvenz an und ließ sich in eine psychiatrische Klinik einweisen.

8

Das Taxi gleitet ruhig über die Straße, jede Erschütterung wird abgefangen. Ich komme mir vor, als säße ich in einem bereits abgefeuerten Torpedo, bei dessen Einschlag alles explodiert. Alles. Vasili knetet unentwegt seine Finger und schlägt sich mit der Faust in die flache Hand. Um mich abzulenken, versuche ich an einen Erfolg zu denken. »Ey, Vasili«, sage ich, »hast du dir eigentlich schon mal vorgestellt, wie er auf die Nummer reinfällt? Wie läuft das denn dann, steht er auf, gibt mir die Hand und sagt: *Ich werde die Transaktion sofort veranlassen?* Und was machen wir dann, wo gehen wir heute feiern?«

»Entspann dich, du wirst es merken, wenn die Sache gelaufen ist«, sagt Vasili. »Und für heute Abend habe ich natürlich was vorbereitet, wir müssen schließlich auch noch deinen Geburtstag nachfeiern«, sagt er.

Das Taxi hält an. Vasili zahlt, ich nehme die Aktentasche mit den gefälschten Unterlagen und steige aus. Ich bin da, denke ich. Hier ist mein Vater über mehrere Jahre monatlich aus dem Taxi gestiegen, er hat an diesem Haus hinaufgeschaut, er hat geklingelt, er hat Madorf die Hand gegeben. Er hat in diesem Haus eine Bürotür zertrümmert. Ich sehe das Firmenschild. *Bertrand Madorf Treuhand AG.* Dieser Mann, den ich nie zu Gesicht bekommen, der in meinem Leben eher die Existenz eines alles bestimmenden, aber abwesenden Dämons geführt hatte, es gab ihn tatsächlich. Und beim Anblick dieses Schildes ist es, als würde ich auf meinen eigenen Ursprung zurückgeworfen, auf den Moment, der bestimmte, was ich so viele Jahre lang war und was ich mit dieser Reise abstreifen wollte. Ich sehe mich wieder den ersten Geldschein aus dem Portemonnaie meines Vaters ziehen, ich kann die Macht spüren, die mir die Berührung des griffigen Papiers durch den Körper laufen ließ. Ich kann spüren, was mich dazu brachte, den Geldschein in meine Hosentasche gleiten zu lassen. Ich habe das Gefühl, als ob ich auf merkwürdige Weise hinter mir stehe – dass nur mein Körper vor diesem Haus steht, ich selbst aber nicht, und auf einmal weiß ich, was ich zu tun habe.

»Vasili, ich kann da nicht reingehen«, sage ich. Ich drehe mich um und gehe los.

»Hey, was ist denn jetzt los, warte doch mal«, sagt Vasili. Ich höre, wie er mir nachkommt. Ich gehe schneller. Ich laufe. Ich höre Vasili rufen. Ich renne. Ich renne mit der Aktentasche durch die Stadt, ich remple Leute an, überquere ohne nach links und rechts zu schauen die

Straße. Autos hupen, Fußgänger fluchen. Vasili habe ich abgehängt. Ich bekomme kaum Luft, Hemdkragen und Krawatte schließen sich wie eine Schlinge um meinen Hals, meine Weste schnürt mir die Brust ein. Ich atme schwer, meine Beine brennen, meine Hüfte sticht. Ich sehe, wie sich meine Füße abwechselnd und schnell vorwärts bewegen. Ich fühle mich unglaublich lebendig. Ich renne weiter, ziehe mein Jackett aus und lasse es auf den Gehweg fallen. Ich knöpfe meine Weste auf und lasse auch die fallen. Ich lockere den Krawattenknoten und öffne die oberen Hemdknöpfe. Die Krawatte schlägt mir ins Gesicht, ich werfe sie mir hinter die Schulter. Heftig atmend und schwitzend erreiche ich den See.

Auf einem Steg ziehe ich mich bis auf die Unterhose aus, nehme die Aktentasche in die Hand und springe ins Wasser. Ich tauche ein paar Züge weit, die Tasche zieht mich nach unten. Ich tauche auf, öffne die Tasche und leere sie aus. Ich schwimme inmitten all dieser Blätter, auf denen Zahlen und Grafiken von nicht existierenden Wirtschaftsvorgängen abgebildet sind, einige kleben mir an den Armen, die meisten treiben langsam auseinander. Ich drehe mich auf den Rücken, blicke in den klaren Himmel, meine Kopfhaut kribbelt, ich atme durch. Ohne an etwas Bestimmtes zu denken, erfüllt mich das Bewusstsein, dass es mich gibt, hier, jetzt, in Unterhose im See, dass ich hier und jetzt der bin, der ich bin. Dann hole ich Luft, tauche unter den Blättern hinweg und schwimme auf den See hinaus. Hinter mir löst sich alles auf.

Im Dachgeschoss

»Also, woanders zu leben,
das kann ich mir gar nicht mehr vorstellen.«
Julian

Die feuchte Blumenerde, in der die Wurzeln toter Topfpflanzen faulten, verströmte einen modrigen Geruch.
Kartons, Fahrräder und Kinderwagen verstellten den
Weg durch den Flureingang. Abgetretenes Linoleum und
zahngelbe Wände. Ich lief schnell nach oben, trotz Koffer
und Reisetasche. Vom Treppengeländer barst der Lack,
war an manchen Stellen großflächig abgeplatzt, die Splitter verstaubten auf den Treppenstufen. Hinter einer Wohnungstür im zweiten Stock schrien sich zwei Männer an.
Dann, im dritten Stock, meine Oberschenkel brannten
schon leicht, betrat ich scheinbar ein anderes Haus. Die
Stufen und das Treppengeländer waren abgeschliffen und
anschließend neu versiegelt worden. Es roch nach frischer
Farbe. Alles glänzte sauber und freundlich und neu. Die
Deckenbeleuchtung funktionierte. Die Fenster waren ge-
putzt. Auf der letzten Treppe zum Dachgeschoss nahm
ich zwei Stufen auf einmal, ich war ganz außer Atem, vor
Anstrengung und Freude. Lorenz stand vor seiner Wohnungstür und grinste. Ich hatte ihn über zwei Jahre nicht
gesehen und nur sehr wenig mit ihm gesprochen. Ich besuchte ihn zum ersten Mal hier. In seiner neuen Wohnung.
Wir umarmten uns, klopften uns auf die Schulter, pack-

ten uns am Nacken, rissen ein bisschen aneinander rum. Alles ein bisschen zu betont männlich. Lorenz' Körper fühlte sich straffer und härter an, als ich ihn in Erinnerung hatte. Wir nannten uns bei alten Spitznamen, die entstanden waren, als wir noch gemeinsam zur Schule gingen. Dann sagte Lorenz: »Komm rein, die anderen sind noch nicht da.«

»Welche anderen?«

»Ich habe Julian und Maren und Thomas und Sandra zum Brunchen eingeladen. Machen wir öfters in letzter Zeit. Ist fast die einzige Möglichkeit, Maren und Julian vor die Tür zu kriegen. Sie haben eine Babykatze und lassen die kaum alleine. Und wenn Fremde bei ihnen sind, pinkelt sie immer neben das Katzenklo.«

»Aha.« Ich zog die Augenbrauen hoch und die Mundwinkel nach unten. »Kenn ich die?«

»Ich glaube nicht«, sagte Lorenz. »Ich habe alle vier während der Wohnungssuche kennengelernt. Wir sind uns gefühlt ständig in fremden Schlaf- und Kinderzimmern über den Weg gelaufen und irgendwann sind wir danach mal zusammen in ein Café. Aber komm jetzt, stell deine Sachen ab, ich zeig dir erst mal die Wohnung.«

Er führte mich durch einen Drei-Zimmer-Traum mit Dachterrasse, sehr groß, sehr hell und sehr schön. Die Wohnung lag inmitten eines urbanen Wunderviertels, das sich vor allem durch ein kulturelles und kulinarisches Überangebot auszeichnete. In den umliegenden Straßen kreuzten sich alle sozialen Schichten und Lebensentwürfe, die in unserem Land zu finden sind. Lorenz titschte von Raum zu Raum, wie ein Flummi, von smartem Einrichtungsgegenstand zu Erklärungen über den Grundriss. Seine Euphorie war schön und ansteckend, ich hatte ihn so noch nie erlebt. Die Fenster reichten in jedem Zimmer bis zum Boden. In allen Wohnräumen lag honigfarbener Dielenboden. Das Wohnungszentrum bildete ein L-förmiger Raum mit offener Küche, allein bestimmt achtzig Quadratmeter groß. Von ihm gingen ein Schlaf- und ein Arbeitszimmer ab. Ich erkannte kein einziges Möbelstück wieder. Lorenz hatte sich komplett neu eingerichtet. Dem Farbton nach waren Bett und Esstisch aus Kirschholz. Und wie alles in dieser Wohnung sahen auch die Massivholz-Möbel leicht und elegant aus. Die Farbe der sechs Freischwingerstühle, die um den Esstisch herumstanden, war perfekt auf die Linoleumoberfläche eines Servierwagens und die gedeckten Glasuntersetzer abgestimmt. Ich sagte nicht viel, ich war zu überrascht davon, mit wie viel detailverliebter Überlegung mein Freund diese Wohnung ausgestattet hatte. Und obwohl ich keine Sehnsucht danach hatte, selber so zu leben, war ich ein bisschen neidisch. Ich fragte: »Wer hat denn vorher hier gewohnt?«

»Das waren vorher zwei Wohnungen«, sagte Lorenz. »In der einen wohnte eine junge alleinerziehende Mutter. Schauspielerin, glaube ich. Und in der anderen ein Rentner.«

Früher, zu Unizeiten, waren drei Teelichter auf der Fensterbank das Einzige, womit Lorenz versucht hatte, so etwas wie Behaglichkeit in seinem WG-Zimmer herzustellen. Und meistens standen diese Teelichter unbenutzt als Staubfänger herum; ausgebrannt waren sie nur nach Nächten, in denen er Besuch gehabt hatte. Ich war verwirrt. Ich wollte mich für Lorenz freuen, aber etwas hinderte mich daran: Diese komische Mischung aus Erstaunen, Neid und der diffusen Befürchtung, mein guter Freund Lorenz könnte nicht mehr derjenige sein, den ich kannte und so gerne mochte, ließ mich die meiste Zeit einfach abnicken, was er erzählte. Vereinzelt zwang ich mich zu leisen Lauten der Anerkennung, während Lorenz mir aufgedreht Einzelheiten über Trittschalldämmung und Alarmanlage erläuterte. Ich registrierte: An der Schlafzimmerdecke hing ein Beamer. Der Herd hatte eine Kindersicherung. Ein schlanker Holzofen versprach warme Wangen im Winter. Und auf der Dachterrasse konnte eine ganze Handballmannschaft eine Grillparty mit Parkblick feiern. »Sonne bis fünf Uhr nachmittags«, sagte Lorenz, als wir nach draußen traten.

»Wow!«, sagte ich, schon etwas gezwungen, und schaute über das Geländer. Im gegenüberliegenden Park saß eine Großfamilie vor zwei Gaskochern auf großen Teppichen auf dem Boden. Die Männer in weiten geraden Hosen und die Frauen mit bunten Tüchern auf dem Kopf. Es dampfte aus zwei Töpfen, und jemand stand davor und teilte volle Teller aus. Kinder liefen herum, sie jagten mit einem Hund über die Wiese, ich konnte ihre hellen Stimmen hören. Lorenz drehte die Handflächen nach oben, zog Schultern und eine Augenbraue hoch. Er schürzte die Lippen. Dann sagte er: »Ziemlich gut, oder?« Aber seine Augen strahlten nicht das Selbstbewusstsein aus, das für die fertige Pose nötig gewesen wäre, sondern Scham und Unsicherheit. Trotzdem kommentierte er großspurig die Aussicht und malte sich aus, auf der Dachterrasse Hanf anzubauen, um dann den Dealern im Park Konkurrenz zu machen. »Mein Gras wäre natürlich das beste, alle würden zu mir kommen: Lorenz Greensun«, sagte er. »Der Park als Drogenmarkt wäre blitzschnell passé, das bessere Produkt siegt immer!«

Während Lorenz an der Tür darauf wartete, dass seine Gäste nach oben kamen, setzte ich mich auf eine schmale Chaiselongue im Flur, die offenbar nur dem Zweck diente, sich auf ihr die Schuhe zu binden, und musterte ihn. Er war ein bisschen älter geworden, klar, aber die flachen Falten um Augen und Mund schärften seine Gesichtszüge nur. Man konnte sehen, dass Lorenz sich in der Lebensphase eines Mannes befand, in der Älterwerden in vielen Fällen mit sozialem Aufstieg und Besitzmehrung einhergeht, allmählicher körperlicher Verfall aber noch keine bestimmende Rolle spielt. Er war ein schöner Mann. Seine dunkelbraunen Haare, wellig und voll, fielen – wie von einem zufälligen Wind geformt – seitlich nach hinten aus seinem Gesicht. Diese Frisur war neu für mich und sah auf raffinierte Weise ungewollt aus. Es wünschen sich bestimmt viele Frauen bei Lorenz' Anblick, seine Haare berühren zu dürfen. Mir fiel der Fön mit Aufsatz wieder ein, den ich vorhin beim Wohnungsrundgang im Bad gesehen hatte, und ich musste schmunzeln.

Ich saß, er stand schräg vor mir, wir schwiegen. Die Zeit, die die Neuankömmlinge in den fünften Stock brauchten, zog sich, und unser Schweigen fühlte sich an wie die unangenehme Anwesenheit eines Unsichtbaren.

Ich fragte: »Sind das jetzt eigentlich zwei Paare, die da kommen?«

»Ja«, sagte Lorenz. »Thomas und Sandra sind ein Paar, und Julian und Maren sind ein Paar.«

Und an seinem Tonfall merkte ich, dass er auch wusste, dass ich die Antwort auf meine Frage schon kannte, bevor ich sie gestellt hatte. Er sprach in den Hausflur, ich sah ihn nur von der Seite.

Maren und Julian, Sandra und Thomas kamen gemeinsam. Auch sie waren außer Atem, als sie die Wohnung betraten. Julian fragte, wann denn endlich der Fahrstuhl ins Treppenhaus eingebaut werden würde. Und Lorenz antwortete, dass die Hausverwaltung die Umbaumaßnahme bereits angekündigt hätte, ihr Beginn sich aus irgendwelchen Gründen aber noch verzögere. Und als er das sagte, während er Maren und Thomas je eine mit Alufolie abgedeckte Schüssel und Platte abnahm, bemerkte ich wieder den Ausdruck in seinen Augen, der mir vorhin schon auf der Terrasse aufgefallen war. Er stellte mich als seinen alten Schulfreund Fabian vor und erzählte, dass ich derjenige sei, mit dem er den Mathematikgrundkurs in der Oberstufe überlebt hatte, gegeneinander Tetris spielend, auf umprogrammierten Grafik-Taschenrechnern. »So, so«, sagte Julian, »schlecht in Mathe, aber Taschenrechner umprogrammieren können.« Er grinste.

»Nein«, sagte ich. »Schlecht in Mathe, aber mit den Leuten befreundet, die Taschenrechner umprogrammieren konnten.«

Eigentlich hätte ich sagen müssen, dass Lorenz mit den Leuten befreundet war, die Taschenrechner umprogrammieren konnten. Ich gewann im Tetris gegen ihn, aber ohne Lorenz hätte ich nicht Tetris spielen können, und so verhielt sich früher vieles in unserer Freundschaft. Als wir noch Kinder waren, nahmen Lorenz' Eltern mich oft mit in ihr Ferienhaus auf der Île de Ré und bezahlten alles für mich. Das wenige Taschengeld, das mir meine Eltern mitgegeben hatten, musste ich nie anrühren, und ich glaube, die Eltern von Lorenz wären beleidigt gewesen, hätte ich es getan. Als wir älter waren und alleine in das Ferienhaus fuhren, war ich derjenige, der aus dem Reiseführer wusste, dass Austern umso frischer sind, je mehr sie zucken, wenn man sie mit Zitronensaft beträufelt, und Lorenz war derjenige, der die Austern bezahlte. Und als wir noch älter waren und gemeinsam studierten, bekam ich BAföG und ging kellnern, während Lorenz unbezahlte Praktika absolvierte. Wenn ich am Monatsende pleite war, zahlte er unsere Einkäufe und meine Drinks im Club. Ich las jedes Semester seine Hausarbeiten Korrektur. Ich handelte mit unserem Vermieter einen Mietnachlass aus, als unser Bad renoviert wurde und wir bei den Nachbarn duschen mussten, und Lorenz bezahlte die Fliesen, für die der Vermieter zu geizig war. Wir waren ein unschlagbares Team und teilten miteinander, was wir teilen konnten.

Ich stand auf und gab allen die Hand. Thomas sagte: »Freut mich.« Etwas zu nett, etwas zu weich, aufdringlich dabei. Maren und Sandra musterten mich von Kopf bis Fuß und bekamen die Zähne nicht auseinander. Erst als sie den großen L-förmigen Raum betraten, sagte Sandra: »Wunderbar. Es ist so schön geworden, Lorenz. Ich kann gar nicht anders, ich werde das immer wieder sagen, wenn ich hier reinkomme: Ganz ehrlich, ein Traum!« Und Maren fügte hinzu: »Lorenz ist halt einfach ein optischer Typ.«

Thomas trat vor ein Fenster und sagte: »Und zum Feierabend schön mit Weinglas in der Hand auf diesen verkommenen Park runtergucken. Das ist echt cool!«

Wir saßen zu fünft am Esstisch. Lorenz stand an der Küchenzeile, schnitt den mitgebrachten Hefezopf in Scheiben und steckte Salatbesteck in die Schüssel, die Maren ihm überreicht hatte. »Hat Sandra heute Morgen noch gebacken«, bemerkte Thomas und klang, als hielte er dabei einen Zeigefinger nach oben.

Sandra fragte, ob wir noch bei irgendwas helfen könnten, und es kam eine wuselige Geschäftigkeit in Gang. Alle standen auf; Saft wurde in Karaffen gefüllt, Löffelchen in von Hand etikettierte Marmeladengläser gesteckt; Butter brutzelte in einer Pfanne auf. Lorenz gab ständig Auskunft über den Aufbewahrungsort verschiedener Küchengerätschaften; Sandra stieß sich den Kopf an der offen stehenden Tür eines Hängeschrankes; Thomas fragte für sie nach einem Kühlpad; und alles übertönte das Brummen der laufenden Espressomaschine, das Zischen der Dampfdüse und das Blubbern der aufschäumenden Milch. Ich saß am Tisch und hackte Zwiebeln für einen Salat. Lorenz hatte mich darum gebeten, und ich freute mich darüber, mit brennenden Augen. Seine Abscheu gegen nach Zwiebeln stinkende Hände war immerhin etwas, das ich – neben seinem guten Aussehen – an meinem Freund wiedererkannte.

Lorenz hatte geerbt. Und sein lieber Vater, genauer gesagt das, was er an ihm immer verachtet hatte, sein biederes Beamtendasein, ein ganzes Leben auf Nummer sicher, bescherte ihm jetzt die beruhigende Gewissheit, dass mietfreies Wohnen zu seinem restlichen Leben gehören würde wie ein altgewohnter Geschmack. Ich weiß noch, wie er mir sagte, die Verlesung des Testaments hätte sich trotz der Trauer so angefühlt, als übergieße ihn jemand mit warmem Gold.

Es war ein festlicher Brunch. Lorenz hatte vier verschiedene Wurstsorten sorgfältig neben Tomatenscheiben und Petersilienröschen auf Servierplatten drapiert; Käse lag am Stück oder in Scheiben neben Gurkenrädchen und Birnenschnitzen. Nichts fehlte, außer einem zweiten Stück Butter. Die Auswahl war so groß und köstlich, dass jeder von allem probieren wollte. Das Tischgespräch erschöpfte sich in banalen Anreichbitten. Lorenz und seine Freunde kannten die Namen der Käsesorten und Fleischspezialitäten. Ich sagte: »Kann ich bitte die Wurst haben?«, wenn ich etwas wollte, und Thomas fragte mich, ob ich Pastrami oder Roastbeef meine. Ich zeigte mit dem Finger drauf. »Die da«, sagte ich. Die Fleischplatte zirkulierte nur zwischen den Männern. Unbewegt blieb an diesem Mittag nur der Rettich. Erst jetzt, ich wurde weitestgehend ignoriert und nahm kaum am sonstigen Tischgespräch teil, schaute ich mir Lorenz' neue Freunde genauer an. Thomas und Julian hatten freigeschnittene Ohren, Sandra und Maren trugen einen Pferdeschwanz. Sie hatten reine Haut. Auffällig an ihnen war nur, dass scheinbar nichts an ihnen auffällig war. Ihre Kleidung erschien nachlässig kombiniert, war vermutlich aber ganz bewusst so arrangiert, dass sie subtil den Wohlstand ihrer Träger zum Ausdruck brachte. Erkennbar teuer waren nur ihre iPhones, die sie ausnahmslos alle vor sich auf dem Tisch liegen hatten. Und das Brillengestell von Sandra. Sie sahen alle vier unprätentiös vornehm aus. Hätte ich einen Slogan für ihr Erscheinungsbild texten müssen, er würde lauten: Es reicht nicht, Geld zu haben, man muss auch wissen, wofür man es nicht ausgibt. So frisch ich mich heute Morgen beim Blick in den Spiegel noch gefühlt hatte, so schlecht fühlte ich mich jetzt in meinen verwaschenen Jeans.

Sandra erzählte Maren von einem Mosel-Weingut, bei dem sie sich vor kurzem Riesling bestellt hatte. »Tolle Mineralität!«, sagte sie. »Liegt an diesen Schieferverwitterungsböden, die sie da haben.« Maren schaute aufmerksam und biss in ihr Brot, das so schön belegt war, dass ich etwas verschämt auf mein Brötchen blickte, von dem gerade die Marmelade troff. Alle waren sehr nett zu mir, zwar interessierte sich auch niemand groß für mich und ich konnte kein Wissen über den besten Käsestand auf dem nächstgelegenen Wochenmarkt beisteuern, aber von Maren und Julian, Thomas und Sandra ging keine Missgunst aus, keine herablassende Bemerkung, nicht mal ein schiefer Blick. Sie waren freundliche Gäste und Lorenz war ein guter Gastgeber. Er hatte immer im Blick, welche Karaffe, welches Glas und welche Tasse fast leer waren, versorgte alle ständig mit Nachschub und schnitt spätestens dann frisches Brot, wenn in einem der beiden Körbe nur noch zwei Scheiben lagen.

Und er war der Einzige, dem meine Anwesenheit unangenehm war: Er wies mich zurecht, korrigierte mich, er rollte mit den Augen, seit seine Freunde da waren, es war egal, was ich sagte. Als ich mich darüber amüsierte, dass

Bündnerfleisch, eine Wurst, eine eingetragene Marke des Kantons Graubünden ist, sagte er: »Die Wertschätzung von festgelegten Qualitätsstandards erfordert eben auch eine gewisse Qualität des Genusssinns.« Julian schaute auf seinen Teller. Thomas fragte: »Wo kommst du nochmal her, Fabian?«

»Bochum.«

»Ach, das Ruhrgebiet, das hat so einen eigenen Charme«, sagte Maren und schob sich ihren Zopf hinter die Schulter. Es war kurz sehr ruhig im Raum.

Wir hörten allmählich auf zu essen. Sandra saß vor ihrem nur halb leer gegessenen Teller und sagte, dass sie schon total satt sei, obwohl sie vorhin so großen Hunger gehabt hatte. Ich beteiligte mich nicht mehr, ich war alleine unter Fremden, und einer dieser Fremden war mein Freund. Lorenz, der neuerdings sehr viel über seinen Biogastarif mitzuteilen wusste.

Anhand dieses Themas erfuhr ich allerdings, dass sich Maren und Julian, Sandra und Thomas vor kurzem, genau wie Lorenz, Wohneigentum hier in der Nähe gekauft hatten. Jetzt tauschten sie sich über Umbaumaßnahmen aus, über schlampige Handwerker, die laut Sandra jede Wohnung so hinterließen, dass man sofort wieder die Putzfrau anrufen könne. Sie erinnerten sich an gemeinsame Besichtigungstermine in Wohnungen, die noch bewohnt waren, aber bereits zum Kauf angeboten wurden. Jeder eine Anekdote. Jeder eine Schauergeschichte. Lachen erwünscht. Und dann sagte Julian: »Alkis vorm Supermarkt, Rentner, die jeden Morgen zum Späti schlurfen, in Jogginghose, immer die Kippe in der Hand, dazu Punker mit verblassten Tattoos, Jungs mit der Hose in den Socken, arabische Familien mit sechs, sieben Kindern. Und Kampfhunde. Und wir. Dieses Bild, das sich ergibt, diese Gegensätze, die finde ich hier total erfrischend. Ich mag das nicht, wenn alle gleich aussehen. Hier ist man mittendrin, das wahre Leben, direkt vor der Tür, du brauchst nur aus dem Fenster gucken. Hier bei Lorenz auch, das ist super. Da unten auf der Parkwiese, da sitzen doch jetzt wieder die Roma und kochen. Wahnsinn. Und wir sitzen hier vor unserer Rehpastete. Überlegt mal. Dass das geht, das lässt mich total an die Menschheit glauben. Also, woanders zu leben, das kann ich mir gar nicht mehr vorstellen.«

»Das Leben der einen ist die Romantik der anderen«, sagte ich. Es war mehr ein Reflex als ein überlegter Einwurf.

»Schön, dass du so weise ins Gespräch zurückfindest«, sagte Lorenz. Maren durchschaute die Situation, und wie um eine brennende Zündschnur abzutrennen, fragte sie: »Wer mag denn noch was von dem Hefezopf?« Thomas und Julian unterhielten sich weiter und taten so, als hätten sie sie nicht gehört.

Später zeigten wir uns gegenseitig lustige Tiervideos und Ausschnitte einer amerikanischen Late-Night-Show auf YouTube. Ich glaube, Lorenz lachte an diesem Mittag das erste und einzige Mal mit mir zusammen, als er in einem Video sah, wie eine Schildkröte einer Katze immer wieder gegen das Hinterteil lief. Die Katze erschrak und zuckte zusammen. Sie setzte zum Gegenangriff an, aber die Schildkröte verkroch sich scheinbar ganz entspannt in ihren Panzer. Die Katze verstand schnell, dass sie sich ihre

Krallen an dem Panzer nur stumpf kratzen würde, und rollte sich wieder ruhig in einer warmen Ecke zusammen, um sich die Pfoten zu lecken. Und in diesem Moment steckte die Schildkröte Kopf und Beine wieder aus ihrem Panzer, näherte sich dem Hinterteil der Katze und setzte ihre Rammbockattacke munter fort.

Sandra und Thomas nahmen den Rest des angeschnittenen Hefezopfes wieder mit, als sie gingen. Nachdem sie weg waren, hatte ich das Bedürfnis, zu lüften und die Möbel in Lorenz' Wohnung umzustellen. Ich wünschte mir, ich hätte am Nachmittag noch eine Verabredung, um ein bisschen Abstand zu Lorenz und diesem Mittag zu gewinnen, und dieser Gedanke machte mich traurig. Lorenz sagte: »Sind sie nicht alle toll? Maren ist so ein besonderer Mensch. Und Thomas, wenn der mal aufdreht … mit dem kann man richtig gut feiern.«

»Freut mich, dass du nette Leute gefunden hast«, sagte ich.

Am Abend war vieles wie früher: Wir begannen zu trinken und spielten *FIFA* auf der PlayStation. Unsere Kommunikation beschränkte sich auf knappe Grunzlaute und Steno-Sätze, oberflächlich und banal. Sie kommentierte nur das Spielgeschehen. Zwischendurch sah ich Lorenz an und wusste, dass ich bis heute für ihn, falls nötig, mit dem Taxi nach Belgrad gefahren wäre, ohne Fragen zu stellen. Und ich wusste, dass er das Gleiche für mich getan hätte. Nur kam mir heute das erste Mal der Gedanke, Lorenz könnte in diesem Fall von mir verlangen, ihm das Geld für die Fahrt zurückzuzahlen. Unser letztes Spiel ging unentschieden aus.

Irgendwann waren wir betrunken genug, die Refrains von alten Grunge-Klassikern mitzusingen und Haare zu schütteln, die wir gar nicht hatten. Ab und zu begann einer von uns einen Satz mit: »Weißt du noch ...« Dann stand Lorenz auf, ruckartig, sein Stuhl rutschte dabei auf seinen Filzgleitern ein gutes Stück zurück, und dieses Wischgeräusch, das Filz auf Dielenboden macht, hörte sich an, als hätte jemand auf einem leeren Blatt Papier etwas mit einem Textmarker neonfarben angestrichen. Lorenz ging zu dem Sideboard, auf dem seine Ginsammlung stand, und mixte sich einen neuen Drink, er schwankte leicht. Ich sah ihn an, sah den Lorenz, den ich kannte, dessen besondere Anziehungskraft weder seiner Schönheit noch seiner Frisur entsprang, sondern daraus, dass er aus seiner Aufmachung heraustrat, dass sie an ihm überhaupt nicht sichtbar war. Sichtbar war nur er, Lorenz, schlicht, smart und sportlich. Und für mich neu: überheblich, so um die Mundwinkel herum. Er hielt meinem Blick nicht stand, und das freute mich in diesem Moment, dann schämte ich mich für diese Freude. Ich sagte: »Bekomme ich auch noch einen?«

Als Nächstes war da das Geräusch eines Hubschraubers. Immer in Bewegung, es zog vorbei, stieg auf, kam wieder näher, verblieb ganz nah und verblieb vor allem immer im Ohr, wie eine Warnung. Dann war neuer Lärm zu hören. Von Trillerpfeifen und Trommeln. Megafonverstärkte Parolen fauchten wie abgelassener Dampf durch die Straße, während Dubstep-Bässe in einem fort wummerten. Ich stand auf und ging in Unterwäsche auf die Terrasse. Demonstranten hielten Schilder in die Luft. Sie trugen Schilder um den Hals. Ich sah viel Rot und viele Ausrufezeichen. Die erste Reihe saß Schulter an Schulter. Niemand stieß, niemand schob. Und immer wieder summierten sich die Parolen zu Sprechchören, gerufen mit erhobenen Fäusten, hart und schnell. Und vor der Blockade vor Lorenz' Haus hatte sich die Polizei in Stellung gebracht, von oben ein grün-buntes Wimmelbild mit Wasserwerfer.

Lorenz trat neben mich, mit verquollenen Augen, er blinzelte und hielt sich den Kopf. »Was ist denn hier los?«, fragte ich.

»Sie räumen heute den zweiten Stock«, sagte er.

Code für die Welt

»Du hast das 21. Jahrhundert nicht begriffen!«
Simon

Ein Seil an einem Ast über dem Flussufer und die Idee, Anlauf zu nehmen. Abzuspringen und zu schwingen wie ein freies Pendel. Hin und her, mit so viel Schwung wie möglich und solange es geht. Das Seil anvisieren, wissen, wo es zu greifen ist, losrennen. Ein kurzer Steigerungslauf, jeder Schritt wirbelt ein bisschen Staub auf, Höchstgeschwindigkeit am Absprungpunkt. Körperspannung, fest auftreten, abdrücken, den Schwung mitnehmen. Und dann dieser leichte Druck im Magen. Windrauschen im Ohr. Das Seil greifen. Den Kopf in den Nacken legen. Die Augen schließen. Und einen Arm ganz ausstrecken. Gespreizte Finger durchfurchen die Luft; das Sonnenlicht strahlt hell auf die dünne Lidhaut; das Astwerk der Adern zeichnet sich wie ein geheimes Gemälde auf der Netzhaut ab. Augen auf. Lichtstreifen fallen durch den Rand des Blätterdachs aufs Wasser, sie bilden helle Flecken im Laubschatten, die glitzern, wenn die Wasseroberfläche in Bewegung gerät. Und oben ziehen aufgeschreckte Vögel davon, zuerst angetrieben von schnellen Flügelschlägen, dann anmutig, im Gleitflug, ganz nah über den Baumwipfeln, fast wie Wasser, das an Wachs abperlt.

Loslassen.

Aus Rauschen wird Gurgeln. Die Kälte sticht auf der Kopfhaut. Nach dem Eintauchen, sinken. Die Haare auf den Unterarmen wiegen sich im Wasser wie Seegras. Die Knie umfassen, ein Paket werden und ausatmen und einatmen. Durch Nase und Mund gleichzeitig, sonst funktioniert es nicht. Atmen. Atmen und die Wärme spüren, die sich ausbreitet. In den Händen, in der Brust; und die Gabe spüren, die Macht spüren, die das Atmen bedeutet.

*

Donnerstag

Wir können die Ukraine nicht mehr überfliegen. Ich entwickle die neuen Linienflugpläne und -routen für die Lufthansa. Besser gesagt, ich programmiere den Computer, damit er die neuen Pläne und Routen berechnen kann. Montag ist Deadline. Seit dem Abschuss von MH17 vor einer Woche arbeite ich durch. Ich ernähre mich von Energydrinks und Schokoriegeln. Ich brüte über Tabellen und Karten. Ich muss Unmengen an Daten berücksichtigen, die entstandenen Probleme verstehen und Lösungen für sie finden, damit ich sie in klaren Code übersetzen kann. Und bei dieser Arbeit habe ich etwas Ungeheuerliches erschaffen. Ich habe eine Formel geschrieben, die die ganze Welt abbildet. Eine Verfahrensgrundlage für die Lösung jedes ausreichend formalisierten Problems. Mithilfe dieser Formel werde ich einen Algorithmus schreiben, der den Nahostkonflikt beendet. Und das ist nur der Anfang. Die Präsentation am Montag wird keine Präsentation. Am Montag wird eine neue Zeitrechnung beginnen. Ich bin so ergriffen, dass ich vor Freude gleichzeitig lache und weine. Ich nehme meine Arbeit mit nach Hause. Ich muss weiterrechnen, ich muss die Formel testen. Freitag ist Home-Office-Tag.

Freitag

Ich habe kaum geschlafen. Ich habe die Lösungen für die Probleme der Welt weiter in Code gegossen. Einen Algorithmus für jeden Krisenherd. Und dann habe ich Pläne gemacht. Pläne für die Umsetzung einer konfliktlosen Zukunft durch Code. Ich habe meine Streckennetzkarte der Lufthansa von der Wand genommen und alles auf ihr eingezeichnet. Die Welt liegt als mehrfarbiges Gemälde aus charakteristischen Daten und Flugstrecken vor mir. Israel, Syrien, Irak. Nigeria, Ukraine, Libyen. Eins nach dem anderen, alles in Abhängigkeit voneinander.

Mein Computer sagt mir ständig, der Arbeitsspeicher sei voll. Ich brauche mehr Leistung. Mehr Ram, Milliarden an Terabyte, ich brauche einen Logistikpartner. Ich muss Dietmar Hopp treffen. Ich muss ihm meine Algorithmen vorstellen und ihn dafür gewinnen, dass ich die Rechenzentren von SAP für die Befriedung der Welt benutzen darf. Ich weiß, dass das verrückt klingt. Aber ich weiß eben auch, dass ich etwas Übermenschliches erschaffen habe. Und deshalb ist man ja nicht automatisch verrückt. Man trägt nur auf einmal sehr viel Verantwortung. Und diese Verantwortung macht mir höllische Angst.

Ich habe fast die ganze Nacht gearbeitet, bis morgens halb fünf. Und ich bin noch nicht fertig. Um halb neun war ich wieder wach. Katharina macht sich Sorgen um mich. Sie meinte gestern Abend, ich sei übernächtigt und überarbeitet und dass ich mich in den letzten Tagen verändert hätte. Sie sagte, ihr gefalle diese Veränderung an mir nicht. Ich zeigte ihr meine Arbeit. Sie war sehr beeindruckt. Sie sagte, die Präsentation am Montag werde sicher ein Erfolg. Ich habe versucht, ihr die Tragweite meiner Formel zu erklären, aber sie blieb skeptisch. Vor allem wollte sie nicht einsehen, dass ein Algorithmus einen Jahrzehnte andauernden Konflikt beenden kann. Wir haben uns heftig gestritten. Ich sagte: »Du hast das 21. Jahrhundert nicht begriffen!« Und sie sagte: »Schlaf dich mal aus und komm wieder runter!« Ich schlief auf der Couch. Heute Morgen ist sie zur Arbeit gegangen, ohne vorher noch mal in mein Zimmer zu kommen.

Ich habe sogar einen Weg gefunden, wie sich der Klimawandel aufhalten lässt. Jetzt muss ich dringend aufräumen. Ordnung ist gut, mehr Ordnung ist besser, ich brauche Ordnung. Alles muss sortiert sein. Blau ist gut, SAP ist blau, die Lufthansa ist blau, Blau ist sicher. Schwarz und Rot machen mir Angst. Schwarz ist der Tod und Rot ist die Liebe. Für den Tod gibt es keinen Algorithmus. Für die Liebe auch nicht. Lieben bedeutet, die eigene Existenz und die des anderen aufs Spiel zu setzen. Ein Problem, dessen Lösung das Problem selbst ist, ist nicht lösbar. Schwarz und Rot müssen raus. Ich stelle die Bücher mit schwarzen oder roten Coverelementen vor die Tür. Ich sortiere meine Schreibtischschubladen, mein Plattenregal, meinen Kleiderschrank. Rot weg. Schwarz weg. Blau bleibt.

Ich baue eine Firewall aus blauen Sachen. Entlang der Wand, einmal rum, über alle vier Ecken. Stift, T-Shirt, Tintenfass, Hose, Pullover, Socke, eine schöne Reihe, schön gerade, geschlossen und ordentlich. Entlang der Türschwelle und, ganz wichtig, vor der Balkontür. Die Balkontür ist der einzige direkte Zimmerzugang. Wenn, wird die NSA versuchen, hier einzudringen. Hier also eine Doppelreihe. Am besten viele Bücher mit blauen Covern. Bücher haben die größte Kraft.

Geschenke, aufbewahrte Urlaubs- und Eintrittskarten, Flyer und Fotos. Sie haben alle einen Zusammenhang. Ich habe nichts zufällig bekommen oder aufbewahrt. Die Erinnerungsstücke meines Lebens ergeben eine perfekt konstruierte Handlungsanleitung zur Verwirklichung meines Plans. Ich muss nur die richtigen Verbindungen herstellen. Ich weiß, sie sind da. Ich kombiniere: Die Eintrittskarte für das Bundesligaspiel Hoffenheim gegen Köln bedeutet, ich werde Dietmar Hopp morgen im Stadion treffen. Und zwar an einem Bierstand. Das sagen mir die zwei Pfandmarken, die ich noch habe. Ich weiß nur noch nicht, wie ich unbemerkt von der NSA nach Hoffenheim komme.

Ich stelle ein Pokalglas auf meinen Schreibtischrand und platziere links und rechts davon drei verwelkte Blätter meiner Zimmerpflanze. Ich weiß nicht, warum ich das mache. Aber ich fühle, dass ich es machen muss. Ich spüre eine warme Macht in meinen Händen und in meiner Brust. Meine Hände fühlen sich an, als könnte ich mit ihnen heilen. Und das Gefühl in meiner Brust sagt mir, dass ich unter Wasser atmen kann. Ich googele *Simon* und *Prophet* und verstehe, was mit mir los ist. Ich bin Simon, direkter Nachfahre des Propheten Simeon. Ich sehe Dinge, erkenne Dinge, ich weiß Bescheid. Ich packe meinen Rucksack.

Es ist Viertel vor drei. Ich höre die Kirchturmglocke drei Mal schlagen, laut wie Kanonenschläge an Silvester. Ich zucke zusammen. Meine Kopfhaarwurzeln geraten so in Schwingung, dass mein ganzer Schopf pulsiert. Ich bin sehr wach. Ich höre, wie unten auf der Straße jemand ein Geldstück auf den Asphalt fallen lässt. Ich kann die Vibration, die beim Aufschlag durch die Münze schwingt, in mir fühlen. Der Widerhall flirrt mir durch die Lunge, trifft auf mein Brustbein und verteilt sich von dort aus in alle Richtungen wie eine Explosion. Es ist Zeit, aufzubrechen.

Vor unserem Haus steht ein Kanalreinigungsfahrzeug des Technischen Hilfswerks. Es ist blau. Ich weiß sofort, was es bedeutet, dass es gerade jetzt hier steht. Um diese Uhrzeit, genau wenn ich runterkomme. Es eröffnet mir den sicheren Weg zu Dietmar Hopp: die Kanalisation. Der größte bekannte Geheimgang aller Städte. Ich gehe zu dem Kanalarbeiter, der am Wagenende das Herablassen der Schläuche kontrolliert, und sage: »Ich bin sehr froh, dass Sie da sind, danke, danke, Sie sind die Rettung. Wie komme ich runter?«

»Was willst du?«, sagt der Kanalarbeiter und kneift seine Augen zusammen.

»Mir fehlt leider die Zeit, das zu erklären, aber ich muss da runter.«

»Und ich arbeite hier und habe keine Zeit für Knall-köpfe«, sagt der Kanalarbeiter. Ich nehme ihm das nicht übel, ich habe den Passierschein vergessen. Ich gehe ihn holen.

Ich halte dem Kanalarbeiter einen Ausdruck des SAP-Logos vors Gesicht. »So«, sage ich. »Und jetzt lassen Sie mich bitte durch.«

»Dir ist auch nicht mehr zu helfen, du Vogel, oder was? Hast du nichts Besseres zu tun, als mich hier zu verar-schen? Hau ab jetzt, sonst helfe ich dir, aber mit der Rohr-zange, klargeworden?«

Ich fasse ihn an beiden Oberarmen und beuge mich nah an sein Gesicht. Ich flüstere jetzt: »Sie müssen mich da runterlassen, verstehen Sie, ich muss da runter, es ist der einzige Weg.«

Jetzt lacht der Kanalarbeiter, er lacht, und von hinten fasst mich Katharina am Arm und will mich wegziehen, sie sagt: »Simon, lass den Mann in Ruhe! Was ist bloß los mit dir, du machst mir Angst. Komm bitte mit hoch!«

Ich mache mich von ihr los. Ich bin verzweifelt, seine Ignoranz ist dabei, alles zunichtezumachen. »Lassen Sie mich doch nach unten, bitte. Bitte, Sie müssen mich ein-fach lassen«, sage ich.

Der Kanalarbeiter wendet sich ab. Aus meiner Ver-zweiflung wird Hilflosigkeit. Katharina zerrt mich in den Hauseingang. Ich kann mich nicht mehr wehren. Wir ge-hen zurück in unsere Wohnung.

Ich sitze auf meiner Couch. Mir wird klar, dass das, was ich eben getan habe, für Katharina vollkommen bescheu-ert ausgesehen haben muss. Ich bekomme schon wieder eine wahnsinnige Angst. Aber jetzt habe ich keine Angst davor, die Verantwortung für meine Fähigkeiten nicht tragen zu können. Ich habe keine Angst, die NSA könnte bereits hinter mir her sein. Ich habe Angst davor, doch verrückt geworden zu sein. Gleichzeitig mache ich mir Sorgen darüber, was passiert, wenn ich meinen Plan nicht umsetzen kann und mein Code in die falschen Hände gerät. Und ich kann nicht sagen, was schlimmer ist. Katharina steht mitten in meinem Zimmer. Sie setzt an, etwas zu sagen. Bricht aber wieder ab. Kneift richtig die Lippen zusammen. Nachdem sie schon Luft geholt hatte. Ich kann ihr nicht in die Augen schauen.

Während ich also auf der Couch sitze und Angst habe, beginnt sie alles genau zu mustern. Die Hände in den Hüften. Ich kann hören, wie sie atmet. Sie sieht meine Firewall auf dem Boden. Meine Streckennetz-Weltkarte. Sie geht in den Flur und mustert den Haufen aus roten und schwarzen Dingen. Sie öffnet meinen Rucksack, nimmt die vollgeschriebene Klopapierrolle heraus und wickelt sie auf. »Was ist das?«, fragt sie.

»Das ist die Sicherungskopie meines Codes«, sage ich.

Katharina schaut mich an, als wäre ihr gerade klargeworden, dass die Festplatte ihres Computers kaputt ist und das komplette Manuskript ihrer Habilitationsschrift gelöscht wurde.

»Ich muss diese Kopie Dietmar Hopp bringen«, sage ich. »Kannst du mir dabei helfen, bitte?«

Katharina sieht mich lange an. Ihr Blick ändert sich, ihre Züge werden weich. Meine Katharina sieht mich mitleidig und verständnisvoll an, und sie sagt: »Ja. Natürlich helfe ich dir, Simon.« Und das macht mich sehr froh.

Sebastian ist gekommen. Es ist gut, dass er da ist. Auf Sebastian kann ich mich genauso verlassen wie auf Katharina. Sebastian ist mein Freund. Wir sitzen in meinem Zimmer und ich erzähle ihm, was passiert ist. Sebastian versteht, dass ich Angst habe, und ich sehe, dass er auch Angst hat, und das beruhigt mich ein bisschen. Er sagt auch, dass er mir helfen wird. Seine Stimme ist weich und klingt höher als sonst. Er hält meine Hand. Er sagt, ich solle dringend versuchen, zu schlafen. »Okay«, sage ich.

Er lässt die Rollläden runter und ich ziehe mich aus. »Katharina und ich sind in der Küche, wenn irgendwas ist«, sagt er.

»Kann Katharina zu mir kommen?«, frage ich.

»Bestimmt.«

Katharina setzt sich auf die Bettkante. Sie hat sich eine schwarze Strickjacke angezogen. Ich kann sehen, dass sie geweint hat. »Alles in Ordnung?«, fragt sie.

Ich bekomme Panik. Katharina trägt Schwarz. Sie muss gehen, nicht nur jetzt, zurück in die Küche, sondern für immer. Ich nehme an, dass sie es auch schon weiß. Ich kann es nur noch nicht aussprechen. Der Gedanke daran, wie wir unter der Trennung leiden werden, tut zu weh. Ich bin den Tränen nahe. Ich sage: »Du musst hier nicht sitzen.«

»Ich weiß«, sagt Katharina. »Aber ich möchte hier sitzen.«

»Und ich möchte, dass du gehst.«

Ich drehe mich auf die Seite und vergrabe mein Gesicht

im Kissen. Katharina legt mir eine Hand auf die Schulter. »Hey«, sagt sie, so wie man mit einem beleidigten Kind spricht. Ich schiebe ihre Hand von meiner Schulter und ziehe die Decke hoch, bis zu den Ohren. Sie unterdrückt ein Schluchzen, fährt sich mit einem Finger unter der Nase lang und atmet dabei ein. Dann sagt sie: »Wie du meinst.«

*

In den Straßen ist Wasser, und es steigt. Zuerst war es ein Regen, jetzt ist es eine Flut, und die Flut beginnt, die Stadt zu schlucken. Auf den Zubringerstraßen fließt es zusammen, es sammelt sich, es türmt sich auf und schießt von einer unsichtbaren Kraft getrieben wie eine panische Herde durch die Häuserschluchten, reißt Autos mit und Menschen, knickt Ampeln und Parkuhren um wie Schilfrohr. Eine Flutwelle gespickt mit Speeren aus Straßenschildmasten, aus Regenrinnen und aus abgerupften Antennen. Sie trägt alles mit sich fort und nimmt alles in sich auf, was sie zerstört. Sie vereint Scherben, abgebrochene Außenspiegel und tote Ratten. Sie werden zu Geschossen, die wie Hammerschläge auf Köpfe und wie Peitschenhiebe in Gesichter knallen, und sie knallen auf alles, was sich nicht in Sicherheit bringen konnte.

In den Krankenhäusern springen die Notstromaggregate an. Als das schlammige Wasser sich den Weg zu den Generatoren gebahnt hat, stiebt Gischt aus brennendem Metall in hellen Funken durch die Räume und beleuchtet in losen Lichtbögen die Zerstörung. Kurze Zeit später wogen die Reste von aschefarbenen Gummiummantelungen unter Wasser in der Dunkelheit, wie die Schlangen auf dem Kopf einer toten Gorgo, und kein Beatmungsgerät verrichtet noch seine Arbeit.

Das Wasser nimmt Stockwerk um Stockwerk. Die Kranken und Alten ertrinken in ihren Betten, bevor die Luft in ihren Lungen sie aufsteigen lässt. Als sie fast unter der Decke hängen, sind die Schläuche an ihren Armen straff gezogen, und die Infusionsnadeln, ihre letzte Verbindung zum Leben, gleiten langsam aus ihren Venen. Wer kann, flieht auf die Dächer und ist dem Wüten des ganzen Himmels schutzlos ausgeliefert. Kinder pressen sich an die frierenden Körper ihrer Eltern, Katzen, eben noch umsorgte Haustiere, quetschen sich herrenlos unter Dachvorsprünge und suchen Schutz vor dem ätzenden Regen. Erste Explosionen sind zu hören und Schreie aus ungezählten Kehlen. In allen Tonlagen weht sie der Wind von Schornstein zu Schornstein und überträgt das Sterben wie ein Radiosender. Vom höchsten Dach der Stadt stoßen sich Arbeitskollegen und Kaffeeküchenfreunde in die Tiefe, andere springen, ohne gestoßen zu werden, und wer es wagt, auf die Flut und in das Chaos hinunterzuschauen, sieht, wie dort, wo das Wasser die Dächer schon überragt, alles brodelt und sich rot färbt. Und auf den Achsen der Zubringerstraßen nähern sich schwarze Schlauchboote.

*

Ich habe das Bad sortiert und die Küche. Die Firewall umschließt nun auch die Gemeinschaftsräume. Sehr erschöpft gehe ich auf den Balkon. Ich höre, wie jemand schnell durch den Flur läuft. Meine Tür geht langsam auf. Sebastian tritt ins Zimmer, als wäre er nie gerannt. Er fragt, was ich auf dem Balkon mache. »Durchatmen«, sage ich. Er sagt, dass er das gut verstehen könne und dass ich für heute auch wirklich genug gearbeitet habe. Und damit hat er recht.

Richtig geschlafen habe ich letzte Nacht wieder kaum. Ich musste Wache halten. Die einzige Möglichkeit, die mir zum Regenerieren bleibt, ist, mit geschlossenen Augen gleichzeitig durch Mund und Nase zu atmen. Nach einigem Herumprobieren habe ich herausgefunden, dass mir dann die mächtige Wärme durch meine Hände und meine Brust strömt. Ich kann spüren, wie ich mich dabei auflade. So lag ich die meiste Zeit da und konnte sehen, was mit der Welt passieren wird, wenn ich meinen Plan nicht umsetze. Zwischendurch bekam ich dabei große Angst, Angst zu sterben. Ich weckte Sebastian, der auf einer Matratze neben mir schlief. Ich sagte ihm, dass er gleichzeitig durch Mund und Nase atmen müsse, wenn das Wasser kommt, und dass es jederzeit passieren könne. Er versprach mir, daran zu denken. Dann lag er längere Zeit wach neben mir, auf der Matratze, und hielt mit mir Wache.

Wir sitzen zu dritt in der Küche und essen gebratene Nudeln vom Asia-Lieferservice. Ich habe das Essen bestellt. Ohne beim Lieferservice anzurufen. Ohne mein Handy oder den Computer zu benutzen. Telefon, Handy und meinen Computer kann ich nicht mehr benutzen. Es wäre zu gefährlich. Ich bin mir sicher, dass die NSA schon einen Weg gefunden hat, meine Firewall zu umgehen.

Katharina trägt eine violette Bluse und eine blaue Hose. Heute Morgen hat sie mein Bett frisch bezogen. Blaues Bettlaken, blauer Deckenbezug. Sie hat mir blaue Socken aus dem Schrank gelegt und mir Kamillentee mit einem blauen Teebeuteletikett ans Bett gebracht. Das Schwarz von gestern war ein Irrtum. Und das ist ein großes Glück. Katharina kann bleiben. Sie stochert in ihrem Essen rum. Ihre Nägel sind runtergekaut. Über dem Daumen trägt sie ein Pflaster. Sie hat aufgekratzte Stellen am Nacken. »Katharina«, sage ich. »Wenn du eh nicht isst, dann komm doch her. Setz dich auf meinen Schoß.« Sie blickt auf, und ich sehe in ihren Augen, wie erleichtert sie darüber ist, dass ich sie zu mir rufe. Genauso erleichtert wie ich. Sie kommt zu mir und ich umarme sie fest. Die Wärme ihres Körpers fühlt sich schön an. So neu und spannend, als umarmte ich sie frisch verliebt und zum ersten Mal. Ich lehne meinen Kopf an ihre Schulter. Meine Brust kribbelt.

»Es ist so gut, dass du da bist«, sage ich.

»Ja«, sagt Katharina. Sie weint das erste Mal vor mir, seit sie weiß, dass ich nicht nur der kleine Lufthansa-Entwickler bin, den sie bisher kannte. Auf der anderen Seite des Tisches sitzt Sebastian. Seine Haut ist fahlgelb, fast durchsichtig. Sein ganzes Gesicht hängt nach unten. Nur seine Mundwinkel formen ein Grinsen.

Ich liege im Bett und versuche zu schlafen. Aus der Küche höre ich, wie Katharina und Sebastian abwechselnd telefonieren. Sie telefonieren fast immer, wenn ich nicht bei ihnen bin. Ich kann nicht verstehen, was sie sagen. Aber weil sie versprochen haben, mir zu helfen, gehe ich davon aus, dass sie mein Treffen mit Dietmar Hopp organisieren. Manchmal lachen sie auch sehr laut. Deshalb gehe ich in die Küche und sage ihnen, dass es in unserer Lage überhaupt nichts zu lachen gibt. Sie verstummen und schauen so ernst, wie die Situation es erfordert. Direkt nachdem ich meine Zimmertür geschlossen habe, höre ich wieder, wie sie lachen. Nur leiser, wie mit vorgehaltener Hand.

Später kommt Katharina zu mir. Sie gibt mir Tabletten. Sie würden mir beim Einschlafen helfen, sagt sie. Ich will keine Tabletten nehmen. »Du kannst mir beim Einschlafen helfen, indem du wieder mit mir in einem Bett schläfst«, sage ich.

»Wenn du die Tabletten nimmst, schlafe ich auch mit dir in einem Bett«, sagt Katharina. Ich murre noch ein bisschen und nehme die Tabletten. Dass sie Cleverness beweist, gefällt mir gut. Sie bringt die nötigen Kompetenzen mit, um Dietmar Hopp zu überzeugen.

Ich bin wach. Die Tabletten bewirken nur, dass mir schlecht ist. Katharina schläft neben mir. Ich habe Angst davor, noch mal das Gleiche zu durchleben wie letzte Nacht. Meine Gedanken kreisen. Ich kann nicht aufhören, nachzudenken. Alles in meinem Kopf rennt und schreit. Aus allen möglichen Richtungen. Draußen ist die Nacht, und ich höre jedes Geräusch auf der Straße. Autotüren werden zugeschlagen. Flaschen gehen zu Bruch. Und dann hupt jemand. Und jemand ruft. Jemand ruft mich. Zuerst bin ich mir unsicher. Ich horche genau in mich hinein. Und ich kann fühlen, dass der Ruf mir gilt. Ich stehe auf. Ich packe die Sicherungskopie in meinen Rucksack, ziehe Schuhe und Jacke an. Sebastian liegt mit dem Kopf auf dem Küchentisch und schläft. Ich beginne, die Spuren zu verwischen. So leise es geht, ich will niemanden wecken. Ich baue die Firewall ab. Zum Schluss zerreiße ich die Flugstreckenkarte und zerknülle die Fetzen. Ich stopfe das Papier sachte in die Zwischenräume des schwarz-roten Haufens im Flur. Und dann zünde ich den Haufen an. Mir gefällt, wie das Feuer sich ganz langsam durch die roten und schwarzen Sachen frisst. Es qualmt stark. Sebastian kommt aus der Küche gelaufen. Er schüttet Wasser auf den rauchenden Haufen. Auch Katharina ist jetzt da und leert eine Wasserflasche über dem Feuer aus. Und ich fühle mich wieder so wie nach der Sache mit dem Kanalarbeiter. Ich setze mich auf den Boden. Katharina hockt sich neben mich. Sie hat die Augen weit aufgerissen. Sie hat Angst. Vor dem Feuer, aber noch mehr vor mir. Und in ihrer Stimme ist nichts von dieser Erschütterung, als sie sagt: »Komm. Komm ins Bett. Komm zu mir.«

Sonntag

Wir fahren durch die Stadt. Sebastian fährt, Katharina und ich sitzen hinten. Mein Rucksack mit der Sicherungskopie liegt im Kofferraum. Sie bringen mich in ein Krankenhaus. Sie haben gesagt, dass mich Dietmar Hopp dort besuchen wird. Und sie haben gesagt, dass sie mit einem Dr. König gesprochen hätten. Er erwarte mich, haben sie gesagt.

Ich bin sehr angespannt und atme heftig. Immer wieder nähern sich schwarze Autos und fahren kurz neben uns her. Aber sie schaffen es nie, uns einzukreisen. Jedes Mal, wenn ein schwarzer Wagen neben uns und ein schwarzer Wagen hinter uns fährt, passieren wir ein blaues Schild oder ein blauer Wagen fährt vor uns. Je länger die Fahrt dauert, desto mehr verstehe ich, wie geschickt Sebastian und Katharina die Strecke vorbereitet haben. Ich lehne meinen Kopf an die Nackenstütze, schließe die Augen und beginne, mich neu aufzuladen. Es läuft eine CD von *The National,* und Matt Berninger singt: *And I'm walking with spiders.* Ich bin überrascht davon, dass er weiß, welche Kräfte Sebastian und Katharina haben. Ich beschließe, ihn zukünftig in meine Pläne mit einzubeziehen. Wir fahren an gelben Feldern vorbei und durch grüne Wälder, und nirgendwo ist ein Auto zu sehen, die Sonne scheint. Wir sind auf neutralem Gebiet. Ich schlafe beruhigt ein, das erste Mal seit Tagen.

Dr. König fragt, was passiert sei und warum ich hier bin. Ich erzähle ihm alles. Etwas lückenhaft, ich kann mich nicht mehr genau an jede Einzelheit erinnern. Deshalb muss er nachhaken. Er fragt: »Und warum wollten Sie in die Kanalisation?«

»Ich musste«, sage ich.

Er schaut mich lange an, dann fragt er: »Und wäre das richtig gewesen?«

»Ja«, sage ich.

Er fragt: »Dieses Gefühl, das Sie beschrieben haben, in Ihren Händen und in Ihrer Brust, können Sie das selbst erzeugen?«

»Ja«, sage ich und erkläre ihm, wie es geht.

Ich werde ein paar Tage hierbleiben. Wenn Dietmar Hopp wider Erwarten nicht kommen sollte, werde ich auf dem Rhein bis nach Mannheim fahren. Ich habe schon gesehen, wie ich zu den Booten komme. Es lief im hauseigenen Fernsehkanal des Krankenhauses. Dr. König sagt, ich sei krank, aber er hat keine Ahnung, in Wirklichkeit ist es viel schlimmer.

Dorian dankt

Matze, Corni und pro familia Düsseldorf
Daniel Beskos, Peter Reichenbach, Stefanie Ericke-Keidtel,
Judith von Ahn, Julia Cremer und Alain Claude Sulzer.